U0112493

鲁顺民

著

将军和他的树

中原出版传媒集团
中原传媒股份公司

大象出版社

一个人和 **200** 多万株树……

鲁顺民　著

将军和他的树

中原出版传媒集团
中原传媒股份公司

大象出版社
·郑州·

图书在版编目（CIP）数据

将军和他的树 / 鲁顺民著. — 郑州：大象出版社，
2023. 6
ISBN 978-7-5711-1770-2

Ⅰ. ①将… Ⅱ. ①鲁… Ⅲ. ①报告文学-中国-当代
Ⅳ. ①I25

中国国家版本馆 CIP 数据核字（2023）第 059248 号

将军和他的树

JIANGJUN HE TADESHU

鲁顺民 著

出 版 人	汪林中	
策　　划	张桂枝　孟建华	
项目统筹	丁子涵　陈　灼	
责任编辑	孟建华	
责任校对	张迎娟　马　宁	
装帧设计	王莉娟	
责任印制	郭　锋	

出版发行　大象出版社（郑州市郑东新区祥盛街 27 号　邮政编码 450016）
　　　　　发行科　0371-63863551　总编室　0371-65597936
网　　址　www.daxiang.cn
印　　刷　洛阳和众印刷有限公司
经　　销　各地新华书店经销
开　　本　890 mm×1240 mm　1/32
印　　张　9
字　　数　179 千字
版　　次　2023 年 6 月第 1 版　2023 年 6 月第 1 次印刷
定　　价　39.00 元
若发现印、装质量问题，影响阅读，请与承印厂联系调换。
印厂地址　洛阳市高新区丰华路三号
邮政编码　471003　　　　　电话　0379-64606268

目录

/

引子
001

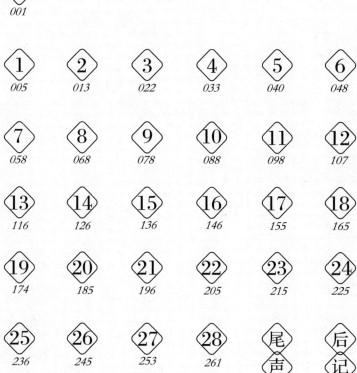

1
005

2
013

3
022

4
033

5
040

6
048

7
058

8
068

9
078

10
088

11
098

12
107

13
116

14
126

15
136

16
146

17
155

18
165

19
174

20
185

21
196

22
205

23
215

24
225

25
236

26
245

27
253

28
261

尾声
273

后记
274

去左云，是春天。

去左云，为的是采访"时代楷模"张连印。

2021 年 10 月 28 日，中共中央宣传部授予张连印"时代楷模"称号，40 年军龄，退休 18 年，回乡义务植树 18 年的张连印成为新闻人物。

莫非，仅仅因为他是"时代楷模"才去接触和采访这位老将军吗？也不是。

此前，跟左云县文联原任主席刘志尧联系好采访事宜。电话打通，浓重的雁北话：来哇来哇，张将军那可是个好老汉呢！

老刘一边称张将军，一边称张将军为老汉。从"将军"到"老汉"称呼的转换和过渡，如此自然，没有任何缝隙。我一下子就笑了。

与乡村，与土地，与四季旋律有关系的所有事物，都对我充满诱惑，都可以激发起写作欲望。

老汉，乃是山西，至少是晋北地方对成熟男性的称呼，饶有晋省特色，内涵丰赡。要给山西话里的"老汉"一个准确界定，还真不容易。要说，"老汉"和"老人"，两个词语，其实应该是两种身份，在晋北民间口语表达里，区别甚大。年轻媳妇若说"我家老汉"，大家都明白，这是说自家丈夫。老汉之称，在晋北民间，与年龄老少关系不大，就是提秤拿主意的，就是下力养家活口的，就是家里顶大梁的那个人！似乎与年富力强、成熟稳健、有所作为等男人应该具有的品行关系更加密切，更接近于一个现在进行时的表述。而"老人"，则是一个被定格的年龄描述，离"老汉"有些距离了。

老刘说：老汉每年春天就回来了，赶紧得做"营生"呢。

春分接着就是清明，清明节一过，一年中第一个植树季到来，每年这个时候，无论发生什么事情，张连印都会准时出现在他的苗圃基地，开始擘画一年的"营生"。错过这个季节，田园将芜，一切堪虞。

而"营生"在晋北方言里，则是一个被频繁、普遍、经常使用的词语，几乎收纳着乡村生活的全部内容。

营，为谋划，为筹备。一年要做什么，一季要做什么，甚至一天要做什么，都得谋划好，规划清楚。而生，则为生计、生存、生产。营生，与四季旋律、日出日落相关联，呈现着不同的劳作节奏。同时，它还是一件事情完成之后的总结，大到起屋盖舍，小到畦垄整理，都可以称为一件既成的"营生"。做好做不好"营生"，"营生"做得好不好，"营生"放在那里自己会说话。

到了张连印家乡张家场村头，一行人下车，近晚阳光剪影里的张连印不禁让人心头一震。

老将军身着一件灰色便服，头戴迷彩军帽，身后是他的儿子张晓斌，一身迷彩军服，仿佛刚从训练场归来，魁伟精干。

父子俩接到老刘的电话，已经迎在大门口。一老一少，趋步向前，握手，微笑，寒暄，迎宾仪式显然得之于长期的军旅训练，礼数周全。

跟老将军握手，我讲：跟电视上见到的一模一样。

老将军就笑了。笑得轻。笑得很好。

虽然没有领章肩章帽徽，可一老一少两个人板板正正站在面前，不由得肃目礼敬，恍然身处某处军营里，如果这时候有嘹亮、悠长、浑厚的军号响起，一点儿也不要奇怪。夕阳，将军，林圃，被放置在雁门关以北更北方的大地上，寒冷但不苍凉，乃壮伟，乃雄阔。

头一回见，非常短暂。约好第二天正式过来。

匆匆告别，左云县文联现任主席郑建国开车，和老刘两个人说话。两个人说话，我注意到，他们说张家场，径直叫"张场"。张场张场张场，偏不说张家场。

就问老郑：你们怎么把张家场都说成张场？张场张场张场，中间的"家"哪儿去了？吃了？

我哪里能不知道，此乃方言中的一种表述现象。并不是为方便记忆与表述的简称，更接近于语言陈述的偷懒，中间那个字在不经意间滑过去。习以为常，谁都知道自己在说什么，但谁也不曾意识到，语词已经发生了变化。

老郑一怔。他根本不会意识到这会是一个问题。这还是一个问题？老郑张嘴试了试，张场张家场，张家场张场，就古怪地笑起来：啊呀，还真是这回事呢！那个"家"哪儿去啦？那么大个"家"藏哪儿啦？

那个"家"哪儿去了？

能跑哪里？肯定没跑了！但哪儿去了？

老郑说。

2003 年，张连印退休回乡植树造林时，左云县的林木覆盖率为 38.6%，到 2021 年，全县的林木覆盖率达到 45.03%，增长了 6.43 个百分点……

如约，一大早从左云县城来到张家场。

清明节前的左云天气还冷，跟雁门关以南的汾河谷地相比，节气要晚上半个月，甚至更多。塞北左云县，水瘦山寒，一派萧瑟，公路两侧，十里河湿地的苗木连一星半点吐蕊发芽的意思还没有。早晨坐车过来，见 109 国道左侧，隔十里河川，一道黛青色山峦迤逦绵延，静静地伫立在北中国钢蓝色的天空下，顶端的雪还没有融化，白雪覆压，不时阳光反射，山色更加苍莽。

虽然是寒春，春消息还是有的。昨天下午在张家场张将军的苗圃基地，俯身拨开杂草，几种蒿苗芽顶着一点浅灰潜在枯草之间，探头探脑的样子。但还是冷。如果没有人刻意提醒，谁也不会怀疑自己还身处残冬季节。看气象预报，今天的温度在 7℃到零下 4℃之间。昨天由太原到塞北的左云县，仿佛倾听春天的倒叙，现在又回到这个季节的开头。

很快到达张家场张连印将军的"基地"。

昨天入张家场村，曾听已届 78 岁的张连印介绍他的这个"基地"。所谓的"基地"，也就是回乡义务植树千辛万苦建起的苗圃，有 300 亩大。说"基地"，是正经"基地"。2021 年，依托苗圃景观，这里被中共左云县委组织部命名为"清风林党性教育基地"，被中共山西省委组织部确定为右玉干部学院的教学点。这样看，"基地"的功能已经远远溢出其自有属性，被赋予了非常浓厚的宣传意味。

张连印将军招呼我到偏跨院专门设的来访接待室。而院子里头，晓斌一身迷彩，被十多个人围着，他正给大家安排着什么。早晨九点，太阳已经很高了，小跨院东墙边有一块地，负责苗圃日常管理的田四旺昨天翻了一小块，直到现在，新翻的土块上还落着白白一层霜。

今天，是老将军张连印回村的第八天。老将军笑着说，昨天接待你们也很勉强。因为疫情，21 号从石家庄返回山西，很快大数据就排查出来，健康码被赋黄码，居家隔离七天，做了三次核酸检测。昨天下午做完核酸，你没见我们一直戴着口罩？你们一走，码绿了！

将军真个拿出手机，让我看他的绿码。

绿了。可以自由走动了。他说。

健康码由黄转绿，百草且待春发，大地也将重回绿野，得赶紧做"营生"了。

今天，是一个单位十多个人来基地参观，同时，十多号人要到苗圃里义务劳动。

正说呢，刚下车，一行人从西跨院另一个房子里出来。张连印带我进去看，那里，辟出一个展室，专门陈列张连印退役回家乡义务植树事迹的图片和文字展板。这是"清风林党性教育基地"的一个重要组成部分。在这里，展示着张连印从普通士兵一步一步做到将军的 40 年军旅生涯；展示着张连印 2003 年退役回乡，脱下军装换农装，放下枪杆扛铁锹，从将军做回农民，坚持 18 年在张家场，在左云大地植树造林的事迹。英姿勃发的士兵张连印，演兵场上现场指挥的那个威武果断的张连印，与将士们亲切交流的那个"老大哥"张连印，将星闪耀刚毅坚定的那位将军张连印，盘腿靠着墙根和村里老人们谈天说地的那个"老汉"张连印，植树现场吃方便面的张连印，育苗基地与劳动妇女们坐在一起大口啃馒头的张连印，等等。图片和文字的演绎编排甚为精练，从士兵到校官，从校官到将军，再由将军做回一个农民，这种身份转换遵从着鲜明的精神导向，主题突出，段落分明。

地当间偌大一个沙盘，是左云县的微缩地形图。

被放置在山西版图最北边的左云县，属典型的黄土丘陵区，山丘起伏，沟壑纵横。十里河由西而东贯境而过，界分阴山山系与洪涛山山系。东南部、西北部高，中间为较低的河谷地带。张家场就在河谷地带的十里河边。2003 年到 2021 年整整 18 年，基地墙外那座苗圃里的那些樟子松苗、油松松苗、侧柏树苗、沙地柏树苗，被一棵一棵移出来，像抱小孩子一样小心翼翼抱起来放在挖好的树坑，卸网、覆土、浇灌，大致统计，张连印带着他的植树团队共移出205万棵，栽在张家场北梁、西梁，栽在张家场邻近村落的曹家村、施家村、梅家窑、大堡角，又向北纵深，栽到三屯敬老院、南辛庄、双泥河、张果窑、二台子、三台子，栽到小河家口、贾家窑村、管家堡村，再栽到十里河南岸再往南的全羊头村、冯家窑村、上山井村、柏山村、桂里窑、南安庄。十里河边苗圃的绿色延伸点染了18年，涉及左云县的云兴镇、张家场乡、三屯乡、管家堡乡、水窑乡、马道头乡、小京庄、鹊儿山共8个乡镇，共计18000亩。截至2008年，左云一县，万亩以上的造林精品工程共有15处，张连印和他的团队贡献有2处。2003年，张连印退休回乡植树造林时，左云县的林木覆盖率为38.6%，到2021年，全县的林木覆盖率达到45.03%，增长了6.43个百分点，张连印和他的团队的贡献率为1.5个百分点。

时间在这个不算大的展室里头被浓缩了。

一个人，一个时代，一件事情，一种精神，就这样被高度概括起来了。

主人公就站在身边。

这个身量瘦削的老人身体里究竟蕴藏着多大能量，能干这么多事情？

打量一番，没有答案，内心却震撼。

这个瘦削的老人笑了，本来就不大的眼睛，一笑挤成一条缝，是农村老人那种温和、慈祥与谦逊的表情。也是上天眷顾，眉毛跟眼睛之间腾出一段空间来，眼睛小一些，却目光如炬，内容显示得清清楚楚。没有相当的经历，没有哪个能有这样的眼神的。颦笑之间，说话的语速快慢之间，眉毛一挑或一蹙之间，举手投足之间，走姿站姿，40年军旅生涯留下来的训练痕迹还是非常明显的。让人不由得感慨：这兵可没有白当。

也因此，几乎是他开口的一瞬间，你就不能轻易将他跟农村里的老人联系起来，或者说，晋北方言里的"老人"和"老汉"的区别在这时候就更突出了。

他讲：就这么一点点事情，你看，人家组织部门弄得还不错。

口气完全是军首长视察完一项工作的总结，像是讲述跟自己并不相干的一件事情，隆重展列的像是另外一个人的故事。他说话的时候，右手食指竖起，与拇指并拢。这不是一个首长是哪个？一开口，身上的军人特质暴露无遗。

老将军说：这里冷，咱们接着谈。

老将军刚从河北归来，闲置了一冬的设施有待整理。这间不大的展室，还有其他房间，都没有生火，待在屋子里反而比外头还要冷。

老将军已经说起另一个话题。他讲2003年盖这个房子，开始村里的叔伯弟兄们说，要盖就盖得洋气一些。老将军说：不行！要盖，第一，不能超过村民的房子的高度；第二，完全按农村自建房的格局，红瓦、砖墙、火炕、砖墁地。你看看我当初这个想法多切合实际，大家来了院里，就像到了农家的院里一样。你要盖成楼，老乡们来了以为是进了乡政府，他们不自在。现在，你看看，多自在！

老将军讲话，手摊出去，又收回来，入情入理。说"不行"，一只手就是一个坚定的下劈，决断而坚定！接着又笑容浮现，如拉家常。

将军一说，还真注意到，这座军营规制的院子，细节处无不弥漫着农家气息。东院那一头算是生活区，每一间房子的门上挂的是棉布门帘，用一块一块碎布拼接缝起来，一看就是出自某个手巧的农家妇女之手。张连印说：这都是我的老伴王秀兰和我那个妹妹三女闲下来缝的，你看看，有多好看！

老将军说起他的老伴王秀兰。

老将军感慨：要说，这一切，还得感谢我有这个好老伴！不然，回故乡，回来植树，你门儿都没有。

老将军像是给我讲一个从来没跟人提起，从来秘而不宣的事情，声音压低下来。

1971 年，在部队里已经提干担任连长的张连印结了婚。那一年张连印 26 岁，不说在故乡农村，即便在部队里一茬战友中都算是大龄青年了。张连印 1964 年 19 岁入伍，1966 年 21 岁提干。这在当年是很风光的事情，村里当兵的子弟回乡，从穿的军装就可以看出来，普通士兵只有上边两个兜，一提干，军装的下面就会增加两个兜，两兜变四兜，身份就不一样了。上世纪 60 年代，姑娘们择偶标准是"一军二干三工人，最后才选老农民"。21 岁提干成为军官，提亲的自然不会少。

张连印笑着说，我给学生们讲课，我说，人活一世，要有意志，有决心，有目标。你看看，关于我的婚姻问题，早有考虑，目标就是找一个老家的对象。21 岁提干，介绍的对象也不少，有石家庄的大学生，也有干部子女。但大学生不能找，我就是个初中还没毕业的文凭。干部子女更不行，都是外地的。虽然提了干，在部队能干到什么时候，干多长时间，都是未知数，转业的时候肯定是要回家乡的。当时我就想着转业了哪儿也不去，就回家乡工作。所以，拿定主意，一定要找一个家乡的对象。当兵这些年，每到转业的时候，有的首长因为娶的不是老乡，为到哪里安置，难免闹得不愉快，难免有矛盾，男的要回北方，女的要定居南方，这个多麻烦。对家乡的情感全隔过，就是生活习惯也不一样啊！找一个大学生，找一个干部子女，咱这里天寒地冻，哪个能受得了？

所以更坚定了我的目标，这个目标就是一定要找一个家乡的对象。

这样，就找了老伴王秀兰，左云人。王秀兰 1966 年高中毕业，坊间称为"老三届"。当时正在朔县师范学校进修，文化程度也可以，经人一介绍，我说就她！这就走到一起啦。2003 年我要回张家场来植树，老伴很支持，回来跟我一起干了这么十几年。

这才有了后来这一切。

这才有了"在有限的时间内，在有限的范围内，做点有限的好事"。

如果不是当时坚持自己的目标，你找一个大学生，你找一个干部子女试试，这一切也许都谈不上啦。

说罢，将军又笑起来。访谈就这样告一段落。

老将军回乡义务植树，从一开始就有感召力，每年到植树季节，总有一些单位和个人来他的植树基地参加义务劳动。今天一下子来了十五六位。

却不是来植树，是来砍树的。

苗圃的树越来越多，越来越旺，太过稠密，人的脚都踏不进去，有的地方的树已经有十二三年的树龄，即便如此，也不得不间伐出来。

仍然天寒地冻，可还是没有挡住春天的脚步踏上塞北的左云县。上午的阳光通透且有暖意，天是那种深邃的湖蓝色。大云垂天，大云如吼。北方气派，高天大野，沐浴在阳光下，一眼可以望出去几十公里不成问题。云影随天上的云彩在大地上缓缓移动。苗圃丛林茂密，树高，招来飞鸟。大尾巴喜鹊在天空高高低低杂乱着飞，毫无队形，也无规律。喜鹊是鸟类里最聪明的一种，看着是在乱飞，其实是在嬉戏，更像是自己在组织一场飞行训练。喜鹊在树巅飞掠，最后栖在树枝，硕大，黑白分明，长尾巴一翘一翘晃几下，把自己搞平衡之后，再左顾右盼。阳光打过来，能清晰地看到喜鹊身上泛起一层黑缎般的光彩。

春正好，故园桃李，待君花发……
推杯换盏，乡语乡音，还深深藏
在心里头。这个「家」，把一个
离乡四十载的将军给唤回来了。

张连印的家乡张家场乡张家场村，位于左云县的十里河河谷。

十里河，在左云县，乃至在大同市，都是一条重要的河流。十里河古称武周川水。方志有记载，说在武周川水时代，由左云乘小船，可以直抵大同府城。十里河源出左云县的玉泉山，北部的源头可以上溯到内蒙古凉城县，而西部源头则可上溯到右玉县境。千山丛列，小泉小水汇集成河。十里河不止十里，在左云县几折几曲，在大同市汇入御河，最后注入桑干河，一路东行，奔海河而去。十里河在左云县境有 43 公里，全程 89 公里，流域面积达 2000 平方公里，年均径流量计 0.4 亿立方米。

从武周川水到十里河，承载着悠久且深厚的历史。不说其他，十里河左岸，张家场村北梁再北，迤逦向两侧展开的山峦上，横亘天际，那里有汉长城的遗迹，有明长城烽火台和边墙残垣。十里河进入大同市云冈镇，其左岸则是万佛云集的云冈石窟。苍穹之下，北方大野。几千年来，不同民族的统治者次第光顾，他们在大地上留下一些事物，然后又如同云影飘过。亘古不变的，是潺潺流淌的十里河，是四季轮回生生不息，还有两岸村舍的袅袅炊烟，还有婆姨汉子、鸡鸣狗吠。

包括张连印，生活在十里河边的左云人对这条河的情感不言而喻。张连印回忆说，他在六七岁的年纪，就担两只瓦罐到河边汲水。冬天河封，河床有数十丈宽，雪白的冰面吸引来孩子们在上面溜冰。过腊八节，家家户户则到河里取冰，打制冰人，将冰人覆在粪堆上面，祈得来年春耕有个好墒情。现在，从左云县城一直向东，十里河古河道正在规划建设十里河湿地公园，许多人徜徉岸边，还能回忆起小时候回荡在河谷里孩子们那些欢声笑语。

夏秋雨季来临，洪水由南边的山里，从北边的山里涌出，河水暴涨，十里河顿时像一条饿了几亿年的怪兽被放出牢笼，洪水起恶浪，急流伴怒号，呼啸着席卷而过。当地水文资料记载，1959 年汛期，十里河流量高达 1 亿立方米。

左云人记得，直到上世纪 80 年代初，河水还很旺。本土作家，1968 年出生的郭宏旺在他的散文里写到小时候记忆里的这条河。十里河古河道至少有 60 米宽，在没有洪水的季节，清澈的常流水也有 20 米宽。夏天，河滩上都是两岸村庄里的孩子们，他们在那里嬉戏，他们在那里摸鱼、捞螺蛳、抓蜻蜓和青蛙。傍晚的逆光里，羊群从山里归来，碎蹄子踏起烟尘，拥挤着来河边饮水。羊群的后边，则是牛铃叮咚，五七匹牛也跟着来了。夕阳驮在牛背上。夕阳投射到河水里。河草青青，河水红了。

郭宏旺还记得，1978年春天，冰雪消融，十里河春水泛滥，连生产队的大马车都不敢蹚河而过了。开学，他要送姐姐到县城的中学上学，从家里背了一副水靴，在岸边由姐姐穿上，将他背在背上，姐弟俩小心翼翼过了河，然后他再穿上水靴，复又回到对岸。

张家场村位于十里河左岸，这条河对于这个村庄的生存意义不言而喻。张连印说他的村，先要说起这条河。他说，我是喝着十里河的水长大的。这河滩上，他小时候放过牛，放过羊，甚至还放过猪。

他的苗圃就建在十里河河滩上。莫非，是这种情感的延伸吗？

张连印1945年出生。1945年的张家场村是个什么样子？

真是万事怕惦记，当你惦记着一件事情的时候，与这个事情相干的东西会不失时机簇拥过来。突然想起一本书，是一位叫作高鲁的老干部写的日记。在抗战中后期，高鲁曾在河曲、右玉、左云一带工作。很早就得到这部《高鲁日记》。

里面有没有关于左云县张家场的记载？

一翻，果然有。而且是张连印出生的1945年。

张家场原为一区，后划为三区。（调查走访）有94户（先调查45户）。富农13户，有3顷多地者有张万（放债多在外村）、张朴等3人。水地11顷，

大部分在富农手里，中农次之。云年（往年。引者注）
雇工最多者有 3 人……

　　这村靠近云西，云西已驻扎了六七年敌人，对这
有影响。张家场的村政权主要掌握在富家手里，他们
轮流当甲长，互相包庇，谁也不算账……富农的态度
是应付我们，这村抽大烟者有 60 多户。

　　这应该是诸多正式出版物中关于张家场村较早的记载。但
也只是基本情况，信息量非常之少。近百十户人家，全村多少
口人？多少亩地？基本信息残缺不全。考虑到传统农耕背景下
农户分家析产情形，许多户还是三世同堂，甚至四世同堂，平
均每户 7 到 8 口人是有的，这样全村人口不会低于 600 口。
经历战火之后的张家场村，实在是疲惫不堪。不管怎么说，
94 户人家构成的村庄，每一户又子弟众多，这村子在饱经战
火之后的左云县也不算是小村子。张连印回忆说，他小的时候，
记得村庄有七八百口人。差不多。

　　张家场村，因张姓立村。张姓是村中大姓。但张姓又分为
东张、西张两支，并不是一族。西张为村中大族，直到今天，
西张一支的张家还占全村人口的近 80%。张连印 2003 年退休
回来，在村街上转，见面问候，被邀至家中吃饭，仅他这一"连"
字辈的就有百十号人。一出村街，张连珍、张连文、张连茂、
张连雄、张连弟，一张一张面孔带着家族的印记聚拢过来了。
张连印特别兴奋。他说，之所以能够做成今天这样的"营生"，

跟他在村里的这些同辈或不同辈的张家子弟大有关系。他身后，有一个强大的家族后盾。

虽然地处偏远，但西张一族无疑是谱牒赓续比较完整的大家族。

今天，张家场村分为新村与旧村两大块。新村，一律是晋北诸县红瓦、砖墙、砖墁地的宽阔民居大院，而旧村，则几近废弃。张连印出生的院落在旧村，现已破败不堪。他当兵走的时候分在他名下的两间西房甚至全部塌平，成了一个土丘，芨芨草长得有一人多高，若不是脚边一个黑窟窿边沿砖石砌衬齐整，表示这里曾是一个地窖，若不是南墙根废弃已久的碾盘碾轳辘提醒，谁也不会相信这里曾屋舍俨然，住过人家。

但张连印对这个院子的记忆非常清晰。他在这个院子里出生，长大，整整生活了19个年头。他一一指出房舍曾经的格局与住屋情况。一溜排开7间正屋北房，不用说是祖父他们住过的地方，后来分给了三叔；西边厢房，则分在大伯和他家名下。

正屋也已坍圮，但房架子还在。可以看出来，是标准的清代硬山起脊瓦房，柁、檩、椽架构还倔强挺立在那里。传统木构建筑"房倒屋不塌"，结构之精妙，实在让人感慨万端。入西边堂屋观瞧，屋内还有过去生活的遗迹，两侧门框厚实，顶部棋盘格天花板还在，旧漆斑驳，隐约可以看出旧的图案。东边的院子被房后高大的老杨树掩映，屋上的旧瓦还没有损坏，则是标准的卷棚式木构民居。东院西院，均为二进式民居格局，规模庞大而宏阔。

不禁疑惑，问张连印：您家过去是村里最富有的人家啊！

老将军哈哈大笑起来，像是解嘲，又像无法辩白：好人家！

一连两处大院，至少在张连印出生的 1945 年之前，在村子里的名头不小。

老将军一字一板述说他家这个"好人家"。

他们这个家族住的这几处院子，统称为"缸房院"。小时候，张连印就听爷爷讲，这几处院子，是爷爷的爷爷手上盖的，创此基业的也就是他的高祖。高祖名叫张志刚，盖起缸房院，顾名思义，可能就是从事酿造起家，兼营粮食贩运生意。张家场北出摩天岭长城口，即为内蒙古凉城县地界，明代隆庆开边贸易，北出长城有诸多贸易隘口，西进，则右玉杀虎口，雁北地区的粮油产品多由此过境，左云地方靠此营生的百姓不在少数。高祖张志刚当是众多出口贸易的晋省商贩中的一个。

这个高祖显然是一个有作为有头脑的人物，至于有什么作为，张连印不大清楚，但记得小时候过年过节要到张家场北梁祖坟祭奠，他代爷爷写封好的"包"，也就是装冥钱的纸封，上书"故显祖父张公讳志刚"，下面并排有"张杨刘王氏"，也就是说，这个高祖有过四位妻子，是先后娶的，还是同时娶的？不知道。但能娶四位妻子，没有足够的财力怕是办不到。

也同样是小时候代爷爷书写祭祀用的"包"，张连印还知道曾祖的名字，叫张珍。曾祖母姓曹，是离张家场 20 多里的旧高山人。旧高山那边的亲戚在张连印小的时候还一直往来。

曾祖这一辈，在张家场北梁的祖茔安葬，共有四位。到祖父这一辈，祖茔的规模就显得小了，只能另择坟茔，迁到西梁。爷爷这一辈，亲弟兄两位，但同辈五服之内的叔伯兄弟就多了，爷爷张裕清行十三，大家称他为"十三叔""十三爷"。

数辈下来，缸房院子孙繁衍，一辈一辈分家析产，到爷爷这一辈，家道已然中落，不复从前。张连印记得，待他1964年正月当兵走，缸房院挤挤挨挨住着十八九户人家，东家搭个灶台，西家建个贮物小房子，曾经富甲一方的缸房院变成一个名副其实的大杂院。

张连印父亲这一辈，弟兄三人，大伯张浸，父亲张泓，三叔张源。还有三个姑姑。

张连印1945年出生后，父辈三兄弟跟祖父一直没有分家，是所谓的"大公家"，也是农耕需要，延迟分家析产，避免财产分割之后生产效益衰减，同时三个儿子拧在一起，劳动力尚可保障。直到张连印父亲去世，祖父才将土地、房屋一分为三，大伯和父亲分得西房，入堂屋，上为伯，次为仲，实际上是一家一间小房子，三叔分得正房三间。张连印后来看过祖父分家析产的文契，当时考虑老大和老二土地多一些，老三为幼子，土地少一些，住的也就好一些。但是，文契同时约定，老三虽然分得正房，但要待到父母亲全下世，才最后归他。

不管怎么说，张家场西张，直到现在还是村中大族。同宗同脉，赓续何止百年。张连茂是大伯张浸之子，小张连印6岁，识文断字，一辈子株守家园没离开过村庄。张连印在村里的好多事，要凭这个弟弟来张罗，对他非常信任。张连茂整理西张家谱，长长一卷，抄写工整，裱衬雅致，卷起来小心装在一个更厚的纸筒里，平时秘不示人。长卷展开，蔚为大观。谱序从天祖张珠开始排列，张珠、张玠两兄弟，高祖张志刚又是弟兄四人，下来瓜瓞绵延，张志刚又生四子，四子之下到祖父张裕清这一辈，十三个叔伯兄弟，到"连"字辈就不下百人。

2003年5月，张连印退休回家，58岁，说小不小，说老不老，阖村抬首低头都是兄弟。大伯家的张连茂、三叔家的张连雄，呼兄唤弟，走在哪家吃在哪家。这是真正回到了家。

张连印记得，他跟"连"字辈聚集起来商议回村植树，先每人放下一瓶白酒，就着家乡胡油调羹老莜面，吃着家乡大烩菜，每一个人一瓶老酒润喉，说得那叫个热烈。

春正好，故园桃李，待君花发。

什么是回家？这就是回家。

为什么回家？就因为这个回家。

这才是回家啊！

张家场，左云人口语里都说成是"张场"，中间那个"家"字被忽略了。张家场的人口语里也说是"张场"，中间那么大个"家"就在热炕头没有挪窝，推杯换盏，乡语乡音，还深深藏在心里头。这个"家"，把一个离乡四十载的将军给唤回来了。

春夏之际，午后未时，阴阳交接之际，要起风。风从高天大朵大朵的云彩那里搅动起来，蹚过大地，蹚过荒野，穿过树林，掠过十里河滩的野草，慢慢慢慢，由小而大，把村道一侧电杆上的电线吹得呜呜作响。

③ 树少不挡风，草稀难固沙……左云县南部就是宋辽古战场金沙滩，沙化严重，盐碱化严重，一直是山西省绿化治理的重点区域。

将军回乡，怀揣着一份放不下的心事。

雁北方言里，说人与人交往，客气、委婉，叫作"拿心"。实际上，说到底，还是说这个人的心事重，有好多好多事情放在心上，丢不开，扔不掉，绕不过，"拿心"。

张连茂说，我那个哥，对人，对事，都"拿心"呢。

将军是一个"拿心"的人。

别人说他"拿心"，从士兵做到将军，不"拿心"也不对。说到底，他回乡义务植树，兄弟们说他"拿心"，实际上还是对他不理解。虽是同族叔伯兄弟，他们怎么能理解一个将军的心思？

将军的心思何谓？"登高望远，指画山河""我最怜君中宵舞，道'男儿到死心如铁'。看试手，补天裂""醉里挑灯看剑，梦回吹角连营""凭谁问：廉颇老矣，尚能饭否？"

稼轩词阕，丹心可鉴。

将军心思，古人道尽。

张连印平常读古诗，最喜曹操"老骥伏枥，志在千里；烈士暮年，壮心不已"。何况，58 岁放在今天，正是壮年。

壮心正烈。

2003 年 5 月，按照《中国人民解放军现役军官服役条例》，年届 58 岁的河北省军区副司令员、少将张连印正式退役。工作交接后，有 40 年军龄的将军向军旗敬了最后一个军礼，卸下将官服，穿上百姓衣，转身走出军区大院，告别军旅。

第一站，并不是回乡，而是来到山西省太原市。40 年军旅生涯，从连指导员到师长主官，他所在的部队一直驻守山西。40 年军龄，随部队在山西就驻扎了 24 年。每到一驻地，都跟地方领导相处得甚为融洽，当然，其中还有一些是已经退役的战友与昔日的部下。退休当月，访故地，探旧人，话当年，当是题中应有之意。但这并不是此行的主题。他拜访的都是已经担任省农业、林业部门领导的那些故旧，请教的都是关于山西农业和林业的问题。

然后，才回到故乡张家场。

2003 年的张家场村，当然不是 1945 年他出生那一年的张家场村，也不是 1964 年年初他当兵走时的张家场村。作为乡政府所在地，改革开放几十年的张家场村发生了很大变化。

从上世纪 80 年代开始，左云县依托丰富的煤炭资源，率先甩掉贫困县帽子，成为山西省十大小康县之一。1984 年 10 月 4 日，《人民日报》发表著名记者吴象先生的长篇报道《左云新风》，雁门关外的左云县从此闻名全国。

其时，从张家场走出去的农家子弟张连印39岁，已经荣任中国人民解放军某师副师长一年多。家乡的变化令他欣喜。

吴象的报道里提到张家场村。1983年，富起来的张家场村投资7万元办起乡敬老院，投资9.8万元办起乡文化中心，老有养，少有乐，农民业余生活丰富，村民的精神面貌焕然一新。

2003年，张连印回村，新村的建设和搬迁接近尾声。村民们搬离老旧破败且挤挤挨挨的旧村，家家户户住进红瓦、砖墙的新居。张连印回首往昔，怎能不感慨系之？

他退休后第一次回到生他养他的村庄，在村里待了半个多月，走街巷，访旧邻。村里多少年才出了这么一位军队高级干部，出了这么一位将军，现在回乡探亲，怎么也算一个大事件，拜访和探访他的乡亲也是络绎不绝。

他回来，显然是有目标的。早在接到退休命令之前，他就不止一次跟老伴王秀兰说过，等退休之后，咱们看看能不能给村里办点什么事情。跟他当年找对象一样，目标同样明确，就是要回村，就是要给村里办点什么事情。

干什么呢？

在回乡的半个多月里，还发生了许多事情。好多老乡几乎不相信眼前的张连印，这么大个官儿，是退休的人，是已经年近花甲的人，神采奕奕，谈笑风生，你要说他40岁、50岁也有人相信的。精力旺盛，雄心犹在。这么大一个将军回到故乡，尽管退休，但身上的"余热"可炽，能量资源富集，求之不得，好多人都上门来拜访他。干什么？有企业邀请他去当顾问，配高级小车配专业司机自不必说，至于年薪，开口就是 40 万、50 万。怕是张连印自己都没有想到自己会值这么多钱，会成为这么大一个宝贝疙瘩。

"老汉"自己会想，"拿心"，这也不能说人家想得错，是看得起自己。只是行伍半生，隔行如隔山，天予并不代表着都可以自取。戎马倥偬 40 年，工作是执行命令，休息未尝不是执行命令。休息也不能出格走样子。

婉言谢绝。

然后是连茂、连雄兄弟掏心窝子。2003 年的左云县，乡办、民办煤矿不能说遍地开花，也是花开遍地，不能说日进斗金，可也前景光明，煤炭市场正慢慢回暖。包个煤窑，稳赚不赔。三叔家的连雄，张连印参军的那一年，他才刚出生，现在已经是一位精明强干的企业家，在煤矿做管理工作。有这样的帮手，开煤矿，经营得好，不是可以更好地给村里做些事情？

"老汉"又"拿心"。开煤矿那是个什么活？自己虽说看去像 40 岁、50 岁，但自己的身体自己怎么能不知道？包煤矿，2003 年因为煤价还没有涨起来，承包费几乎就是一个象征。只是民营、集体煤矿要投多大的精力进去？虽然没有从事过这个行业，可左云人哪个不知道这里头的深浅？生产设备落后，生产管理粗放，安全事故频发，万一要出点什么事，自己回来做好事，不就做成坏事啦？

有悖初衷，有悖初心。

不可以！断然拒绝。

2006年5月18日，左云县新井煤矿发生特大透水事故，井下被困56名矿工遇难！举国震惊，举国关注。事发矿井，近在咫尺。就在张家场乡，而且是乡办煤矿。事故发生当日，正逢植树季节，张连印正在张家场村的北梁上带领工人们栽树，苗圃刚刚走上正轨。张连印第一时间听到这个惊人消息，愣了一下，说：你看看。

接着沉默，心情沉重。

这是后来的事情。不提。

村里一起长大的"连"字辈，赶上好时候，人才济济，通农桑，善贸易，满眼都是人尖子，眼前又回来这么大个将军，哪里能不骄傲？说来说去，说回到缸房院。缸房院，张家子弟繁衍至少七世，少说也有150年的历史，最后出了这么大一个将军，地势好，人丁旺，出人才，好风水，实在不行，把旧宅翻新接盖一下，什么时候想回村里来住，也有个住处，大家也有个念想，说，那里就是张将军的住房。

张连印笑了笑。说起缸房院，说起旧宅，那里快乐充盈，苦难也充盈；缅想处处，伤心也处处。追先忆远，老来株守家园，求田问舍，万字平戎策，换得东家种树书，也未尝不好。何况，他早就想回家。可是，细想自己一生成长，童年少年，是从苦水里一步一步蹚过来，靠的是吃百家饭，穿百家衣，乡亲们扶助帮衬长大，入伍参军，一步不落从副班长做到少将，每一步又离不开部队组织培养，与风水何干？

对此提议，一笑而过。

不当顾问，不包煤矿，不修旧居，干什么？张连印慢慢跟兄弟和一起长大的同伴商议。说是商议，其实就是说服他们，帮自己给村里干点儿事情。张连印的口头禅：在有限的时间内，在有限的范围内，做点有限的好事。

干什么？栽树。

为什么栽树？明摆着。

包括张家场，整个左云县，过去是著名的风沙县。不独左云县，沿明长城，东起天镇、阳高、大同县（现大同市云州区），西至右玉、平鲁、偏关县，再往下走沿黄河一线的河曲、保德县，外长城横贯东西，有七八百公里，几个县份，西邻毛乌素沙漠，北界库布其沙漠。左云县虽然离沙漠还有百十公里，但在一些地方也已经现出沙漠的端倪。

风沙大，张家场人哪个没有体会？春天一场风起，漫天黄沙，黑云动地，大白天还得点灯，沙砾扑打，砸在脸上如鞭子抽，灌得人鼻子眼里嘴里尽是沙。风住时节，世界倒是安静下来，不一会儿，就听得呼飒飒的动静，以为是下雨。天上也确实是降下一些东西。什么东西？细沙。细细的沙，绵绵的尘，干燥而均匀，呼飒飒要降两三个时辰。然后院里头、窗台上要落下铜钱厚的一层。

张晓斌小时候回村里看望大爷爷和三爷爷，要在叔叔家里住一两天。下十里河河滩去玩，即便在没有风的时候，河滩上也会莫名其妙生起一圈一圈小旋风，小旋风陀螺螺陀螺螺像被什么东西撵着，左旋右旋，越旋越大，最后形成小型的龙卷风，扶摇直上。

每年春天，白天点灯的日子要持续半个月，甚至更长。黄毛风刮起，遮天蔽日，不辨马牛，仿佛大祸临头。

张家场人爱唱戏，爱红火，听的小戏是二人台。二人台丑角上台要"拉呱嘴"打场子。其中一段关于刮大风的"呱嘴"在晋陕内蒙古地区广有听众，张家场的人耳熟能详。说春天里大风一起，是这样：

> 山上刮的个儿马风，
> 梁上刮的个叫驴风。
> 洼里刮的个趟牛风，
> 沟里刮的个顺沟风。
> 渠里刮的溜渠风，
> 旮里旮旯刮怪风，
> 就地刮起一股鬼旋风。
> 司风娘娘放出一股屁，
> 刮得是天昏地暗怕死人。
> 上天刮到凌霄殿，
> 入地刮在鬼阴城。
> 刮得大山没顶顶，
> 小山抹得平又平，
> 千年的大树连根拔，
> 万年的古石乱翻滚。

刮得碾盘翻烧饼，

刮得碌碡耍流星。

直刮得玉女倒把金童寻，

直刮得拦羊娃娃钻窨洞。

直刮得老汉汉得了个四六风，

直刮得嫩毛娃娃得了个老牙疼……

好焦苦的大地，好大的风啊！

民间吟唱，多有夸张。但你不能说，这吟唱没有现实影子。为什么这么大的风？谁都知道，皆因生态恶化。树少不挡风，草稀难固沙。雁北太行山高寒区，黄河边吕梁山干旱区，深处大山里的黎庶苍生莫不深受其苦。"植树造林"，对于长城一线的晋北、陕西、甘肃人而言，就不是一个简单的行政动员，而是朴素的生存理念。

山西一省，从上世纪70年代末开始的三北防护林建设，到2000年左右开始的京津风沙源治理，国家投入巨资造林绿化。紧邻左云县的右玉县，上世纪50年代，每年大风扯天动地，风起沙随，刮来的沙尘能把右玉县老县城的北城墙埋成平地。十几任县委书记一任接着一任干，久久为功，植树种草不放松，业已大见成效，名动中华。左云县南部就是宋辽古战场金沙滩，沙化严重，盐碱化严重，一直是山西省绿化治理的重点区域。

而左云县更加特殊。

明代万里长城，东起山海关，西抵嘉峪关，分为九镇，也称九边。相当于九个专事边防的大军区。天下九镇，山西就有两镇，分别为大同镇和山西镇。沿长城一线雁北地区天镇、阳高、左云、右玉、平鲁几个县，都属于明代大同镇所辖卫所；今天偏关、神池、五寨则属于山西镇所辖卫所，几个县直到清代才废卫设县。古长城大同镇、山西镇所辖几个县，在 2015 年开始的新一轮脱贫攻坚中，除左云、平鲁外，无一例外是国家级贫困县，或者是深度贫困县，集中连片，难兄难弟。

为什么？长城沿中国北方传统疆界延伸，与农耕极限降水线基本重合，干旱、少雨、农业立地条件差，风沙大，植被少，水土流失严重，就是华夏文明万年立农的北限。北限之南，五谷飘香，北限之北，逐水草而居。一道长城由东而西，朝饮长河水，夜沐大漠风，说起来怎一个苍凉了得！

左云县上世纪 80 年代即凭借发展地方煤炭工业甩掉贫困县帽子，平鲁县也是煤炭富集县，中国第一家合资露天煤矿就坐落在该县，开中国改革开放引进外资风气之先，昔日贫困县，今天现代化矿区。但长城脚下的几个县，在较长的时间段内，生态脆弱，风沙严重的面貌并无二致，素来就是苦焦地面。

左云县的农业立地条件和自然环境，并不因为甩掉贫困县帽子情况有什么改变。就人均水资源占有量而言，不足全国平均水平的四分之一。就降水量而言，多年年平均降水量为409.9 毫米，但蒸发量为 1847.8 毫米，蒸发量大于降水量，天收大于天赠。就气候而言，全年无霜期为 120 天。十年九旱，甚至十年十旱。左云一县如此，沿晋北、晋西北长城一线各个县莫不如此。

还有一层。所谓成也煤，败也煤。左云县生态脆弱之外，再加上环境污染，还有煤矿采空区塌陷与沉降，无疑雪上加霜。2003年，左云县拥有大大小小300多座煤矿，星罗棋布，遍地开花。又没有铁路，煤炭外运全靠公路运输，运煤大车沿张家场十里河南岸的109国道川流不息昼夜不停。运煤大车呼啸而过，路面扬尘，树叶子上常年蒙一层煤灰，煤灰一层一层蒙过，百草从春到冬就是一个颜色，败兴至极。张家场的老少回忆2003年左右的环境，讲，那会儿？那会儿在109国道上走一遭，回来洗脸能洗下一盆黑水。

植树造林，对山西人而言是朴素的民间生存理念，对左云县人民则更是如此。国家投资，省里安排，县里部署，到2003年张连印退休回乡，已经蔚成风气。

所以。

植树！

张连茂回忆当年哥哥回来说服他们的情景：我那哥，人家当大官回来，说的那些话，大道理一套一套，我们听得都眼瓷啦！我哥哥那人的性情我知道，能吃苦，想干事，他想下个章程，你就不要说二话。但有些话咱哪能听不懂？植树确实是个好事情嘛！说得弟兄们和他的那些过去一起长大的人都心动了，说咱帮张将军来完成这个事。

张连茂说，我哥人家说的也有道理，说你包煤矿可以挣钱，给人家当顾问也可以挣钱，但退休是告老还乡呢，钱是有够的，钱花光也就没啦。你栽下一片树，对绿化村庄，改变环境，给国家做贡献"全搁过"，咱们百年之后，树还在，子孙后代说起来，那一片树是谁谁谁栽下的，你看看，这多有意义。

我问张连茂：当初就没有反对的？

有，咋能没有？我嘴上是不说，心里第一个反对。

其他人呢？

也有那不"拿心"的，直接上来就说：你又不是疯啦！有钱没地方花啦？祖祖辈辈就没种成个气候，你倒能？

是谁说的这话呢？

谁？胡万金！人家跟我哥一起耍大，比他当兵还早，回来当过大队书记，老支书，老资格。他不跟我哥"拿心"，敢说。

张连印回村，还有一个称呼：平安。这是他的小名。

比他年长的，上前握了手，端详一番：平安回来啦？张连印应声连连，心都要化了。

"连"字辈下面一辈，则径直叫他"平安叔""平安大爷"。张家场新村的街巷宽展，当初规划的时候就是要走农用车或者拖拉机的。路过一条巷子，宽巷的另一头人看见他走过，"平安叔""平安大爷"的呼唤就传过来。

左云乡音，平安，读如"平南"；叔，读如"收"。

张连印抬头，左瞧右看，却不见谁人唤他"平南收"。乡音，在早晨清薄雾下空寂的巷口响起。张连印应声连连，心里热烘烘的，感到分外亲切。

所谓故乡，还不就是这么回事？

故乡，就是呼唤自己小名的地方。

古诗有"少小离家老大回，乡音无改鬓毛衰。儿童相见不相识，笑问客从何处来"。少小离家，近乡心怯。这里的儿童，并不是故园童稚少年，而应该是从小一起长大的人。一起长大的那些玩伴居然相见不相识，可见暌违相隔，离乡已久！张连印没有这重"心怯"顾虑，老少皆识。他从来就没有跟故乡断过关系。

儿子张晓斌，6岁该上学的时候，才跟着母亲随军与父亲团聚。那时候，父亲已经是领兵的营长。童年，少年，长成直竖竖的初中生、高中生，父亲则相继任营长、团参谋长、团长、副师长、师长，在这个并不漫长的长个子过程中，在晓斌的记忆里，饥饿、吃不好的感觉挥之不去。所谓"小子十七八，吃塌娘老子"，可是生在这样的家庭，说饥饿，吃不好，哪个信？

但这是真的。

怎么讲？张连印的部下曾有回忆。张连印首长家里的家乡客人从来没有断过，求这求那求办事，战士们一水儿的年轻人，顽皮爱开玩笑，门岗站岗的战士一说"皮袄队"又来啦，就知道是他的家乡张家场的人来了。在上世纪七八十年代，左云男人一过八月十五天气寒冷，不托布面的白茬皮袄就得穿起来。"皮袄"而成"队"，可见人多，可见络绎。困难的年月，"皮袄队"一进家，张连印高兴，老伴王秀兰高兴，"君自故乡来，应知故乡事。来日绮窗前，寒梅著花未"。把酒话桑麻，东家邻西家亲问候个遍。备吃备喝自不必说，临走还得拿上，不能让空手走。

老伴王秀兰是左云人。左云女人，只比左云的男人更豪爽更大气一些。那时候，虽然身在部队，也跟普通市民一样，吃供应粮。每人每月29斤供应，40%细粮，60%粗粮。而且上世纪七八十年代，团级军官的工资也不高。老乡们要回程返乡，也没有什么稀罕的，带些细粮改善生活再好不过。这样每月40%的细粮就留不下多少，最后还得跟驻地的老乡们买粗粮来弥补不足。晓斌记忆里的饥饿、吃不好就是这样来的。每一年孩子们放假，王秀兰要回家乡探望，娘家婆家这一家一家看过来，带的钱得全部花光。

这情分，均来自大家都知道他这个"平安"的小名儿。平安是小名儿，这个没问题。直到2003年之后，他才知道，这个小名儿还有更深一层意思，是他出生的纪念。

张连印退休之前，一直没有弄清楚自己的具体生日，也就没有过过生日。而且，他的老伴、儿子和两个女儿也没有过生日。这个由军人组成的大家庭，其生活旋律都是跟着军队节奏走的，五一、七一、八一、十一，这些重要的节日他们庆祝，自己的生日则从来不去张罗，也没有那个意识。甚至三个儿女的婚事，婚礼都没大肆张罗，双方亲家坐在一起吃个饭，婚事就算办啦。

这种情况在军旅中并不鲜见，戎马倥偬，训练紧张，服从命令是天职，哪有时间张罗自己的事情？没有什么不可理解的。

但张连印是真的不知道自己确切的生日到底是哪一天。他档案里填的生日一直是1945年1月。即便是这个出生年月，也是一笔糊涂账。直到退休回乡18年之后的2021年，他去探望他的三姑。三姑比他大6岁。三姑告诉他，他的生日是

1945 年的正月十五。正因为这一天出生，所以才给他取名叫"平安"。

每年正月十五闹红火，张家场村要在元宵之夜点"黄花灯"。"黄花灯"亦称平安灯。这是张家场村元宵夜公共活动的高潮，情形和晋北、晋西北乃至陕北各地的"九曲黄河阵"形制差不多。多少年之后，左云县其他村庄要举办失传已久的"黄花灯会"，还是从张家场村的老人手里拿到古老的灯会图谱的，这个地方民俗才得以在左云县其他乡村恢复起来。

张家场村是左云县传统农业村落，"黄花灯会"过去由义仓或社首来组织。地点就在缸房院东边的空地里。张连印小时候曾不止一次见到过。场地中央，先竖起一根"老杆"，以老杆为中心，365 根 1 米多高的木头杆再依图样拦成九曲之阵，每根木头浮头，再钉一只木柁子，以放"灯盏盏"用。

精彩的当然就是被称为"黄花灯"或者"平字灯"的"灯盏盏"了。这些灯盏，由各家各户制作，灯盏的数量，则根据全村所饲养的牲畜数量分派到各家。家有一头牛者，要出 5 盏灯，没有牛的家户，则出 3 盏。如若不足，则由社首从社田收入里公出。灯盏由各家各户制作，要体现这一家户主的创意，每家大人娃娃齐上手，精心制作，灯会上的灯盏造型各异，每一盏灯都用彩色纸糊就，还要在纸糊的灯壁之上画上各种故事人物，各种戏曲人物，"三国"有，"封神"有，"说岳"有，"水浒"有，应有尽有。元夜降临，每一盏灯倾麻油，插蜡烛，打火燫点燃，365 盏平安灯星星点点，一盏一盏平安灯亮起，

"黄花灯"阵的外围照例要堆起高大的火塔子，一时人间灯炬齐明，天上的月亮星星前来呼应。待社首在人口"龙门"处焚香祭拜完毕，村里的人纷纷出来转灯会，张家场村的"二毛蛋"吹一杆长号唢呐，笙管齐奏，锣鼓喧天，引领大家沿着灯阵走到"老杆"那里，摸"老杆"，祈平安，禳灾祸，祛百病，求得个风调雨顺，六畜兴旺。

这一天，缸房院里十分忙乱，完全没有在意院墙外面的红火。张连印就在这一天出生了。奶奶李大女忙前忙后，母亲程二女经过一番阵痛，额头上沁着汗珠颗子。出生的是一个男孩子，张裕清这一支长孙诞生，似乎消弭了奶奶李大女和母亲程二女对生育的恐惧与紧张。在过去，农村生育孩子，被称为"水瓷沿上跑马"，何其凶险。

母亲程二女抬起头，问：啥时辰？

祖母李大女说：亥时。外头正点平安灯呢。

哪一盏平安灯被燃起时迎来孩子哇的第一声啼哭？一盏平安灯被点燃，小小的火苗从火捻子顶端亮起，如豆，如花，跳两跳，伸两伸，茁壮起来，如土地里长出禾苗，是稚嫩的，是弱小的，是一点鹅黄，但持久，但喜庆，但吉祥。

母亲程二女说：点平安灯呢，就叫平安吧。

祖母李大女乃张家场村北边的高向台村人。高向台村后来划归大同市新荣区。祖母是家中的长女，就叫李大女。而母亲程二女呢，在家中排行老二，就叫程二女。

令人感慨，张连印的妻子王秀兰，是上了学才拥有了自己的名字，她在村里的小名叫"六女"，如果不是后来学习好一路上到高中，"六女"这个名字可能会伴随她一生的。祖母、母亲、妻子，雁北大地上这些母亲们，她们生而寂寂无闻，她们博大的胸怀让一个一个古关边地的村庄充满生机,血脉延续,精神流传。

所以，张连印一再强调老伴王秀兰对他回乡义务植树的支持，就特别容易让人理解。而且，从跟王秀兰"找对象"那一刻起,他就认定眼前这个雁北姑娘将来会跟他一起回故乡安家，显然有他对雁北女人的基本判断在里头，这个判断，来自从来没有过自己名字的祖母和母亲。

也是 2003 年回乡之后，清明节他给母亲上坟，在弟弟妹妹们给母亲立的碑铭上才知道母亲的年龄。碑上赫然写着，"故先妣程二女，一九二九年六月卅日生"。这样算起来，母亲在点起平安灯生下自己的元宵夜，才不过虚岁 17。母亲一辈子缠小脚。这个小脚老太太一辈子生育了八个子女。

这母性的大地！这苦难的大地！

将军说起母亲，声音低沉，情绪不高。

一旁的郑建国拿手机哗哗哗翻屏在那里查万年历，说：张将军，您准确的出生年月应该是 1945 年 2 月 27 日。

郑建国来文联任主席之前，在县人事局"钻"过好多年。雁北人说自己的简历，哪一年在哪个单位，哪一年又是哪个单位，说"钻"过哪些单位。最后，郑建国从人事局"着"到文联，又在文联"钻"啦。人事干部，业务熟悉，推算干部的出生年月是手到擒来的事情。

张连印抬起头，想一想：这个准确。

郑建国说：这样说，您是吃大亏了，退休提前了一个多月。

张连印恢复常态，一手挥起来，哈哈笑起来：早一个月迟一个月那吃啥亏！

这样，就说到他的童年。

胡姓在张家场村是小姓，但胡万金在村里威信挺高。在村里,他是少有的几个跟张连印这个回乡将军说话不"拿心"的人。

张连印跟本家兄弟商议要回乡植树，当然还要请教胡万金。得到胡万金的支持，再好不过。哪承想，跟胡万金一说起这个事来，正如张连茂说的，胡万金第一个反对。先是把个眼睁得有多大，继而摇首连连。

"我跟你说话不拿心，你干啥不好偏栽树？我告诉你说，你着不成！别人都着不成，你就能着成？"

可能张连印也意识到，跟胡万金说这个事情也大半是这么个结果，嘿嘿一笑，继续倾听。他说的"着"不成，是为啥个"着"不成。

在雁北方言里，"着"，读如"zha"。卷舌，入声。短促，简捷，坚定，明确，是一个功能性特别强，外延特别丰富的动词，可以在不同情境中转换出千百种意思来。正如郑建国说"着"到文联，是被委派到文联。还有，"啊呀！咋着呀"，是无奈的感叹，怎么办啊！"你是咋着的"，是责怪人办事不靠谱。"叫着进去了"，又说的是某人办事胡来，让关进了局子。这个事情办得不错，他偏说"这点营生可着好啦"。那个事情办砸了，他说是"可把个事情给着灰啦"。胡万金问张连印"别人都着不成，你就能着成？"，放在当下情境里，意思很明确，过去多少人在张家场栽过多少年的树都没有干成，你就能干成？

意思是这么个意思，但用"着"来说这个事情，效果便不一般，得认真对待。尤其胡万金老书记说着不成，果然着不成？

胡万金在担任大队书记的时候，春秋两季，没少在村北梁、村南梁栽过树。怎么样？"没着成"。

胡万金跟张连印同庚，比张连印小。张连印生在点平安灯的正月十五，胡万金则生在二月初三，相差了半个多月。两个人一起长大，所以说话不"拿心"。胡万金还记得两个人小时候一起玩耍，一起在生产队里干活的情景。

1963年，胡万金先张连印一年参了军，地点在北京。张连印1964年年初参军，地点在河北。一前一后的兵，两个人入伍之后通信频繁，互相鼓励。两个人都进步快。胡万金1964年就入了党，张连印1965年入了党。到1968年，胡万金转业回家，先在鹊儿山煤矿做工人，1970年回村担任当时的张家场村大队党支部书记，一直干到1981年。之后，又在乡办煤矿做书记，直到退休。这样的履历，在村里说话没有分量都不行。他对张家场这个村是再了解不过了。如果说，张连印心里故园还是一个记忆，是一种情怀，在胡万金心里张家场就是安身立命所在。张家场的田地，张家场的出产，张家场的山水林木，张家场的风霜雨雪，张家场的家长里短，张家场的好，张家场的歹，没有个他不清楚的。胡万金是知道自家村庄家底的那个人。张连印十分佩服。

所以话不妨说得再远一点。

1970 年，十里河北岸的张家场村本来底子就薄，运动一来，闹派性，鸡飞狗跳，不可开交，产下粮食不够吃，年年由国家再返销回村补贴，是所谓"吃供应"。全大队那时候是 4 个生产队，社员出工不出力，生产队的班子涣散，派性严重。张家场村是公社所在地，公社驻地的村庄成了这个样子，公社的人着急得不得了。选来选去，胡万金是本村人，刚刚转业，是少有的可用人才，就将他从鹊儿山煤矿给要回来。那一年，张连印在部队担任连长。

当时的张家场，土地 3000 多亩，林地 4000 多亩，农业人口 800 出头，村里头的大田作物以小杂粮为主，莜麦、谷子、黍子、黑豆、黄豆、草豌豆，还有麦子和土豆。因为气候的原因，也因为品种问题，玉米还没有普遍种植。玉米大面积种植还要等到家庭联产承包责任制实行之后。

山西沿长城一线和吕梁山区，普遍以小杂粮为主，乃是几千年传统耕作技术之下的选择，不奇怪。小杂粮有小杂粮的好处，小杂粮耐旱为其一，宜于倒茬轮作为其二，适应气候条件，各种小杂粮的生长期有长有短，可以与十年九旱的气候条件斗智斗勇。但产量普遍欠缺一些。大宗莜麦，亩产平均一百七八十斤，年景好时可达到200斤；谷黍产量好一些，最高的时候可以达到四五百斤，黍子最好的时候可以达到800斤。

胡万金主理村政，农业、副业一起抓，所谓"以农促副，以副促农"，农业之外，发展副业两条腿走路。一是为每一个生产队出一辆胶皮轮大车，到煤矿上拉煤运煤，三个骡子一辆车，一天给生产队交回100元，一月就是3000元，一年下来就可观了，纯收入可达36000元。二是开了一个砖窑，开始手工脱坯，后来改为机械出坯，每块砖售价0.5元。村集体有了相当积累。

农业呢，也不差。整顿生产队班子，凝聚人心，粮食产量逐年上升。在1970年，胡万金"接摊子"的时候，全村粮食总产量为46万斤，刨去牲口畜力饲料，人均也就300斤出头，吃都不够吃。到1980年，全村粮食总产量达到96万斤，翻了一番多，每个生产队交售公粮2万斤，全村共8万斤。从吃救济到售公粮，这个变化有多大！而且，村民的收入也增加了，在1970年，一个工分年底分红只有0.2元，甚至0.15元，到秋天分粮的时候，算口粮还得倒贴。到1980年，好的生产队分红达到2元，差一些也可以分1.5元。因此，张家场村成为全县挂了名的农业大村，是当时"农业学大寨"的先进大队。县上提出，全县的农业，"南学小京庄，北学张家场"。胡万金不止一次被派往山西昔阳县的大寨村去学习，去取经。前来张家场包队下乡的干部也是县委副书记一级的人物。

这是张连印佩服胡万金的原因之一。

还有一个原因，这个老伙计身上有一种仁厚品格，也让张连印认可。

胡万金生有两个儿子，还有一个女儿。女儿现在也已经成人成家，生活在浙江。这个女儿是抱养的。这里头有曲折。老胡在小煤窑当书记的时候，包工队是浙江的。包工队撤的时候，有个浙江包工头就不亲这个女儿，不给吃喝，要卖掉。老胡看见女孩子挺恓惶，经常从饭堂打饭给孩子吃，这样孩子跟他就亲了。管煤窑的说，你快把孩子收留了吧，你家里也不差乎这点吃的。这样老胡就把孩子领了回来。那时候，孩子已经8岁了。

老胡说起自己这个姑娘，只比说起自己两个小子来更骄傲。老胡讲：孩子可灵呢，念完初中就外出打工去了。20多岁的时候，我这个当爹的当然操心，说你该找个对象成个家了。女儿征求我的意见说，您说说我该找哪里的？我说，我不限，你想找哪儿的找哪儿的，只要你看对，我也就看对了，当爹的只能做个参谋。后来，女儿要回浙江那边去，我说可以，回浙江也好，你还有亲人，也看看你。但她跟她的亲生父亲不过话，跟我倒挺亲，隔三岔五来视频来电话，问询问询。现在也有一个小子一个女子。

张连印说，老胡这个老伙计，是个好人哪！

但说起栽树，老胡却一口咬定张连印"着"不成！

为什么呢？

老胡在张家场主理村政十来年，其间带领社员没少"着"

这个事情。一方面，是上级派下来的硬任务；另一方面，作为当家的，也确实想改善一下村庄的环境。每一年春天和秋天，各生产队都要抽调青壮劳力上山栽树。

当时跟老胡搭班子的，就是张连印的堂弟张连茂。他担任过当时的大队"革委会主任"，相当于现在的村委会主任，也当过大队的会计，他是具体执行者。

上世纪70年代，那时三北防护林建设还没有开始，生态保护意识还没有形成，山西省各地为治理水土流失，都采取了相应措施，筑坝拦洪、淤地，平田整地修筑高标准基本农田，再加上植树、种草，工程措施、生物措施，形成一整套水土保持工程体系。植树造林是诸种措施中之一种，各生产大队都有相应的硬性任务。张家场村当然也不例外。从上世纪70年代中期开始，张家场村种植葛榛、枸杞、柠条、沙棘、小叶杨、沙枣、棘槐、榆树，乔灌混生，固沙防风，以达到水土保持的目的，但是效果极差。

张连茂说，当年，为了植树造林，大队统一由铁匠铺打制过一种专门用于挖树坑的方头铁锹。上山植树挖坑，左右各一铲，挖出一个坑，二尺半宽，二尺半深。那个树坑形状像元宝，所以叫作"元宝坑"。一拨人负责挖"元宝坑"，一拨人负责插苗。树苗大部分就是从老杨树上砍下来的树枝，插进去，埋上土，踩一踩。这样一苗一苗栽下去，就算完事。活，你活，死，你死，就不管啦。现在来看，这种栽法肯定是有问题的。比方，砍下的树枝，你要给它浇足水，然后还需要在切口那里抹点油漆，防止水分蒸发，这些都没有做。所以，树是栽上了，成活率却低，也就是个百分之几。其实根本原因，是老杨树不适应张家场的小气候，干旱，天冷，无霜期短。也请过技术员，技术员说啦，咱这个地势，老杨树不耐寒、不耐旱，不好成活，即便成活，也不成材，长不高，长不大，等它长大了，也就全死了。

直到现在，村北梁、南梁的林地里还有些几十年的老杨树，龇牙咧嘴，长了50多年，不成材，也长不大。村里人叫这些树做"小老树"。

胡万金跟张连印在老村里转。转村南，村南是十里河河滩。村里叫大河湾。大河拐大湾，拐到张家场，就是一片烂河滩，七高八低，葛榛遍野，五月份了，还是一片荒寂。转村里，旧村破败不堪，周围的老树枝丫错杂，白天看着阴森森，晚上人走在路上心里都怕。转村北，村北跨过一条道，就是北梁，北梁之上，"小老树"七扭八扭，没有给山梁增加绿意，反倒让荒寂的山梁更加荒寂。胡万金说，你看看，几十年"着"下的这些树，就长成这样，谁也"着"不成。咱这地势，就种不成个树。树活不了。

你当将军行，我服你。你栽树，那我可不服你！老胡又是一句不"拿心"的话。

老胡说的也是事实。不独左云县，沿长城一线的几个县，北方大野下，从天镇、阳高沿长城西延雁北十三县，晋西北十数县，像张家场村这样的"小老树"遍野皆是。栽下去，不好成活，成活了，又长不大。远看是灌木，近看是乔木。猛一看，不好看。近一看，还不如猛一看。枝不成形，叶子蜷缩，冬天一眼望去，就是龇牙咧嘴的一堆柴禾。所以，上世纪70年代，晋北、晋西北诸县的领导群众都感慨说：年年栽树不见树，漫坡尽是"小老树"。尽管如此，这些不成形不成材的"小老树"在漫长的岁月里，匍匐在大地上，顶劲风，历苦寒，伫立于古长城大风口，在当时的历史条件下对水土保持，对防风固沙还是发挥着相当大作用的。

经胡万金这么一说，张连印有印象。在他参军前的农业合作化时代，村里就组织过大规模的植树造林行动。数村联合，数县联合。规模不容小觑，效果不容乐观。

胡万金说"着成着不成"，张连印心里是有数的。他已经请教过省里、市里，以及河北的许多专家。从上世纪90年代开始，左云县和左云县周边各县，三北防护林建设首期工程和二期工程已经开始，在晋北高寒地区植树造林，积累了相当多的经验。

现在的植树造林，无论从哪一方面讲，都跟过去栽植"小老树"时代不一样了。这个事情能不能"着"成，就看你怎么"着"了。但张连印明白，张家场说到底还是张家场，这个村庄的水土、气候他还是了解的，要"着"这个事情，肯定是能"着"的。但要"着"好，肯定要艰难一些。

这才轮到左云那句方言派上用场：咋"着"？

不过，胡万金说起张连印来，就是一个佩服，说：张连印那个家伙，是个好家伙，脑袋瓜子灵咧！无非说张连印的聪明，记忆力强，上进。在村里，胡万金跟张连印同庚，小半个多月，但读书要迟张连印两年，所以，张连印小时候学习好，胡万金哪能不知道？在张家场他们那一茬孩子里真是佼佼者，谁说起来都是一律声地夸赞。

跟张将军谈话，你会吃惊于他对每一人生阶段每一个人记得特别清楚。退休之后，到太原办事，昔日战友和部下相聚，晚辈出来敬酒，问：伯伯，您还记得我不？老首长是不慌不忙，你爸爸是哪个，你妈妈是哪个，你当年出生的时候是怎么样，你祖籍在哪里，爷爷又是怎么回事，说个一清二楚。把小辈惊得不浅。

说起入伍当年，一口气，干脆利落，一字不落：新兵连驻扎在河北省邯郸市武安县康二陈公社车王口村，与河北省涉县接壤。新兵连连长王文龙，河北省邯郸市人。班长李兰亭，山西昔阳人，1960 年入伍。新兵训练三个月，然后授衔，授枪，下连队。班长李如雷，河南省宁陵县人，1960 年入伍。

也许是童年的经历过于特殊，他许多童年的记忆都是满满的细节，许多人生重大节点的具体的日子却只记个大概。比如生日，如果不是姑姑给他讲，他哪里能搞清楚？待搞清楚，他已经是 77 岁的老者了。

2008 年，一个叫张孝勤的小学同学来看他。小学同学来访，张连印欢喜无尽。小学同学退休前在神头电厂上班。两个老同学坐在一起，话题就没离开张家场那座办在大庙里的小学校。这个老张对另一个老张说，有一个东西你看看。说着话，从包里取出一样东西。是一张照片。是他们的小学毕业照。

张连印愣了。血脉偾张，情不能已。张家场高级小学六年级集体合影，照片上当然有张连印。照片上的张连印一脸稚气，留的是上世纪 50 年代少年那种发型，干净利落，额前一抹刘海儿斜遮，咧开嘴笑得多好！阳光，明朗！学生围着老师或蹲，或坐，或站，树影斑驳。他就蹲在左下角的位置，那张稚气的脸，那张阳光而明朗的脸，虽然是黑白照片，但像是有什么东西被嗤地点燃起来，岁月突然有了色彩。弦歌响起，往昔如此清晰地呈现在张连印面前。

时间，是 1958 年 6 月 8 日。张连印 13 岁。

那是张连印第一次照相，当然，也就成了他最早的照片。

两个老同学洒泪说当年，少不得留酒留饭。张连印一再拿起照片来端详。彼老张对此老张说：这个相片你就留着吧，我留着也没用，你留着说不定写回忆录能用得着呢。

这样，照片就留在张连印这里。2008 年，因为这张照片，谁都能看出，张连印情绪特别特别好。找回人生第一张影像，也找回了自己的童年。

他这样一个精干的人，怎么会不收藏这张照片？

张将军手一摊：没钱嘛！

照相不花钱，洗相片得花钱。当时洗一张是三毛钱，还是五毛钱？倒忘了，但就是一毛钱也掏不出来啊。不只是张连印，许多同学跟他一样，也出不起这个钱。张孝勤的家，在张家场邻村的小场儿村，父亲是个麻绳匠，家境相对宽裕一些。他洗了一张，保存至今。

有这张照片上标注的时间，少年的履历就清晰了。

那时候，张连印的父亲已经去世，母亲改嫁离开，他跟他的爷爷、奶奶一起生活。

父亲张泓 27 岁得了一场急病，撒手人寰。父亲去世在 1949 年的春天，距离大同被中国人民解放军接管还有一个多月的时间，距离新中国成立还有半年多。其时，左云县张家场村天寒地冻，风劲如刀。父亲去世时张连印才 4 岁。4 岁失父，关于父亲的记忆当然很模糊。死亡是怎么回事，一个 4 岁的小人儿能知道多少？母亲、爷爷、奶奶，还有大伯和叔叔，都跟他讲，父亲出远门了，再也不回来了。

成长中的那些寒素日子里，张连印根据亲人和村里乡亲们嘴里关于父亲的描述，一点一点复原着父亲的形象。没有哪一个男孩子不在小时候把父亲当作崇拜对象的。在大家的描述中，父亲是一个强壮的男人，父亲是一个乐观的男人。他依稀记得自己的脸被父亲的胡茬扎过的温热与瘙痒；依稀记得父亲逗他玩耍的欢笑，还有他身上散发的男人气息；依稀记得父亲在地里劳作一天回来，还没放下手里的农具，就蹲下身子看他那种眼神。父亲强壮，父亲高大，父亲是村里的红火人，每年正月十五闹红火，父亲是村里有名的"挠阁"高手，扛一个铁架子，能把两三个装扮起来的孩子扛在肩头招摇过市。

顶天立地的父亲就这样走了。现在回忆起来，父亲患的可能是肺上的病。父亲病倒，家里曾经张罗着送他到大同的医院看过。药石罔效，华佗束手。英年早逝，梁柱摧折。战火刚刚平息，乡村生活本就困顿，这对一个家庭的打击可想而知。反过来讲，幼年失怙，对一个年纪尚幼的孩子的心智长成之影响可想而知。从小，张连印就与同龄的其他孩子不一样。

岂止不一样，是很不一样。

父亲去世的时候，弟弟刚刚出生，孤儿寡母的生存就实在成问题了。1951年，张连印6岁，母亲程二女带着弟弟改嫁到邻村的猪儿洼村。爷爷和奶奶两位老人开通明理，支持儿媳妇的选择。张连印的姨姨就在那个村，姐妹俩在一起也好招呼。母亲改嫁走的时候，要带他走，一个6岁的孩子的主意居然非常坚决：不走。直到今天，从小一起耍大的老汉们回忆起来，还记得他站在门口，目送母亲出门的情景。身后，是他的爷爷和奶奶，他要跟爷爷和奶奶一起生活。好像那么大一点的小人儿，那个时候就明白，自己是家里的长孙，要承担起长孙应该承担的东西。他丢不开两个老人。

大家都记得，当年，这个 6 岁的孩子，站在门口，送母亲走，眼神里有一种跟年龄太不相称的成熟。

母亲改嫁，继父是一个好人，名叫于生永，别看年轻，却是解放前的老党员，在村里做干部，后来还在乡里当过乡长。继父是头婚，对母亲很好，对张连印也不生分。母亲虽然改嫁，但没有断与张家的往来，做下什么好吃的，会拐着小脚走六七里地从猪儿洼送到张家场给儿子吃，张连印也经常会去探望母亲。

后来，陆陆续续，母亲又生了两男四女。张连印并不因为是同母异父就对这些弟弟妹妹们生分，在日后漫长的岁月里，张连印这个长兄，要想方设法周济帮助他们。妻子王秀兰作为长嫂，对这些异姓弟弟妹妹也多有关照，参军、工作，甚至婚姻，长嫂当母，给张罗得非常周到。

小时候，同伴们对张连印非常不理解，说你娘已经改嫁了，丢下你不管了，怎么还断不了往来？张连印说起这一节，替母亲辩白：从小我就知道，母亲改嫁实在是没有办法的事情，如果不改嫁，生活就是问题。父亲去世的时候，母亲刚刚 20 岁，改嫁那一年也不过 22 岁。名下就两间小房子，还有几亩薄田，家里没有劳力，孤儿寡母怎么生活？那时，农村还没有开始合作化，更不像现在，有低保，有各种救助措施。所以，他特别理解母亲。

只是，4 岁丧父，6 岁母亲改嫁，张连印就成了孤儿。他身边还有爷爷和奶奶，站在身边的还有贫穷与窘困，老天爷刻意要塑造和锻炼这个孩子。

好在，还有村庄。张家场的老支书登门安慰两位老人：新社会啦，有众人一口吃，就有孩子一口吃。饿不起。放心吧。

好在，还有伯伯和叔叔。伯伯张浸和叔叔张源，老弟兄两个合计，再穷也不能让咱一门这个长孙受了制。因为有那张照片上的日期卡着，张连印推算，也正是母亲改嫁后不久，1952年，他被送到村初级小学上学去了。7 岁入学，是小学校里最小的学生。爷爷、奶奶疼爱，对长孙有期许自不必说，没有伯伯和叔叔扶持，早早上学堂去读书，是不可想象的。

新中国，新气象，1950 年，新政权兴扫盲，设学校，在张家场村办起初级小学。所谓初级小学，就是办到小学四年级。高级小学，则要有五到六年级。

张家场村的初级小学设在村里的大庙里头。张家场村过去有两座庙，一座，位于缸房院的北边，隔一道东西横向道，名叫五道庙。五道庙的遗址还在，"文革"时期诛神拆庙，竖起一个大照壁，用以书写标语。那个造型笨拙且硕大的标语专用建筑现在还倔强地伫立在那里，背后是几棵丫杈蓬勃的老杨树。另一座庙则隔一条官道，在缸房院的西侧，村里人叫它做"全神庙"。大抵里面供的神圣比较多，故名。因为比五道庙规模更加完整，有正殿，有厢房，正殿对过还有戏台，村里人又称之为"大庙"。张家场初级小学就设在这座大庙里头。

说起小学学校，张连印一扫对不幸童年回忆的黯然，顿时开朗起来。

78岁的老将军脸上现出的神情跟照片上那个13岁少年的神情居然一样样的，眉和眼舒开，嘴也笑开。他一口说出当年小学校长的名字，叫潘凤翼。

初级小学是复式班，教室占用大庙里的东厢房，有三四间房的样子，可以容纳张家场村共四五十个孩子。教师们则在大庙的西厢房办公、备课。复式班，老师教完一年级的课，马上开教二年级，然后三年级、四年级，依次轮换。就这样，张连印读完初小，也就是读到四年级。

然后，张连印将军就显得特别得意，一副运气来了城墙也休想挡住的样子。他讲，有这张照片，日子就清楚了。1956年6月，我初小毕业。当时村里的孩子们读到四年级就不得了了，要读高小，还得到其他地方去读。如果初小毕业，我是绝对不可能到其他地方去读高小的。恰恰我们毕业的1956年，张家场要办高级小学。我就顺利地读完高小。

当时高小也是要考的啊！因为招的学生就不只是张家场一个村的学生了，张家场周边的几个村庄的学生也一并参加考试。张连印一口气说出当年情景。高小录取放榜，张连印考了个第四名。第一名，曹村的张忠；第二名，远尚的王永宽；第三名，远尚的胡永才；第四名，张家场的张连印；第五名，西二队的程万远。他虽然在初小一直读到四年级，都是第一名，几个村初小学生大比拼，只考了第四名。

"八百里分麾下炙，五十弦翻塞外声，沙场秋点兵。"因为一张照片，一切都历历在目。张连印的精神头分明是在检阅自己的少年青春。初小毕业，张连印也不过才 11 岁。

秋季入学，张连印得以继续读书。开学时，当时的乡长胡有泉来学校检查工作，看见 11 岁的张连印和同学们鱼贯进入教室，很惊讶，这么小就读高小？一旁的老师悄悄告诉乡长：这个娃考了个第四名。

乡长当然知道这个家里没爹没妈、机灵又聪明的娃，轻轻颔首。

由初小而高小，学校的规模势必得扩大。怎么办呢？高小单独设班，将正殿大庙里的"全神"塑像一尊一尊请出去，将正殿辟为第一届高小班的教室。转年，又招第二届高小班，又将正殿对面的戏台稍做改造，变成学堂。那座戏台张连印印象特别深，小时候，曾经由父亲或者爷爷抱着在那里看过大戏。看戏的时候，村里专门要找来粗大的树干横在戏场，大家依次坐在那里听台上王侯将相、才子佳人来来回回吟唱。

高小入学，全班有五六十个人，后来转学的转学，还有中途辍学不读的，到 1958 年 6 月，他们照毕业照的时候，全班才四十多个人。而且，全班的学生看着年龄悬殊就大。张连印说，可不是嘛，当初张家场办高小，周边村庄还没有。招生的时候，许多过去已经读完初小的学生也来参加考试。最大的是班上的田大姐，比张连印大七八岁，都有了孩子，又来读书，她丈夫是一个医生。2021 年，班上这位年纪最大的同学去世。

这样，班上的学生就参差不齐，显得七老八少。张连印入学本来就早，一直是班上最小的学生。高小毕业的1958年，他13岁。所以，在那张毕业照里，虽然站的位置不太显眼，可是那张稚气而天真的脸特别引人注目。

想想也真是幸运。

人的一生有许多种可能。但要把路走正，个人努力不可或缺。个人努力之外，尚需有一个和平昌明的社会环境，还需要适当的机会在适当的时候出现在你的面前。三者缺一，人生就可能在某一个季节，不知道会拐弯拐到哪里去。

试想，如果1956年的夏天张家场村没有办高级小学，情况会怎么样呢？张连印说，毫无悬念，回村劳动。因为在当时，农村孩子读到初小已经不错了，从家长来说，识两个数目字，不当睁眼瞎乃最低要求。识文断字，晓义明理，求之不得。读书，不过是延长一些不做田力的时间罢了。即便在读书的时候，爷爷奶奶年纪大，担水拾柴自不必说，一边读书还一边做些力所能及的事情。在合作化之前，全村的牛要集中起来雇一个牛倌在河滩和梁上去放，他还记得，先一个牛倌叫乐明，后来乐明的弟弟接着放，叫玉明。他家里有一头牛，也伴群其中。

每天上学之前，第一件事情，是拿个筐子拾牛粪。刚刚放出栏的牛群在前面走，一群孩子跟在后面，紧盯着牛屁股。牛蹄杂沓，腾起尘烟，他们要在牛走过的地方及时把牛粪收集起来，拾进粪筐里。遇上一天牛拉得多，可忙坏了跟在牛群后面的孩子们。怎么办？用粪叉简单把牛粪归拢收集到墙边，画一个圈，表示这堆牛粪已归己有，然后再赶着收拾下一堆牛粪。大家都想多拾一点儿，你争我抢。等到牛群出了草坡，再撵不及，一群孩子再回过头来收拾圈好的牛粪堆，一筐一筐倒进自家的粪床上面，再去上学。

张连印笑眯眯地述说童年往事：想起来也有意思呢！从小我就不怕劳动。

1958 年 6 月，结束期末考试，张连印就高小毕业啦。

田大姐年纪大，跟老师们接触多，她悄悄告诉张连印：张连印，你是第一名。

树也是有情的呢，仁义得很，你栽它，它不哄你，长多少年就有多少层。

怎么讲呢？张连茂比他哥哥张连印小 6 岁，今年虚岁 72，已经步入人生的冬天。不过想一想，张连印退休回来那一年，他也不过五十出头，还是一个壮劳力。再往前推十年二十年，做过大队会计，当过村干部，经历过农村从合作化到公社化，再到家庭联产承包责任制，直到今天的乡村振兴、新农村建设全过程。张家场的张连茂应该是一个生龙活虎的人，跟印象里的"老农民"根本不搭界的，可是坐在面前的连茂却是一个地地道道的老农民。戴一顶上世纪 70 年代末期经常见的那种蓝色出檐帽，天气冷，薄羽绒衣还得穿十天半月。因为上了年纪，得过椎间盘突出，行动起来有些迟缓。但却骑一辆加重自行车过来，是已经退出公众视野多少年的乡邮递员骑的那种绿颜色邮车，迎着阳光从大门里进来，恍然让人一下子回到几十年前。走近了才看到其实是一辆崭新的车，也不知道他是从哪里淘到的。显然，他喜欢这辆车和骑着这辆车的那种感觉。骑着旧款式的邮车，仿佛可自由地在过去和现在之间来回穿梭。

别人夸他的自行车，他会像小孩子一样羞涩莞尔，那么黑的脸膛居然能看出飞起红晕。显然，拥有这么一辆加重自行车，是青少年时期就落下的"病根"。

这是一个有情怀的老农民。

左云的春天冷，但上午一直到午后，太阳上来，通透度极佳，照得实心实意。午时和未时交错的当口，也如往常一样起风，摩天岭那边雪峰高处忽然阴云密布，大团大团的云朵排兵布阵向东南边挤压过来。东南边的高天大云舒展，阳光灿烂。之后，南北两厢的云彩在瓦蓝的天上博弈良久，互不相让，巨大的云影随天上云朵移动，在大地上完完整整飘过来，又完完整整飘过去，最终酿成一场久违的春雨。雨来得还不小，先是雨点噼里啪啦密集地滴落在水泥地上，溅起泥尘，空气里迅速被泥土味充溢了，然后，稠雨再次将泥尘压下去，空气吸饱水分，湿润起来，还不到半分钟，雨顺着檐前滴水开始哗哗倾下，院里已经是一汪一汪的积水，雨滴溅起，像一枚枚钉子掷下，瞬间银花乱溅。

这场春雨，就着阳光下了有一刻钟的光景，每一滴雨都反射着阳光，雨的世界是一片晶亮可人。这时候，高天上乌云变薄，变得透亮，最后被什么东西撕扯着散碎开去。一场神奇的春雨。

张连茂推车来的时候，雨正好停了。他抬起头说这场雨：这雨，就是咱村里这小气候改变的缘故。树多啦，树大啦，雨来得也不一样。多清亮！

后来发现，连茂的嘴里会不停地冒出一些新词来，用得恰到好处。后来又发现，他居然还会网购。身上的羽绒衣，脚上一双老年鞋，包括头上戴的那顶怀旧感十足的出檐蓝帽子，莫不是来自网购。

随着张连茂的话音，耳边响起一阵节奏分明的响动，由远及近，再由近及远。啥声音？

连茂见怪不怪，又是一个恰到好处的词：松涛嗨，啥声音！一起风，这哗啦啦的声音可好听呢。

在一般人眼里，山西就是黄土高坡，就是水土流失，就是穷山恶水，就是面朝黄土背朝天，就是荒旱苍凉，就是背井离乡，说不尽的相思苦，道不完的离别愁。岂知，表里山河的山西，太行山、吕梁山、太岳山、恒山、中条山，经过多少年努力，不乏森林郁闭、绿云浮天的景色。"满瓮泛香醪，欹枕听松涛"，不独南国专享。因为这些年走过一些地方，连茂这一说，哪里会听不出来？

也是连茂这一说，才意识到此刻就置身于一片丛林之中。面积不大，有300亩。就是张连印从2004年开始搞的这个苗圃。苗圃怎么会有松涛声响起？连茂背操着手，撑起病腰，说：咱走，到地里看一看。

他在前头走，我在后头跟。走着，他会回过头来说地里的树。连茂指着侧柏说：这是侧柏。指着云杉说：这是云杉。指着油松说：这是油松。我嘿嘿笑，他也嘿嘿笑：你认得。然后指着一种树，看树形，再熟悉不过，但说不出名字。连茂看我一眼，见我噤声，就说：这是樟子松。然后又指一种树，说：这个你也未必认得。果然，那树不是立着，而是伏地蔓生。你说它是灌木吧，却又生着柏树叶，枝条延展开，还真是柏枝柏条。你说它是柏树吧，分明不是乔木。连茂说：你认不得就对啦，这是引进的新品种，叫沙地柏。沙地柏固沙性特别好。

他说：眼前的这些沙地柏，有来头。2021 年，哥哥张连印与嫂子王秀兰结婚五十周年，金婚，两口子不举行宴会也不办什么仪式，就种了 500 棵沙地柏。看看，长得多旺。

头大还没有在意，苗圃里有些畦垄里的树，有的"苗了"已经有碗口粗，两个人高，甚至更高。云杉尤其高，云杉短而密的针叶在阳光下，在左云这样春寒料峭的春天里，叶针尖儿的顶端，居然顶着一层鹅黄，说明它正在生长。

这些侧身列队般生长的樟子松，将自己的枝和叶一层一层擎高，再擎高，郁郁葱葱，葳蕤茂密。下午三四点雨后的空气通透，抬头朝太阳那里看一眼，有明晃晃的光晕，可就是这样的阳光，也休想轻易落到地面上，透过密密匝匝的树，好不容易才漏下一点来，又被树枝一再分割，被树叶一再遮挡，变得斑斑驳驳。这些树可是生长有些年头了。

连茂指定一棵樟子松：这樟子松，可是好货，也是苗圃里的主要苗木呢，耐寒耐旱，从育苗到长成，一点儿也不哄人。它生一年，就给你支出一个杈，生一年，就给你支出一个杈。你数数这棵，一，二，三，四，五……他一一往上点，直到树梢头，抬头望不见，说：共十二个杈，说明长了 12 年。从

2021 年往前推 12 年是哪一年? 这是 2009 年的树。像那一棵。他又指另外一棵树,一杈一杈往上数,也是十二个杈。这畦树,是同一年育的苗,所以树杈一样多。

树也是有情的呢,仁义得很,你栽它,它不哄你,长多少年就有多少层。

连茂感慨。我也感慨。

樟子松如此,云杉、侧柏也是如此。但很快又发现,苗圃里的油松并不多。连茂讲,咱这地方,气候不行,油松刚开始也种了不少,可就是活不好。再加上油性大,移栽到梁上容易着火,所以就逐渐淘汰它了。他指着东头一片空地,有一亩多大的样子。这是后来移栽出去一些,可是松叶一片枯黄。他讲,这叫"抽条",一入秋,尤其进入冬天,油松就开始抽条泛黄。主要原因还是不适应张家场这地方的气候,受冻受旱,容易抽条。如果是花果树,一发生抽条病害,那肯定是死掉了。但油松不同,你看它抽条啦,以为死啦,结果来年春天有的还活着。总的说,油松不适应咱这地方,后来慢慢就被淘汰了。他又指着一畦侧柏地和云杉地,里面有一棵两棵油松。这些油松本来是要砍掉的,但嫂子说,留下一两棵做个纪念吧,好歹它也在这里生长过。

连茂拃起腰,真像一个村干部看着秋天即将丰收的庄稼,放眼望,低头瞧,左看右看,说不来的收获感与成就感。也确实,连茂在这块苗圃是出了大力,有大功的人。张连印曾不止一次地说,我那个兄弟啊,是一个真正的农业专家,懂农民,知农事，好多事情委托给连茂去办理，去协调，保险出不了大错。

连茂说起2003年张连印决定建这个苗圃的前前后后。

张连印决定在十里河河滩建苗圃，其实也是张连茂几个兄弟一起商议的结果。或者说，就是张连茂、张连雄兄弟们的主意。刚开始，张连印想得特别简单，他回村里要办这个事情，是有底气的。什么底气呢？人回了张家场，还带着30多万元的退休积蓄，最初的想法，就是用这30多万元买树苗，然后再由兄弟们帮助栽到村庄的北梁荒地和云西村的南梁荒地上。

其时，张家场村和中国其他农村一样，正经历着农民工进城大潮带来的欣喜与阵痛。年轻人呼朋引伴，沿着血缘、亲缘、地缘、同学缘的脉络在中国各大城市舒枝散叶，本来应该像祖辈那样把汗水洒在土地上，现如今，他们用汗水浇灌城市，城市在一天天长高，一天天扩展。同时，农机具普及，设施农业进入，农业也在悄然发生着变化，传统农耕景象日益退出视野。但另一方面，乡村社区空心化、老龄化已显端倪。就张家场村而言，虽然是左云县传统的农业村落，但境内乡办、镇办煤矿多，年轻人在农村离土不离乡就可以到企业务工。这样，张家场村大致从上世纪90年代中期开始，土地出现撂荒现象，再加上已经实施的退耕还林政策落实，村里除河谷的土地之外，梁地、山地基本上都属于退耕还林范围，再加上过去的荒山荒坡，可利用的土地就多啦！

张连印回乡，可能没有意识到这种深层次的变化，但呈现在眼前的这些荒地对他这个农家子弟实在震动不轻，就放在心上。他要在上面给村里植树，把荒凉的山梁变绿，让风变清。2003年，30万元那就是一笔巨款，可以办多少事？张连印想着，有多少钱咱就办多少事，先用这30万把北梁绿化一下。

你退休回来植树，咱嘴上不说，心里反对。你这么大个官，退休干点啥不好，回来栽树！但哥哥的性格，弟弟是知道的，你要干，咱就支持，这个没说的。但你要说30万想搞绿化，连茂就有说道了。你想得太简单啦！漫说你30万，就是300万放在梁上也不显山不露水呢。

为什么这么说呢？

连茂和连雄两兄弟——给张连印讲植树造林这个事情。这是个好事，不假，可做起来那可不是买上树苗栽下去就能行的事情。先是选苗，咱这地势，栽啥树合适？得选吧？选好苗子，到人家苗圃里去买树苗。质量好一些，一年生树苗，一块到两块一棵，两年生的，那就没准儿了，行情好的时候上过四块五块。有没有便宜的？有，但栽上成活率就差啦，五毛一棵的有，两毛一棵的也有。买回来还要栽，布点挖坑，人工栽种，浇水管护，这都是钱。一亩地按照国家标准，一年生的要种120棵，两年生的栽75棵。植树是一回事，造林又是一回事。北梁、南梁，再加上过去"小老树"林地，可植树林地至少有2000亩，2000多亩全部造出来，买树苗是钱，雇工人每人每日工资在2003年是一天40元到50元，每一植树季15天到20天，至少得雇四五十人，按照这个数目算下来，你算算得多少钱？这就是个大工程，30万元连个水花花都溅不起来。

农人识农事，知道乡村旮旯和角落里的桩桩件件。连茂讲，张连印听，倒把这个叱咤风云的将军给难住了，可不是这么回事？！

连茂继续讲，植树造林，这是个大工程。干工程，做好事，可不是你探亲回来住两天。三天两天可以，十天半月也可以，但雇工人得吃饭吧？行军还讲个先头部队埋锅造饭，讲个后勤保障，你得先回来建个窝，盖两间房，算是一个基地。

张连印听着，连连点头。确实是这么回事。

连茂、连雄两兄弟出主意，如果买树苗植树，这种做"营生"法子，叫"紧钱吃面"，有多少钱，就办多少事，30万花完也就完了。最经济的办法，最可持续的办法有没有？有！最好自己弄一个苗圃，育苗之后再移栽出去。一边育自己的苗，一边植自己的树，不用再花大价钱去买，这样成本就会降一大截子。

军旅40年，部队的训练、演习，大到战略部署，小到战术要求，排兵布阵，红蓝对抗，都是系统工程。张连印从连队副班长做起，最后是师长8年，副军长6年，做起这些来，那是得心应手。说回报桑梓，说回报乡亲，说给村里做些有益的事情，说生态绿化，说防风固沙，说改善环境，这些他行，但具体到农林部门的植树造林，他还真没有这方面的训练。连茂、连雄两兄弟，一个小自己6岁，一个小自己18岁，缸房院张家血脉赓续，到两位身上是一点儿都没走样，知道生存艰难，也知道生存关窍。农村里的"营生"，桩桩件件，怎么干，如何干，他们最清楚不过。

相较部队师旅一级的军事对抗训练的组织策划和指挥，植树造林这个事情，来得一点儿也不轻松。

但到哪里建苗圃？那可不是简单的事情。要选址，选址还不能占耕地，占林地；要立项，还得申报审批；要征地，还得从县到乡再到村一级级来协调。谈何容易。

张连印跟村里协调，最后选中十里河河滩。要在村南的十里河河滩上建苗圃。

这主意一说出来，就连张连茂都吓了一跳？那怎么能"着"成？"着"不成啊！

胡万金更是由原来的反对强烈到更加激烈，反正他跟张连印说话不"拿心"：你个讨吃货，那是你去建苗圃的地方？

连茂回忆起那一段，摇摇头：我那个哥，人家那个脑瓜子咱就赶不上。定下在十里河河滩上建苗圃基地，人家是二话不说马上行动。我们弟兄们被他撺得倒比他还着急，帮着立项、申请、协调，哎，还真闹成啦！赶过了八月十五，我哥和我嫂人家从石家庄回来，看见砖、沙子、水泥已经备好，还没开始建房子，就着急上火训了我们一顿。我说天气都上冻啦，还怎么"着"？不行，要马上盖房子。已经是2003年的10月4号，我领工，张家兄弟自然不用说，还几乎召集全村的人马来盖房子。10间房，顶风冒雪，机械也进来啦，用了25天盖成啦。

连茂感慨：人家那个人，就啥都不怕，当过兵，拿定个主意就往前冲呢。

他指指身边茂密无边的林木：就说这育苗圃，开始我倒是个外行，梁棒。他呢，连我还不如呢。来务工的工人哄他，他也看不出来。现在？现在你哄他试试，一眼就看出来啦。行家咧。

连茂说自己是"梁棒"，我明白。"梁棒"指过去油坊里榨油用的油梁，靠它自身的重量来把油籽里的油一滴一滴压榨出来。一做了这材料，看着粗壮，却再也派不上其他用场。是谓梁棒。

连茂瞥了我一眼：我看你这个作家，倒啥也知道。

我说：梁棒，就是个瞎货。

连茂忽然咧开嘴笑起来。缺了一个门牙，笑了个好看。

张连印少年读书生涯，大概是他一生中起伏最大的一段经历。所以，当老将军在沙发靠背上说的时候，情绪起伏，不能自已。

还回到那张照片。1958 年 6 月 8 日，张家场小学六年级毕业照。初小毕业，如果不是村里正好举办高小，他就得回村里当"小社员"。幸而有了高小，读罢四年级，再读五年级、六年级。高小毕业，高大的白杨树下一群学生，树影斑驳洒在每一个人的脸上。张连印咧开嘴笑得开心。包括张连印在内，谁都清楚，高小毕业，识文断字，自己的识和见都有了长足进步，但照相师傅手里的相机快门咔嚓一声响过，这些农庄里来的孩子们都会转身回到村庄去，倚在墙角的锹啦，锄啦，镢头啦，箩筐啦，在阳光下静静地等待着新的手掌和嫩的肩膀将它们荷起来，田野那些正在灌浆的禾穗随风摇荡，那些谷子、黍子，还有莜麦，随时做好迎接这些新社员的准备。

那个百废待兴的年代，留给农庄里这些孩子们的选择余地真是太少太少，从一个学生变成一个农民，连一秒钟的工夫都用不了的。

1958 年的夏天，张连印迷惘过吗？他没讲。不过，他还在兴奋地讲他的第一名。

1958 年秋天之前，全县只有左云中学有初中部，许多农村孩子小学毕业之后，在他们的人生规划中，根本就没有上初中这一项，更不必说像张连印这样家里没爹没妈的孩子了。只是，1958 年的秋天，左云县除了左云中学，又一口气成立了三所乡镇一级初中学校，分别是管家堡中学、破鲁中学和马道头中学，学校都设在当时的公社所在地。三所中学距离张家场不算近，但也不算远。

张连印是张家场小学高小毕业的第一名，这个让爷爷奶奶骄傲自不必说，大伯张浸和三叔张源对张连印也充满着期许，继父又是一个厚道的好人，亲人们一律声支持他报考初中学校，至于上学费用，不用他作难。毕竟，才 13 岁的孩子，还没有变嗓子。人小，聪明，老天爷眷顾，上进，还年年考第一名，如果早早拘回村里头，实在是暴殄天物，跟老天爷过不去。

还容不得张连印有迷惘，1958 年 6 月 8 日小学毕业之后，他就坐着村上的大胶车到县城左云中学考场参加中学考试。他报考的，是距离张家场村最近的管家堡中学。毫无悬念，他考的是第一名。

张家的这个读书郎顺顺利利又开始读书啦。

在管家堡中学只读了不到一年时间，他们这一届初中班又被合并到破鲁中学。管家堡、破鲁堡，是左云县明代长城上的两个重要堡寨。张家场往北，长城绵亘，烽燧相瞩，矗立在高天大地之间，牵牵连连，是塞上独有的风景。而破鲁堡之外，尚有威鲁、平鲁、镇鲁等堡。鲁，原为"虏"。入清，为避少数民族之讳，将"虏"更名为"鲁"。客观情形是，入清之后，长城拱卫边防的意义已经不复存。但在民间生活中，无论是明代还是清代，乃至后来很长一段时间，这些"堡"还承担着非常重要的沟通贸易作用，是大集镇。所以，以堡命名的地方，往往是公社所在地。

破鲁镇是左云县东部一个大镇，初级中学对这个镇子而言当然显得格外重要。张连印他们合并到破鲁中学的时候，学校实施四规制教学，一届学生要分成四个班，那就很成规模了。

将军记得清楚，破鲁中学头届初一四个班，他的班主任叫王大国。当年，王大国也不过20岁刚出头。直到今天，张连印回城办事，有机会总要拜望这位恩师。恩师如今已经是87岁的老人啦。

新学校草创，还在建设时期，诸多不便。老师们都是跑校，个别老师有自行车，但大部分老师都是步行，来校、回家，每天十几里的往返。学生呢，可以住校。一排石窑洞，一条大通铺大炕，一个宿舍可以睡十几个孩子。学生宿舍，那时候条件不好，但名称雅，叫"寝室"。周六下午下课早，住校学生可以离校回家，周日下午再从家里赶过来。破鲁堡离张家场有50里，每周六的下午，张连印跟同村和邻村的孩子们结伴回村，过一道沟，跨一道坎，走过一村，再过一堡，50里的路程也辛苦，也快乐。周日，每一个孩子再带着粮食返校，谷米或者莜面，由学校的灶上登记起来，平时的伙食，就是大家从家里定量拿来米面，或者就地加工，或者由学校调配成其他粮食。学生每餐吃"份饭"，以"寝室"为单位统一从灶上打回来，拿个小勺再均匀分开。吃莜面，则是由灶上压成饸饹，蒸熟，还有调料，每人一坨子，不会多，也不会少。

初一开学，每一个孩子除要带自己的必要的学习生活用品之外，铺的盖的必不可少，都得自己备。张连印带的是父亲留下来的一床破被子，褥子呢，就是一条很薄很窄的羊毛毡。饶是张连印个头不高，可也是正在长身体的时候，窄得连身子都放不全。可是同学们对他挺好，大家都知道他的身世，也喜欢这个年纪最小的同学。大通铺上，左手睡的叫张熙，右手的同学叫董胜友，左手右手同学的褥子大，入秋天气凉，张连印把父亲留下来的被子跟张熙或董胜友的被子搭在一起，两个孩子钻到一个被子里去睡。这样坚持到初三。

这些困难可以克服，最大的难题，还是学费。入学头一个月，要交足两个月的伙食费，共计14元整。这下可难坏了张连印。好在，有爷爷、奶奶张罗，大伯和叔叔资助，再加上继父也补贴，好不容易凑足这开学的第一笔钱。到第二个月，学校开始评定助学金，张连印是第一名，而且家境贫寒人所共知，师生公议，评为一等助学金，每月补助四块半，4.5元，每一个月就只需再交两块半就够啦。张连印讲，在破鲁中学，记忆最为深刻。如果不是一等助学金，如果不是老师们平时减免一些学杂费，还有同学们帮助，能不能顺利进入破鲁中学，读到初中三年级，还真成问题。

他努力，他苦学，初中两年半，一直名列前茅，保持年级第一名。无论老师，还是同学，没有哪一个不喜欢第一名的。

破鲁中学的同学年龄构成，几乎将张家场高小的情形复制了一遍，全年级同学年龄参差不齐，张连印仍然是最小的。大家都喜欢这个来自张家场的小家伙。何况，这个小家伙身上有一种说不来的成熟与稳重。

多少年之后，张连印肩扛将星，给小学生们讲课，语重心长。同学们啊，你们一定要用功学习。为什么要用功学习呢？你们只要好好学习，就一定能引起学校老师的重视，得到同学们的尊重。像我这种困难家庭，这种遭遇，如果不好好学习，哪里能行呢？

没有上纲，不必上线。将军说的是肺腑之言。设身处地，回望人生，身边被挫败感一再逼到墙角，破罐子破摔的人也不是没有。不幸和困厄如此一路穷追猛打，没有多少人扛得住。想想后怕。张连印从小就明白，自己这样的家境，不用功学习，还有第二种选择吗？

可是，厄运和不幸一路如影随形，并没有因为他用功，因为他受人喜爱和尊重离开他半步，如同天上的乌云投下的巨大云影，会时不时将这个少年的人生道路遮挡一下。1958年，刚入管家堡中学就读，他还在教室里听课，村里人捎来话，奶奶病重，快不行了。张连印大惊，收拾书本风风火火往家里跑。扑进家门，奶奶李大女已是病体支离，气息奄奄，日薄西山，身处弥留。大妈和三妈两妯娌在另一间屋子里扯孝布，泪眼婆娑，哀戚覆面。

那一年，奶奶57岁。

奶奶李大女，一辈子没有自己的正式名字。他出生的时候，奶奶也就是四十多岁，但在农村，这一个一辈子生育6个子女的农家妇女，已经是一个小脚老妪。老年丧子，寡媳改嫁，她实际上是把自己的长孙当最小的儿子来对待的。悉心，细心，无微不至。他对奶奶的依恋让人想起西晋时李密的《陈情表》，所谓"臣无祖母，无以至今日；祖母无臣，无以终余年"。张连印少小时候构思的奉养祖母祖父的蓝图还未及展开，祖母就撒手而去。

不幸和不幸的模样长得不一样。往来古今，当困厄来袭，那张面孔却是一样的凶恶狰狞，一样的不怀好意。

初中一年级，奶奶去世。爷爷张裕清身体也好不到哪里去，从合作化到公社化，老病缠身，神衰体倦，就顶不得生产队里一个劳力。挨过一个初二，上到初三前半学期，张连印是再也不能把这个书读下去了。

已经上了初三，如果不出意外，张连印再读半年多，就可以顺利完成初中学业。只是，这一个学期入学，张连印读得是心神不宁，祖母去世之后，本来就残病在身的祖父身体一天不如一天，到了1960年，是连炕都下不了了，村里人回忆说，"连自己的屎尿都送不出去"。也就意味着，身边已经离不开人了。爷爷得的是晋北地区过去常见的老年疾患，民间称之为"老朐子"病，又描述为"气不够用"，病发的时候连咳带喘，眼睛能憋成两只红窟窿，要死要活。可怜见，这都是因为年轻时干活不惜力，受风寒，到老了就成了顽症。今天看来，就是肺气肿，最后导致肺心病。病，再加上贫，只能在家里将养。

这样，张连印考虑再三，决定退学回家侍奉祖父。

张连印每每说起这一段，都不能自已，情绪激动，泪洒襟前。老师和同学对待这件事情，甚至比他本人来得更加吃惊，更加惋惜，更加不能接受，这让他感念了一辈子。

他的班主任王大国，听完张连印低头陈述自己退学的想法和理由，根本不相信自己的耳朵，半晌说不出话。以为是他因为经济困难读不下去了，待听完理由，最后也是叹气，告诉张连印：你写个退学申请吧，学校还保留你的学籍。啥时候爷爷的身体好了，还回来读书。

王大国说：老师是舍不得你离开学校啊！

他写好申请交到校长那里。校长叫肖海成。张连印每一科都学得好，语文尤其出类拔萃，这份退学申请文通字顺。不是申请，乃为陈情，恳切而痛切，让肖校长读着嘴张得多大，一口一口吸气，连连叹息，一边读一边说：太可惜，太可惜，你说你，你呀你，你应该把这个初中读完嘛。离毕业只剩下半年了，你有什么困难说嘛。

同学们呢？他在学校那一届学生里年龄依然是最小的，他退学的消息很快在破鲁中学同学中传开，大家惋惜、猜测、着急、疑惑，这么一个好学生，怎么说退学就退学？同学中有仗义的，伸出援手。长城岭村来的同学魏宏士，比张连印大4岁，当年已是19岁的壮后生，心急火燎找到张连印。魏宏士会泥瓦手艺，假期自己在外头务工给自己赚学费、伙食费。他跟张连印讲，你实在有困难，无非我多做几天工，供你半年富富有余，不退学行不行？

张连印感动得眼圈发红，他才讲，这哪里是钱的问题，实在是爷爷病得身跟前离不了人啊！

张连印和魏宏士多少年都没有断过联系。后来魏宏士考取朔县师范学校，毕业回县里做教员，在校长任上退休。张连印回乡植树造林，魏宏士几次要张连印到家里吃顿饭。这顿饭是必须去吃的。直到2021年，张连印在长城岭附近植树，才了了这桩心愿。两人坐在火炕上，蒸莜面，蘸酸菜，两个患过难的老友说得是掏心掏肺，热泪涌起。

告别老师，告别同学，挥泪回头望一眼那个叫作破鲁中学的校园，他知道，自己是再也回不来了。

离初中毕业只剩下一个学期，张连印不得不回到张家场村，成为张家场大队第一生产队一名社员。他回村一边劳动，一边侍候祖父。出工之前，给祖父喂饭喂汤，安顿好病人，然后再到院子外头铲一锹黄土放在靠近炕沿的地下，以备祖父吐痰之用。收工回来，再将沾满恶痰的黄土倒出去，换成新的。

祖父张裕清沉疴不起，张连印侍候了老人有一年多时间，身体是好好坏坏，最终在1961年溘然见背。那一年，祖父61岁。

张连印说起祖父的病，也是无奈，他归结为"三年自然灾害"，缺医少药，营养不良，最后导致祖父不救身故。从1959年到1961年，固然灾害三年，而左云县"灾害"尤甚。此灾非天灾，而是结结实实的人祸。1959年秋，当时的雁北地委领导头脑发热，高估产量，左云县估产超过实际产量近一倍。高估产量导致交售余粮翻番。全县实际产量为4137万公斤，确定交售余粮却达2100万公斤，人均售粮160公斤，一多半粮食被当余粮卖掉，当年拔了全山西省售粮头筹，风头甚健，轰动一时。这就是"大跃进"时期山西省著名的"左云之风"。"左云之风"刮遍雁北地区，迅速推向山西全省，各地竞相攀比，造成灾难性后果。就左云县而言，1959年冬天，因为缺粮，老百姓跟牲口争饲料，把种子都分吃掉仍然不足以果腹。到1960年，尽管有上级纠偏，返还救济粮食，全县人均口粮还是不足200斤，日常生活低标准、瓜菜代，老百姓普遍营养不良。次生灾害是当年粮食产量锐减，到1961年才得以恢复，但总产量仍不足1959年的六成。

时代灰尘落下，对个体而言就是高崖落石砸将过来。张裕清本来就是病疴日沉的老者，遇上这么一个背景，牵延性命也实在是难。

多少年后，张连印跟老伴王秀兰说起这一码事，除了叹息之外，也感恩。他说：如果祖父的病再拖两年，我就超过18岁，过了征兵年龄，未来的人生是啥样子，还真不好说。

将军回首这一段往事，并不轻松。但是，如果没有祖父病重这一节，顺顺利利初中毕业，是不是可以上高中，然后再考上大学呢？显然，对张连印这样上进的孩子，这个结果应该不出意外吧？

将军手一挥：根本不可能！即便初中顺利毕业，去左云中学读高中也不可能。穷啊！家里实在是供养不起的。退一步讲，如果顺顺利利初中毕业，跟魏宏士一样，我会去报考师范，那里学费、伙食费全免。我就回来当老师，像我同学魏宏士一样，在校长任上退休，应该不成问题。许多破鲁中学毕业的同学后来走的都是这样一条路。

我问：可不可以说是爷爷一场大病给你开辟了一条通往将军的路？

将军又是手一挥：话不能这么说！

转而讲：也可以这么说。

容颜渐开，阴霾散去。

黑暗在某些人心里，会被一再挤压，如燧火在地，钻石深藏。

如此重要的当口，一场大雪降下。

八月落霜，九月飞雪，在左云县是稀松平常的事情，不稀奇。稀奇的是这个季节盖房子……

跟张连印将军说起 2003 年 10 月回来开始建苗圃基地那一段，几番引导控制，在他的叙述里，这个过程好像很淡，就是个开端。

过程跟连茂讲的别无二致。既然植树，一是不能像过去在队伍里回来探家，今天住这家，明天住那家，得先盖几间房，自己回来住。二是搞一个苗圃，买树苗栽树不划算，无底洞。诸般。

一个客观情况是，张连印退休回到张家场村，住在自家叔伯弟弟张连雄的家里。连雄是三叔家的二儿子，村里人叫他"二人"。二人即连雄，连雄即二人。连雄小张连印 18 岁，小时候大抵最灵光，长大了能担事能任事，广交朋友，豪爽得紧。张连印回来，连雄招呼自家的哥哥非常周到。而且，在开建苗圃的时候，连雄大包大揽，自家媳妇招呼村里妇女，在院子里搭起大灶台，埋锅造饭，招呼前来帮忙的村民和雇来的民工。一天两天可以，长久下去，真不是办法。张连印这么大一个将军回来，兄弟不"拿心"，自己不"拿心"怎么可以？这才有了 2003 年 10 月 3 日开始顶风冒雪起房盖屋的场景。

从 2003 年 5 月到 10 月是一个区间。在这个区间，当初在炕头上议定的给村里义务植树绿化的动议从虚空那里落在地面。地已经征好，他与乡、村两级签订合同，承包张家场村南十里河 300 亩河滩地做苗圃。他的房子，也建在十里河河滩上。

张连茂说起来，说我那个哥哥，毕竟人家是当过兵的，做事情雷厉风行。他那个节奏，他那个速度，把我们撺得团团转。

张连印那一段时间频繁往返于张家场和石家庄之间。刚刚退休，军区还给他派有司机和一辆车，有时候带司机和车回来，有时候干脆就是坐火车，坐到大同，再从大同坐公共汽车直接回村。到这一年的 10 月，跟张连印一起回来的，还有老伴王秀兰。张家兄弟们一看自家哥哥连嫂子也一起带回来了，这事情怕是得"着"，而且得赶快"着"。

为什么呢？这一回哥哥和嫂子回来，直接在十里河河滩空地上搭起帐篷，两口子从石家庄带来的锅碗一应生活用具都搬到帐篷里。这时候，连茂领工，已经将一应建筑材料备好，民工、机械同时上，10 月 4 号开工，一共用了 25 天，10 间正房建成，西厢房也建好了。

说起来风清云淡。但注意这个日子口。10 月 4 日，就是农历的九月初九，九九重阳节，登高望远赏菊的日子。汾河川平原地带都已经北风紧，天气寒。那么塞上左云是什么天气？左云、右玉的朋友讲，咱们这地方就没有春天，等过了五一节，再推十天半月，平川地的桃杏花早就开败开始挂果，边地左云、右玉的杨树叶才在树枝上吐圆，头天还穿毛衣，第二天，夏天哗地就来了，得赶紧换上 T 恤；昼夜温差大，赶早出地的农民抢农时下种，出门至少得额外穿一件褂子，赶上午太阳升起，所有男人都光溜膀子露出背心，穿的褂子得系在腰上。秋天呢？挨近八月十五中秋节，霜就下来了，霜降天气比其他地方要提前一个多月。晨雾起处，草尖上，树叶上，还有新翻的土地，都被细霜覆一层。是时，五谷归仓，百草回头，鸟倦雀疲，寒风浸骨。10 月 4 日，九九重阳节，十里河河岸边开始结起冰凌，白花花的，将河水一再收缩，再过十天半月，河就被封死啦！

　　这样的天气，莫说庄户不再动土做工，就是再大的国家工程，到这个日子口也到了收缩停工阶段了。可是张连印急，这都是规划好的，必须盖。两口子住在帐篷里，兄弟们，亲戚们，张家本家，被这老两口搞的，是不感动也不行，都过来帮忙。连茂领工筹划，连雄组织人伙，还有妹夫王凤翔，还有表妹夫安殿英，等等，都是 40 多岁 50 出头的壮劳力。张连印呢？每天钉在工地上，搬砖便搬砖，和泥便和泥，一点不输架下的小工、架上的匠人。妻子王秀兰则挽袖操刀，亲自下厨。

　　正如第一次见面张连印说他的这个基地院落，筹划盖房的时候，也是七嘴八舌。因为连茂和连雄知道行情，以当地建筑造价，同样的花费，就是盖二层甚至三层小楼也是能拿得下来的，尽管后期装修收拾要费些手脚，但毕竟显得阔气一些。

张连印食指竖起与拇指并拢：不行！盖这个房子，第一条，不能比咱村里任何一家的房子高；第二条，红瓦、土炕、泥墙、砖墁地，一样也不能比咱村里人家少。村里怎么盖，咱们就怎么盖。目标定下来，一切就不在话下。连茂、连雄，还有众多的亲戚乡亲，对这一套是再熟悉不过。昔日里，全村一家一家从旧村里迁出来，一家盖房子，全村来帮忙。这种古老的乡村互助"变工"传统今天又在十里河河滩上上演了。

热火朝天。众声喧哗。嬉笑融洽。合力造屋。

吉日上梁，翌日压栈。民居修建，压栈最苦，也最关键。左云现代农村民居，要简单得多，跟当年张连印高祖张志刚精心营造缸房院不可同日而语。不事木构，砖石承重。顶部单面起脊檩架，再布置木椽，木椽之上复又铺设木栈板，木栈板铺好，覆泥遮光闭气保温，泥上铺设红瓦防雨雪。上梁架好檩架，压栈之后的铺栈板、覆泥、铺瓦一应工序需要一气呵成，中间停歇不得。这也是整个营造工程中最要力气的活计。连茂说：呀咦呀，压栈呢，一个壮后生压下栈来，怂气些的，累得能黑夜尿床呢！

如此重要的当口，一场大雪降下。八月落霜，九月飞雪，在左云县是稀松平常的事情，不稀奇。稀奇的是这个季节盖房子，这个天气要压栈。雕弓满弦，那就是下刀子也得射出！

企图查阅 2003 年 10 月中旬那次大雪的降水量，多方未得。虽然没得到数据，张连印的表妹夫安殿英当年 40 岁出头，说话精细稠密，抑扬顿挫，生动至极：那雪！下得！墩墩的！

经他一说，脑子里一幅塞上飞雪图已然形成。同是晋北人，怎么能想象不出千里北方大野北风那个吹起，鹅毛大雪降下的情景？"北风卷地白草折，胡天八月即飞雪。忽如一夜春风来，千树万树梨花开"，说的地方可能在左云西边更西，北边更北，但古边塞地方，情形大类，无甚差别。十里河河滩上，北风正搅飞雪，将一切都模糊了，透过雪帘子仍可以辨识出人嘴里呼出的大团大团白气，仍可以看到劳碌的人们头顶上蒸出的一阵一阵热气。雪是下得"墩墩"的，有声有色。张连印呢？身着作训迷彩服，拉开架势和泥搭泥，还没有到六旬年纪，身手不失矫健，干起活来仿佛青年张连印回来那般，一身一脸的泥水。

用了25天，10间正房，5间西厢房就盖好了。这个情节，在2012年就听老刘刘志尧跟我讲过。老刘说：人家那么大个将军回来，天寒地冻，就那样子，用25天把10间房盖起来，就准备扎下营盘植树。你看看人家老将军这决心，这决心有多大！

不独是老刘，在采访过程中，不同的人都会给你讲起将军回乡冒雪建房的事情。但大致上说的就是一件事，一件所有人都感叹的事情。至于细节，则不甚了了。后来我发现，左云县人，给你说一件事情，细节常常被一再忽略，直通通给你一个结果，然后是对结果的评判。

边地人，性子直，不事虚张，直接说的是结果。

张连印也一样，问得细了，他得想半天，想那是怎么一回事，但细节常常被一再忽略。记得是 25 天盖起房，但哪一天结束，想了半天，也没有想起来。也难怪，已经是经历过 18 个寒暑的老房子了，现在正硬朗朗地往第 19 个年头迈进，当年的细节，被深深覆压在椽檩栈板里面，承受风霜雪雨，承受岁月累积的重量。

将军想不起来，拉起我往院里走，走到西厢房房檐下：你看看这个，这个有记载！

看了半天，几行字，是水泥还没有凝固之前写上去的，辨认半天，日期倒清楚不过：2003 年 10 月 28 日。老将军立起身子，手指竖起来，看，有这个日子，就知道啦。10 月 4 日开工，10 月 28 日竣工。

然后热火朝天说竣工那一日，夫妻俩亲自下厨，给大家做饭，蒸莜面，油炸糕，大肉烩菜，张连印跟大家坐在一起，兴高采烈举杯庆贺。

张连印一辈子不吃肉，不抽烟，在部队一次接待晚餐上，发现自己居然能喝酒，而且喝了没有什么大反应。从此之后，不能说嗜酒，但也有量，离不得酒。

辨认出日期，但日期前面几个字始终没有辨认出来，以为是随意胡写的。显然，也是那天有人喝多了酒，字写得粗枝大叶，歪七扭八。

果然，第二天就见到了从大同赶回来的张连雄。张连雄小张连印 18 岁，今年也是 60 岁的人了。2003 年，才是一个刚过不惑之年的后生。但此后生不同寻常，年轻时候在当地小煤矿做过矿长，现在在大同一家私企帮忙。这几个粗枝大叶的字，正是张连雄酒后的手笔。

事情是这样的。封顶压栈完毕，西厢房也已经盖起，最后打房檐下的散水地面。这就意味着工程告一段落。连雄带着酒意，想起姐夫王凤翔的吩嘱，待工程全部竣工，一定要醒目地留一个纪念。王凤翔是张连印的大妹夫。这个大妹妹，也就是母亲改嫁到猪儿洼村生的妹妹，一直得到将军的关照。王凤翔任县里工商局副局长，那日回城上班，不在现场，张连雄打电话征询姐夫，讨主意如何做一个纪念。

王凤翔想得不复杂：刻一行字呗。

连雄说：知道啦。

王凤翔显然对年轻的连雄不放心：你要刻个啥？

连雄说：我就刻一行字，"还我河山"！

说罢大笑。连雄没多念个书，再没多念，也看过《说岳全传》小人书，里面这个细节记得清楚。王凤翔知道兄弟在开玩笑，但究竟站位不一样，怕出什么差池，赶忙劝阻：你可不敢胡来。那是岳飞专用的字，能随便刻？

连雄向来跟姐夫没大没小：就你念过两天书，我还不知道刻啥！

挂了电话。

在未凝固的水泥散水地面上，连雄拿颗钉子，刻的是：连丰种养基地落成 2003 年 10 月 28 日。带了三分酒意，写得却郑重其事。

所谓"连丰种养基地"所在，就是眼前盖起的这个居所及南边的烂河滩，或者说，这个居所南边的烂河滩就是"连丰种养基地"。之所以要有个名头，是张连印在与乡、村两级签订征地承包合同的时候，才发现没有这样一个实体名头真的不行。承包土地育苗，义务植树绿化，具体操作起来是一个生产经营活动，牵扯到合同，牵扯到经济往来，牵扯到信用。饶你是将军，饶你高风且亮节，饶你讲生态建设如何重要，饶你讲人退休共产党员这个称号没有退休，但在这些经济合同往来中间，你就是个自然人。将军也不行。无效。而且将军果然就不行。军队管理条例有约束，军队退役高级干部，绝对不能从事生产经营活动。这样，就决定由老伴王秀兰出任法人，成立一个公司。大家说来说去，叫个啥好，又是兄弟们一起商量，七嘴八舌，苦思之后是冥想。张连印拍板定音：甭费脑筋啦，我记得，当年当兵走之前，咱们张家场就叫"连丰农业合作社"，名字就叫"连丰"。挺好。有纪念意义。于是，苗圃的土地还在等待平整开垦，名字就有啦，叫作"连丰种养基地"。"种养"，种好理解，育苗就是种树嘛。为什么还有养？老伴王秀兰的主意，既然回乡，育苗、植树季节，还有大把空闲时间，可以利用起来搞养殖，养养鸡，养养猪，甚至可以养羊养牛的。

　　想得多，思路广。后来事实证明，根本顾不过来。

　　"连丰种养基地"的房子是盖好了，冬天也结结实实来临。房子内部还待整理，墙面砂抹、敷设"仰尘"、盘炕、砌灶、粉刷、门窗安装和上漆，等等诸般，细数起来，桩桩件件，并不轻省。天寒地冻，在房子中间安一只大铁炉子，就着铁炉轰隆隆散出的热，就那么一项一项完成。迎窗盘副炕，挨炕砌炉灶。瓢柴引火，硬柴旺火，继而加进大炭，炉子燎过一阵浓烟，猛然轰的一声，红火苗蓝火苗将聚集在大炭身上几亿年的热量全部释放出来，顺炕皮下方的炕洞曲里拐弯窜过去，顺烟囱引向高天，一刻钟工夫，土炕温热。

炊烟升起，标志着新立起一户人家。

可是刚刚盖好的新房子，湿气有多重！张将军两口子就那么搬了进去，炕上铺席，席上再铺雁北民居必备的人造革"漆布"，安锅立灶，窗棂覆纸糊了，再贴上窗花，下边装上玻璃，擦一个干净，干净到像没装玻璃。就这样正经过起农家的日子啦！

2003年冬天的十里河河滩，风刮过，雪盖过，河封起来。一个多月的时间里，除了盖房子队伍的热火朝天动静，河滩上几台雇来的推土机就没有停止过作业。盖房子由连茂领着工，河滩上的钢铁家伙则由连雄指挥着，300亩河滩上的坑、洼，还有遍野的榛莽，被这些铁家伙吐着黑烟一点一点填平，一点一点整理，一点一点清除。寒鸦像往年一样从远处飞来河滩上觅食，原来的觅食地突然变了模样，一只两只飞来，一群一股飞来，显得沮丧，飞一圈，落在杂树之巅，或落在电线上，呆呆地看着地面的动静。

300亩河滩被慢慢整理出来，整理得畦垄规整，未来的苗圃在河滩上画出蓝图了。

老朋友胡万金没想到张连印动作这么快,谋下个事就得做,做不成不甘心。这性子倒跟自己合脾气对胃口。但不放心,不放心是因为实在担心。都当过兵,知道当兵的人,把名声看得比自己的命还更珍贵些,如果失败了,你还再怎么在张家场现身?虽然不是每天来河滩上转悠,可张家场村里都在说这个事,那里的消息还是汇集到他耳朵里,他哪里能不知道。一边是叹服,一边是担心。老支书坐在炕头吃饭,吃着吃着不吃啦,望一眼窗外十里河河滩的方向,恨铁不成钢:这个讨吃货,那地方能种成个树?

　　——"着"不成!

　　老胡叹一口气,赌气似的把一碗饭哗哗刨进嘴里。

即便张连印自己在50多年后说起来，仍然说，那就是个好手艺，多一门手艺，就多一个谋生门道。

说着童年，老将军尽量将悲苦用记忆里那些快乐、温情的元素一再装点，或者说，少年的经历，就如同左云这大地高天之上那些硕大无朋的雨云，哪怕它再浓再黑，总会裂开缝隙，漏下一缕半缕阳光。或者说，生活本来的面目，既美好又艰难，而美好恰恰是生活的一个标点符号，非常短暂，如果看不到这些美好的短暂的瞬间，那就只剩下一个艰难了。

郑建国老郑，被县委"着"到文联做主席，任期规划里有一个重要项目，建一座民俗馆，民俗馆里有一项收藏，便是过去使用的农具。话题不知道怎么就有一搭没一搭转到这上面。基地几个候在家里的人，张连印的妹夫老王王凤翔，还有张将军的表妹夫老安安殿英，再加上一个跟在张连印身边当司机的外甥魏巧红，你一言，我一语，列目录一样列出过去使用的农具。张连印将军从童年叙述的情绪中缓过来，眼睛亮晶晶的，扳指头列出一批，犁田的犁铧，磨地的耙，播种的耧，耧后头跟的是砘骨碌，锄、钁、锹、耙自不必说，还有铁箍的木桶，牲口的驾套，打场的连枷，碾场的碌碡，脱壳的碾，磨面的磨，铡草的刀，汲水的桔槔，等等诸般，每说一样，兴味盎然，每一样农具后面仿佛都有一段故事在呢。

可不，老郑做的是一项留住乡愁的工作，简单罗列，已经是一部农耕背景下的乡村记忆图谱，能勾起许多人的许多回忆。

这还是大项，还有杂项。

张连印将军提醒说：还有胶轮马车，马车上那个磨杆我还拉过。那车，得三匹骡子，大一些的胶皮车得四匹骡子。一匹骡子驾辕，称为辕骡，两匹或三匹在前面牵扯绳线牵引助力，称为驾骡。这是当年生产队最豪华的运输设施，赶胶皮车的赶车汉，那可不得了。我到左云中学参加中学入学考试，就是坐着胶皮大车去的。在生产队，送公粮，坐在大车后头管拉"磨杆"，就是手动刹车嘛！木头制作的磨杆平常不用，一旦遇到下坡路，光靠牲口自己调整车子速度显然力不能逮，需要这个磨杆来制动减速。有时候非常危险，拉起来险象环生。

大家吃惊于张连印对农具对农事活动的熟稔，话题随之转到回村当社员的当年。

张连印回到村里参加劳动，那一年才15岁。今天看来还小，其实已经不小了。乡间有谚，男儿十五夺父志。一过15岁，谁都不把你当孩子看，就是一个合格劳力。提秤拿主意，顶梁养家口，应该像一个男子汉担起责任啦。

何况，6岁起跟爷爷奶奶一起生活，奶奶慈祥，爷爷也慈祥，同时爷爷和奶奶还承担着隔辈家长责任，对张连印这个家里没爹没妈的孩子要求自然严格，有时候几近于严厉。老迈之躯，风烛残年，能给孩子提供多少庇护，两个老人是再清楚不过。趁着自己还健在，尽量多地给孩子教些生存本领，让他多拥有些生存技能，怕来得更实际。爷爷从小就着意教他做"营生"，上北梁，下河滩，割荆条编筐子，识农事，辨稼禾，耕、种、锄、耧这一套他早就知道。15岁回生产队里当社员，农活上手就能做一点儿不奇怪，而且，很快就成为生产队的壮劳力。

回生产队当社员，张连印将军一点儿不含糊：我回村里头啊，很快就进入角色，那是一等一的劳动力。前不久，大同市平城区第四十五小学校举办的"开学第一课"，邀请我去开课。当时国家关工委主任顾秀莲，还有教育部副部长李卫红也参加这个"开学第一课"，我说什么呢？我说，在村里劳动几年，从15岁干到18岁，4年多时间，对我的锻炼很大。怎么锻炼呢？一是磨炼了意志，克服困难，勤俭节约，奋发向上，意志就坚强了。二是锻炼了体魄，什么农活都会干。春天耕地，胸脯前头挂一个粪笸箩，一把一把抓粪均匀撒在地里。种谷子、黍子，跟定耧铃，在后边拉砘骨辘。碾打谷物，然后借风扬场。这些农活里要下力气且具有掌控力的技术活，都难不倒。秋天割大田，割莜麦、谷子、黍子，别人一手一垄两垄，自己是一手三垄同时下手，又干净又快。往县粮站送公粮，再把胶皮车上的粮食一包一包顺着磴板扛上去，然后倾倒到粮囤子里。从地面到粮囤子口的磴板要来回架好几层，一个标准包180斤，扛在肩上一步一步绕几个圈不歇肩到达囤口，卸车之后得扛二十几趟。体魄就是这样锻炼出来的。

初中辍学，毕竟也是回乡知识青年，回村不久，他当了生产队的记工员。记工员当了小半年，又兼任了小队的会计。到1963年他参军入伍前夕，因为大队会计魏发生病，大队老支书张德和将他调上来，兼做大队的会计。

张家场村那一茬人回忆起来还说，人家那脑子，咋生来？根本不用翻账本，一队里谁谁一年下来挣多少工分，谁谁能分多少红，谁谁往来账目几何，随口就报，查检账本，分毫不爽。识记能力强是　方面，更重要的，根子上说，还是祖父、叔伯们着意培养的生存本领。或者说，这就是本事。

张连印的珠算在村里是一等一的。这得益于大伯张浸。大伯张浸，就是兄弟连茂的爹爹，从连茂身上可以看出其父当年印迹。连茂实诚，留心，强记，好琢磨事，当过村主任，做过村会计，讷言敦厚。好记性不如烂笔头，什么事情都记在本本上，张家人谁也想不到，他在什么时候居然弄出缸房院一支完完整整的族谱。有心人。大伯张浸在现代教育进入张家场之前，显然属于村里数得上的文化人。在张连印的记忆里，大伯聪明，厚道，能张罗事。劳作一天回来，晚上会招呼缸房院的孩子到家里，豆油灯，热火炕，大伯坐炕中间，炕桌摆开，俨然家塾。教什么？《三字经》《弟子规》，还有演义部一些小说。最受益的，莫过于教大家学珠算。加减乘除，九九八十一归，五归三四除，这一套口诀背得滚瓜烂熟，孩子们中间，张连印学得最好。张连印说，大伯对他格外上心。虽然是二门上的孤子，毕竟还是张裕清这一支的长孙，所以在他身上寄予的希望跟其他子弟不一样。

回村之后，十六七岁的年纪，就已经在生产队里脱颖而出，珠算好，在实践记账算账过程中，心算也是了得的。他先做记工员，后做小队会计，再兼大队会计。这还是其次。1964 年参军入伍，集训完毕下连队。团里分稻子，一团几个连，一个连分多少，每一人又分多少，团里派军需科助理员、财务科助理员，在那里算来算去，头绪纷繁，理它不清。这时候就有人讲，我们连里有个新兵，打算盘打得特别好，可以让他来帮忙。这样，张连印从班里抽到团里帮助清算分配。噼里啪啦，加减乘除，很快就完成任务。分配完稻谷，大家很惊奇，这个小兵行啊，算盘打得这么好。这样，刚刚入伍不到半年，这个机灵勤快的新兵就进入团领导的视野。1965 年 3 月，入伍一年，担任副班长，授上等兵军衔，8 月，担任班长。再转年，1966 年提干，担任排长。

张将军说起来，举重若轻：我为什么提干？就是因为会打算盘。

当然不那么简单，张连印是自谦。但不能不说，有这个本事，是因素之一。

劳动锻炼了体魄，同时他还是青年一茬人中间的活跃分子。劳作之余，他义务给社员们读报，帮大家认字识字。胡万金回忆说，张连印那个家伙，不知道什么时候能讲书，那时候文化生活贫乏，他居然能断断续续给大家道古说今，讲书。什么书呢？记得是《三国演义》《封神演义》这些传统东西。

胡万金回忆，张连印回村劳动是 1960 年左右，村里回来一位志愿军复转军人，这个人从部队上带回一只篮球，大家稀罕得不得了。在学校里见过这种器材，但是没有玩过。他带回这只篮球，也大方，就交给队上的年轻人。老支书张德和支持青年社员，专门让木匠打了一个简易篮球架，木匠也是照猫画虎，两根杆子上架一块木板，又让铁匠照猫画虎打了一个铁圈子固定在上面。之所以说是照猫画虎，是因为尺寸、规格都不知道，难说是标准的篮球架。张连印生龙活虎，一到擦黑，就跟一群年轻人打篮球，跑得那叫个快，身手那叫个好。

胡万金说，张连印性格好，跟村里人处得也好，不笑不说话，村里老少都说那是个周正后生。实际情况是啥呢？这个人真是"拿心"呢。爷爷去世，他才 16 岁，村里人说起来，说那是个恓惶孩子，但他就是那么乐观。那时候村里人穷，家家穷，户户贫，炊灶作难，从小，村里人看见这个孩子恓惶，都是一姓张家，能帮衬就帮衬一把，送件衣裳，匀出吃的给上一点。后来我们说起来，张连印很感念，说乡亲们是从牙缝里匀出吃的给他吃，匀出衣裳给他穿，穿百家衣，吃百家饭长大。话是这么说，实际情况也是这么个情况。

实际情况能想象得到。爷爷去世，张连印从爷爷奶奶住的正房里搬出来，回到当初分在他父亲名下的两间西房里。当初，叔叔张源还没有儿子，有意让他过继到三叔名下，像当年打定主意不跟母亲改嫁，过继这个事因为他的主意"硬"最终不了了之。埋葬罢祖父，他就独立生活。村里人印象里，张连印独立生活之后，独立是真独立。他"拿心"，拿住让自己独立生活的心，一个人扛起岁月。

缸房院跟大伯住的西厢房是这样的，跟正房一样，有一个堂屋，堂屋进门，左手是大伯家，右手就是他的屋子。挨着他的屋子再南边，则是一间放置杂物的小库房。堂屋的门在晚上就闩上，他得按时回家。他做的是小队会计，后来又兼大队会计，平时倒不显山不露水，但到年终决算分红的时候，常常忙到很晚才回家。戴月归来，月明星稀，堂屋的门已经闩上，大伯一家已经入睡。他还得把大妈叫醒给他开门。一来二去，张连印就"拿心"了，怕大伯一家休息不好是其次，每天这样夜半归来，大妈会不会"拿心"？

既然是独立门户过活，就有个独立门户的样子。张连印跟大伯商量，把自家的门封死，在原来库房那一侧开一个门。大伯六个孩子，挤在一条炕上也真是拥挤，这样一来，堂屋可以归大伯一家使用。另外，自己每天回来也方便得多。大伯厚道，连连劝他不必这样，就在一起多好。张连印说：不行，这样下去不是个事情。主意拿定，不再更改。从小看大，大伯再了解自家这个侄子的脾性不过，也就由他。大伯把南头自家的灶台挪开，在库房那边另外开一个门，张连印有了自己独立的空间。

他在清理账目的时候，赫然发现，爷爷名下欠着集体248元钱。家境贫寒张连印知道，但欠下这么一笔巨款实在是出乎意料。上世纪60年代初的248元，对于左云农村的农民而言，简直就像是一座山。

怎么欠下这么多钱？

是这么回事。当年小队核算，这笔账在会计科目里叫作往来账。爷爷久病不愈，早就丧失了劳动力，所以也就没有工分可挣。当年社员的粮食分配，分为两大块，一块是基本口粮，一块叫作"跟工粮"，即和工分挂钩，挣的工分多，就分得多。但是基本口粮也将将够糊口，根本保证不了一年嚼谷所耗，怎么办？基本口粮之外，就得在理论上用现金来抵偿工分。这样，积年所欠粮款就"理论"到了往来账上，一笔一笔记下，共计248元。

15岁开始做农民当社员，还上这笔账是除用心侍奉祖父之外的另一重任务，张连印一直记着，每年从工分里还上一些，不足的，平时到十里河河滩割荆条编筐子卖，每编一只筐可得三毛钱。到1963年年底，这笔248元欠款全部结清，还了整整三年。

要劳动，还是壮劳力，要还债，还不是小数目，生活究竟清苦。二毛蛋是村上的吹鼓手，张家场村和周边村落凡婚丧嫁娶，都要延请二毛蛋组班子前去鼓吹。在1966年之前，乡间的鼓班还有相当的生存空间，大队对这类所谓"资本主义活动"也是睁一只眼闭一只眼。同样，乡间的鼓班在乡村社会里仍然被视为"下九流"营生，不被人看得起。也同样，这些不被人看得起的人儿，在婚丧嫁娶场合恰恰是不可或缺的角色，好吃好喝好招待，不敢怠慢。张连印小时候就喜欢这个二毛蛋，二毛蛋除了组班子应事宴，还是村上元宵节闹社火的魂和魄，别人听的是声响动静，张连印好奇的是唢呐怎么个吹法，洋笙怎么个伴法，胡琴怎么个指法，鼓点和锣镲怎么个节奏。诸般乡间草根音乐，也确实是神奇。张连印回村做农民，跟二毛蛋走得近，二毛蛋呢，当然也知道张连印的身世与处境，着意教他拉二胡，识工尺，若有组班出行，必叫上张连印一起去。张连印呢，或者在班子里执锣击镲，或者人手短缺，干脆扛起大红轿子充当迎娶新娘的轿夫。

这个活计的好处是显而易见的，一可以挣钱，一块两块，三块五块，不多，但比生产队一个工分就强多了。二呢，可以吃一顿只有过年过节才能吃到的好饭，油炸糕、肉粉汤管饱。张连印时不时跟鼓班出去帮忙，大家意外，也不意外，谁都有作难的时候。即便张连印自己在 50 多年后说起来，仍然说，那就是个好手艺，多一门手艺，就多一个谋生门道。别人说啥，管他的呢！显然，他动过做一个吹鼓手的心思。

雁北方音，将平声几乎念成仄声，仄声偏就发成平声，读唐诗宋词别扭，偏偏说话有特殊表达效果。"管他的呢"，全部入声，短促，明确，不屑，不在意。

也是多少年之后证明，张连印身上确实有一种与音乐与民间艺术亲近的东西在，直到今天，仍然兴致不减，他一起头，老伴、儿子、女儿会同时应和，极具感染力。乡间的音乐艺术，古老而拙朴，野性而昂扬，也实在是神奇，会给身陷困厄中的人儿撑起另外一重天。

打篮球，他是健将，村上搞文艺活动，他又成了骨干。跟他爹当年一样，每年的正月十五点平安灯的时候，他又是那个活泼可爱讨人喜欢的"红火人"。只是，他这个时候还不知道元宵夜点的平安灯跟他有什么关系。

　　元宵夜点起的平安灯，发出光，映出彩，迎他啼声初试，现在眼见得一个腰缠红绸独步舞蹈的壮后生，在光影和色彩里扭动腰肢，光还是当年那样的光，彩还是当年那样的彩。

⑪ 30多万元的积蓄，就是一把咸盐撒进水缸里，化开连一点动静都没有。

胡万金担心，不是没有道理。

十里河河滩是什么地方？张家场人把村南的十里河河滩称为"大河湾"。大河湾它就是个烂河滩。烂是真烂。

十里河古河床沉积了数十万年，甚至年代更久远，卵石层、砂砾层堆积层错，本来河流冲刷出来的河谷，土壤应该肥沃，农业立地条件相对较好，莫说种树，就是长庄禾也是好地方。可是十里河沉积层复杂，张连印小时候记得就是一片烂河滩，榛莽丛生，蓬蒿满滩，乱树丫杈，北风紧，沙尘起，沙蒿被一蓬一蓬吹着，鬼撵一样满河滩里跑，张家场老百姓叫这里是"大河湾"，也干脆就叫"葛榛滩"，这个大河湾，也是张家场的风沙源地。河滩上那些杂树，多少年被北风吹着，连树干上的纹路都痛苦地朝着一个方向扭，得多大的风才有这样的效果！上世纪80年代，大河湾古河道沉积的砂砾层是上好的建筑材料，从上游到下游，牵牵连连驻扎着不下二十家采砂点，这也是张家场老百姓重要的现金收入来源。采砂作业过后，没有回填整理一说，卖了砂，挣了钱，留下挤挤挨挨大大小小的作业砂坑，满目疮痍，满目荒凉。大坑连小坑，大坑卧头牛，小坑拴只猴，从平地你根本看不见。

这样的地方怎么能育苗？

所以把个胡万金气得，直骂老朋友张连印是讨吃货。

另一层，胡万金在村里已经听到大家议论，说张连印是脑袋瓜发热，当官当久了，想回来散散心，种上几天就回石家庄去了。胡万金先就替自己的老朋友受委屈。图啥吗你说说！

雁北男人之间，只有知根知底的人才相互这样笑骂。挨刀鬼，枪崩猴，讨吃货，诸般如此，仿佛恶咒。外人以为是仇雠相见夹枪带棒，实则知根知底肝胆相照。相当于长城北边蒙古兄弟见面，肩膀碰肩膀，互称"安达"咧！胡万金不"拿心"。张连印呢，也不"拿心"。只是呵呵笑。

张连印心里有谱。

首先，大河湾都是非耕地、荒地，征地就不必伤筋动骨，也省去许多麻烦。只是有小块个人开荒地，也无大碍。

当初跟乡、村两级签订合同，承包大河湾做苗圃的过程几乎没费什么周折。顺利有顺利的道理。承包大河湾，不是为了获利，育苗的同时，也是治理烂河滩的过程。那时候村集体积累不多，要整理这块地需要多大投入！张连印选择大河湾做苗圃基地，也是他义务植树构想中的一部分，村里将大河湾承包出去，也是治理烂河滩的方略。双赢。

苗圃选择在大河湾，显然有先见之明。从 2007 年开始，左云县政府陆续出台十里河湿地公园建设规划、十里河古河道保护规划，张连印的苗圃基地自然融入这个庞大的生态保护项目。也是在 2007 年 7 月，苗圃建设初见成效，北梁义务植树大面积推开，大河湾及北梁林木覆盖率大幅提升，空气质量明显改善，张家场村被山西省林业厅命名为"山西省生态园林示范村"。

张连印对大河湾太熟悉了，小时候就跟爷爷到滩上割柳条子编筐，还在这里放羊、放牛、放猪，大河湾那地方虽然在大家眼里实在不堪，但这个地方有这个地方的长处。一是沙质土虽然保水差，但透气好，宜于树木生长扎根；二是地势低，地表水位也就低。左云县虽然是缺水大县，但张家场一带传统农业区却是富水之乡。2003 年张连印回村，家家户户在院里做压井，可以手动泵水，大河湾要比村里的海拔至少低 10 米，就更不必说了。

老胡着急，跟张连印说过，但看张连印主意坚定，也就作罢。罢罢罢，你碰个头破血流就知道回头啦。

老胡替张连印急的是那一头，张连印将军发愁这一头，花自飘零水自流，一样无奈两处愁。愁法不一样。

正如连茂当初讲的，你这 30 万块钱，放在这么大的工程上面，连个水花花也溅不起来。到 2003 年 11 月，房子盖起来，材料、雇工，再加上整理土地，8 台推土机不停作业，桩桩件件都得真金白银调动。30 万块钱，真是架不住怎么用。等快过年时候把雇工的工钱结算完毕，所剩无几。义务植树，回报乡梓，连一苗树还没栽下去，就没钱啦。30多万元的积蓄，就是一把咸盐撒进水缸里，化开连一点动静都没有。

张连印将军的节俭与朴素在部队是出名的，个人穿着、吃饭都不讲究。30多万元，攒了多少年？肯定不短。纵然是将军，在2003年，工资只是比地方上高一些，但也高不到哪里去，积攒这么一笔钱，不容易，可消耗这30多万那可不费什么工夫。

这时候的张连印，可谓是骑虎难下。张连印倒未必认为自己是骑虎，但情形确实是难下。缺少资金支持，倒显得位在其次了。

在2003年5月确定回乡义务植树，人是退休了，可军人的身份还在，组织还在。他给河北省军区专门打了报告，一是汇报自己退休之后回乡义务植树的想法和决心，请求组织批准。二是请求组织在起步阶段能够给予支持。

打请示报告当然是组织管理要求。这么大一个将军不声不响回到家乡，哪个知道你是求田还是问舍？哪个知道你是在经营还是休养？军旅40年，已经养成了很强的组织观念与纪律观念。做事说话，第一个想到的，就是组织。

这个报告产生了效应。河北省军区很快批复，同意，肯定，支持。以军区的名义支援多功能小型拖拉机一台，小型农用三轮车一台，另外划拨3吨燃油。这是效应之一。

效应之二，是张连印回乡义务植树的消息，很快在河北省军区所辖各军分区都传开了，北至唐山、张家口，南及邯郸、保定，大家都在议论这件事情。不用说也在昔日的战友和部下中间传开了，成为大家热议的话题。老战友知道张连印一旦决定了的事情，要说服他且不是件容易的事情。既然打了报告，这树是植定了。而且嫂夫人也被说动，跟他一起回乡。毕竟是退休，虽然58岁，年富力强，可究竟不似年轻时候那么精力旺盛。就劝他，可不可以挪个地方，就在石家庄平山县，那里荒山也多，主要是离石家庄近，战友多，熟人多，办起事来多方便，只要招呼一声，战友、部下，以另一种形式集结过来何止百千。

道理讲给解人听，张连印谢谢大家，也谢绝这个好建议。仿佛在部队做政治工作，他讲：你看，是这样。我是吃百家饭、穿百家衣长大的，是家乡养育了我，组织培养了我，离开家乡已经40年啦，家乡的一山一水、一草一木都很亲切。比之平山县，家乡左云县的张家场更加需要我回去给做点事情。人虽然退休，但共产党员的身份没有退休，义务植树造林，也是尽党员的义务和履行党员的责任，也是对组织培养的回报。

给人这样讲的时候，眼睛看着对方，双手端起，随讲话起伏而起伏，恳切，认真，诚意满满。

话是这么说，实情也如此。退休在即，家乡父老一张张面孔，家乡山川的一草一木，和隔草木望见的黛青山峦，还有山峦上逶迤延伸的古长城，还有远远伫立的烽火台，一幅幅如油画在眼前飘过，一次次伴风声随云影悄然入梦。正是"年年白发催人老，夜夜青山入梦来"。"平南收"，一声声呼，一声声唤，乡音召唤游子归来。

效应之三，将军回乡植树，引起地方领导相当重视。从省林业厅，再到大同市，更不用说左云县，更不用说张家场乡、张家场村，从个人日常交往的角度，从政府支持的角度，都有动静，不然，协调苗圃基地的选址与征地各种手续能那么快，也不可想象。

山西省造林局有一个桑金海，是造林局治沙办的科长。桑金海是平顺县人，1979年中专毕业之后留在林业厅，却与雁北结下不解之缘，长期研究和指导雁北地区风沙治理和植树造林，说起大同几个县，只比对他的太行山家乡来得更加熟悉，更加有感情。他清楚地记得，2003年11月，他正在大同一带出差，一位领导跟他讲，我带你去一个地方见一个人。去的地方就是左云县张家场，见的人就是张连印。桑金海还记得，张连印刚刚退休，不到60岁，头发黢黑，身形板正，不惮烦言，寒暄之后直奔主题。精干，果敢，问都不用问，那就是个将军。当然，桑金海也听说了张连印将军回乡植树的消息，只是没想到这事情就发生在脚下的张家场，主人公就在眼前。

这是桑金海的第一次接触。这一次来，是受邀帮助制定《张家场生态园林村建设总体规划》的。这个规划还在酝酿。桑金海才知道，在跟他接触之前，张连印已经跑过不少地方，植树造林搞得风生水起的邻县右玉县不必说，还有过去部队驻地的忻州市周边县，仅去林业厅请教与汇报就有6次，只不过他不知道就是了。桑金海当时还奇怪，一个退休将军，回来搞这么大个规划，不是自讨苦吃？这个规划有多大，开宗明义，规划以"生态建设为主体，植树造林防沙固沙，改善生态环境，带动经济发展，建设社会主义新农村"为主旨，绿化11000多亩荒山荒地，改善生态建设；搞好村镇园林建设，改善人居环境；建设种苗繁育基地、特色农业试验区和畜牧养殖基地，提高农业综合生产能力。诸般。

这一次规划，请的是省林业勘测设计院搞的。几个人桑金海都熟悉。桑金海嘴上没有说，心里怎么能不打鼓？桑金海是全省有名的治沙专家、林业专家，他对雁北地区太熟悉了，这个规划莫说放在一村，就是放在一个县也是大规划。不免心里有些疑惑。转念一想，对一个退休将军而言，在一个村里折腾这些事情，似乎也不难。这么大一个官能够放下身段，回村里干这么个事情，不用说长期坚持，就是他能够带起头来，对于改善一个村庄的生态环境的作用也不会小了。他成天见省里县上的领导也多了，但像张连印这样平易和亲切的领导不多，简直就没有一点点架子。

他只在苗圃建设上提些建议。提过也就提过了，尽职尽责，友情提示。没想到，这一开始交往就没有断过，一交往就是十八年、十九年，往来稠密，堪为莫逆。

效应之四，是村里的老百姓。西张一脉，东张一支，还有其他杂姓人家，村里几百年才出过这么一个大官，这么一个将军，放着清福不享，回村里搞义务植树，不解，支持，感动，静观，各种反应从街巷里的表情就能看出来。尽管已经盖起了房舍，尽管已经平整了土地，不止一个人还是认为，人家是大官儿，想的跟咱不一样，也就是回来做做样子。这些话不必传到张连印的耳朵里，他心里跟明镜儿似的，太知道大家的心思了。

胡万金告诉他这些的时候，他倒也坦诚。他讲：我打小是靠村里乡亲们的救济才长大的，参军后是组织把我一步一步培养起来的，我从内心里想做点事，一来回报乡亲们的恩情，二来尽一名党员的义务，绝不是心血来潮，既下了决心，就得干出个样子来。

总之，效应多多，动静挺大。摊子铺开，骑虎难下。

5月回乡，荷包里30多万，10月底起了房，整了地，荷包扁了。张连印嘴上不说，外人是一点也看不出来，但心里的泼烦哪个不知道？2004年要做的事情实际上他心里早就有了谱，一是要把园圃整理出来，很快育苗；二是已经跟兄弟们商量好，在苗圃出苗之前，栽树植树就得开始，不然没什么说服力，计划先栽10000株，这就是200多亩。这个计划大不大？要说也不大。只是，算笔账，没有几十万就铺不开这个摊子。

连茂和连雄，还有当时担任村支书的本家兄弟张连功，也看见哥哥的愁肠。他不说，大家以为他有什么打算，毕竟人家是将军，办法总比咱们老百姓多。

冬夜静。冬天的天空被月光照得彻亮，屋里熄了灯，月光映着大地上的残雪，会哗地隔玻璃投进屋里来，落到地面，清清白白把窗的轮廓勾画一番。天上亮，地上也亮，真是难眠。王秀兰知道丈夫的心事，说：不行，就给晓斌他们打电话吧。

张连印"拿心"，家教严是严，子女们也对父亲充满骄傲与敬畏，但张连印跟儿子、女儿说话，从来掂量着轻重。能少说绝不多说，能少管绝不多管。能不说就不说，能不管就不管。

稍做犹豫，他拨通了儿子晓斌的电话。

也正在这个时候，机会来了。乌云撕开一道口子，命运的阳光哗地照临大地人间。

　　左云县委组织部副部长池恒广分管县里老干部工作，从2012年开始跟张连印接触，十年忘年交，张连印对他非常信任。有事通报，遇事商量，实在没事呢，"池部长啊，我走到哪里哪里了"，电话就打过来，这是要中午喝两盅。

　　看资料，曾疑惑。1960年，初中只剩下半年多就毕业，怎么他非要回来侍候爷爷？还有大伯、三叔，还有三个姑姑，怎么会轮得上孙子回来，而且还非得辍学？辍学回家，老将军就没有委屈？他就心甘情愿？

　　跟池恒广交流过这个疑问。老池沉吟半晌：这个疑惑我也有，而且一直也不理解。不管老将军如何解释，我自己感觉，这是他一生难以跨过的一道坎，他当时并不是不情愿，估计是非常不情愿，不然他不会一说到这里就情绪激动。跟谁说起来，都要掉眼泪。

　　跟张连印说起这个疑惑，还不待说半句，他倒急了，摊开手替大伯、叔叔和姑姑们辩护：没有办法啊！大伯、三叔他们是家里的顶梁柱啊，都拖家带口，大伯家已经有五个孩子，叔伯兄弟还小，最大的连茂还小我6岁。三个姑姑，不是一个村，大姑在小场，二姑在小场，三姑在元台，每家都是六个孩子，她们总不能来给做一顿饭再跑回他们村里给大人娃娃做饭吧？在当时的农村，农民穷，艰难，离不开。有时候来看一下，得赶快回村去，几个小孩子都等着吃呢。我也理解他们。这是需要一天不离人侍候的。我是爷爷、奶奶拉扯大的，担子只能我担起来。

老池多年跟老将军交往，常常设身处地，想象老将军当年的样子。老池的转述，跟刘志尧一样，这个被叙述的主人公在他们的叙述里头，从"将军"到"老汉"来回穿梭，十分自如。

爷爷、奶奶去世之后，老汉当时难免有些孤独。十六七岁，独立生活，饶是你乐观，饶是你意志坚强，亲人们都一个一个离自己而去，能不悲伤？白天还是生产队里的劳力，出地里要干活。一日三餐啊，都得自己做。你说孤眉哨眼的，你说一个十六七岁的孩子咋"着"？他得回来一个人烧火，做饭。烧火还不像现在，你插上个电就行。到老汉当兵走之前，村里还没通上电。左云县1958年县城里用上电，1974年电才送到乡镇一级。村里老百姓做饭，就是烧柴，冬天需要取暖，才烧点炭。买不起呐。烧啥柴？就是河滩上捡的些柴，雾柳枝，沙棘条子，捡回来晒干烧。但那家伙不好起焰，烟大，下雨下雪之后，更着不了，烟熏火燎，钻在灶火那里心情能好了？能想象见的恓惶和凄苦。做这点饭就是吃不上，有时候也有流泪的时候。不过也是一个人偷偷流泪，只要人一进去，他就不哭了。从来不当着人的面流泪。

这样子过了将近两年。村里人也招呼他，平时也被这家叫去吃一顿，那家叫去吃一顿，大伯、叔叔家也去。但不常去。正月，大伯叫吃一顿，叔叔家吃一顿，但叫第二次他就不过去了，笑嘻嘻说自己做呀。他一个十六七岁的孩子能做成个啥你说。母亲后嫁的猪儿洼村倒不远，可是有继父在，有弟弟妹妹在，他也不常去。

主要是大家都穷啊。

连茂小张连印6岁，打小跟在哥哥屁股后头，跟哥哥亲。家里5个孩子，连大人7口人，挤在一条炕上，连茂晚上经常过来陪哥哥睡。冬天里，哥俩一大一小挤一个被窝，也是常事。连茂讲：我那哥，就没见他愁过。冬天烂棉裤烂鞋，自己拾掇生火做饭。只是有一次，他做莜面屯屯。莜面屯屯是咋个做法？就是把莜面用开水和好，在面案上擀开，然后再把土豆擦丝过水焯一下，有菠菜拌菠菜，有韭菜拌韭菜，什么也没有，就干拌土豆丝，然后把土豆丝均匀铺在擀好的莜面上，卷起，再切段，上笼蒸熟，然后再调些蘸汤蘸着吃。这个做法复杂，可能我哥当时有些烦，往起卷那个屯屯的时候，他停下手来。两眼泪，想哭。看见我进来，又没事啦。当着人的面，从来是乐观的。

独立生活，虽然苦，可是对生存能力的锻炼来得实实在在。在忻州市的部队干休所，当年的老战友们说起老首长张连印，讲过一件事。1970年，张连印担任连长，其时，国家还很困难，好多连队到冬天蔬菜供应常常出现问题，只有张连印的连队从来不到团里提要求。老八路出身的曹副团长就奇怪，这个连队真的没问题？下连队，入伙房，只见十几只大缸靠墙而立，揭开一看，全是用芥疙瘩、黄萝卜、蔓菁、白萝卜，还有用整颗白菜腌好的酸菜。曹副团长大喜，回头夸：你留着这一手啊，咱这些兵跟上你张连印可享了福了！原来，入冬前夕，张连印从老乡那里采买好这些原料，然后手把手教战士们如何洗，如何配盐，如何腌制，一个连队冬天蔬菜供应就这样缓解了。

这本领，这谋划，显然来自少年在家里独立生活的锻炼。

回村劳动将近 4 年，从 15 岁到 18 岁，就是这样把张连印从一个文弱小书生，锤炼成一个能顶起生活重压的壮后生。

也正在这个时候，机会来了。乌云撕开一道口子，命运的阳光哗地照临大地人间。

1963 年年底，张连印报名参军。18 岁出门远行，对一个青年人的成长而言，正是时候。

实际上，在 1962 年，公社武装部就动员他参军。胡万金就是 1962 年报名参军的那一批。1962 年年底报名，1963 年正式入伍。武装部动员他参军，大伯张浸是家长，大伯以张连印年龄不到谢绝了。1962 年，张连印 17 岁，也真是不到参军年龄。

其实，深一层里，还有大伯对这个侄子的关心。现在看来，张连印参军入伍，确实是改变他一生命运的起点，如果不是从这里开始，一切都无从谈起。或者，我们今天可能面对的是另外一个张连印。或者，我们今天可能就不知道张连印是哪一个。

可放回当年的历史情境，参军入伍，还远不像后来，是农村青年格外垂青趋之若鹜的选择。1962年，苦难的大地结束战火才刚刚十多年，从上世纪二三十年代开始，包括左云在内的雁北地区，军阀混战；接着又是艰苦抗战，日军陷阳高，攻天镇，朔县屠城，惨绝人寰；之后八路军挺进雁北，左云县属晋绥边区绥蒙军区的抗日游击根据地，抗日英雄李林曾在左云境内频繁活动，这位可敬的南国女儿把热血洒在雁北的黄土高原上；最后是解放大同战役，张家场乡的老百姓虽然不曾冲锋陷阵冲向城垣阵地，但支前队伍里活跃着他们的身影。

这块土地有血性，有荣光，有的是道不完的红色历史，唱不尽的英雄赞歌。更何况，塞上左云，长城绵亘，不知道映照过多少刀光剑影，见识过多少金戈铁马。人事有代谢，往来成古今。用什么样的语言都描摹不了这块土地上的英雄气啊！只是，战火刚刚平息十多年，战争的惨烈与血腥仍然深深留在民间记忆里。送子弟去参军，离别苦、相思愁倒在其次，记忆里沉重的阴影难以消除。而且到了1962年，中苏交恶，边境紧张。一人参军，全家光荣，保家卫国，报效祖国，老百姓哪里不知道这个？农家军歌唱起来，高昂壮烈，同时也得有那寸骨柔肠，也得有那常情常理。这个家，这个国，家国两个字具体而微，方方正正一点不走样装在老百姓的心里。老百姓有觉悟，八路军挺进雁北抗战，打退国民党建立"咱政权"，靠的就是汪洋大海般的老百姓支持，他们的觉悟远不是喊喊口号那么简单。

若不是如此，胡万金参军之后，他的娘也不会想自己的三儿子想得哭瞎双眼，最后胡万金不得不放弃提干机会提前复员回乡。大伯厚道，他是一个家长，送这个孤苦伶仃的侄儿当兵，自己不忍心之外，外人会怎么看？是撵着他走吗？种种考虑，都可理解。

当年的大队书记张德和也不想让张连印参军走。老支书一双慧眼，已经看出张连印是棵好苗子，将来有出息，着意培养。更重要的是，他当小队会计，还兼着大队的会计，当时是3个小队，3个小队的账都要汇集到张连印这个大队会计这里，年终决算就他一个人，若是普通劳力，哪怕是强劳力，一抓一大把，可以找人来顶替，可会计这个岗位哪个能替下来？

胡万金说，公社武装部实际上早就相中了张连印，这是个好兵。想要他，放下话：既然年龄不到，今年不用走，明年年龄该到了，18岁了吧？明年再走。

这样，1962年那一次征兵张连印没有走。

到了1963年年底，新一轮征兵开始，公社的武装部自然第一个想到的就是张连印，动员他报名参军。这时候，老支书张德和还是不愿意放张连印走，因为这时候又到了年终决算的时候，张连印一个人算盘打得噼里啪啦响，每天都要算到半夜才能回家。老支书不想让他走，支部和村里的人没有不同情这个后生的，都跟张德和讲：这个孩子苦啊，在地里头受一天，还得自己回去做饭，有这么个机会，也是成人之美，家里没爹没妈的，不让走怎么行？放了吧！所有的人都推荐张连印参军，也跟公社武装部的意见一样，这是一棵好苗子，是一个好兵。

公社书记叫康润玉，后来担任大同市林业局局长，亲自来做张连印的工作，话说得就实在，一番大道理讲过，讲得张连印热血沸腾；一番小道理再讲，你家里没爹没妈，孤身一个人"钻"在村里头，将来不得成家？你这样子怎么成家！将来不得立业？你孤身一人"钻"在村里头当一辈子农民，你怎么立业！你有文化，有知识，有头脑，体格好，人品好，部队大熔炉，将来说不定有大出息呢！张连印就下定了决心，入伍参军去！

也是，机会来了城墙也挡不住，大队原来的会计魏发的病好啦，身体恢复，已经能继续工作。张连印报名参军前夕，将两袋账目移交给大病初愈的魏发，算是工作移交啦。

接下来，政审、体检，一套程序下来，就到了1964年的正月。新兵将在县城里集结，离开张家场，阖村出动，张连印记得，身着新军装，头戴栽绒帽，乡亲们依依送别，张连印依然是那种善良、乐观的笑容，临行，还给大家唱了一首歌。许多老乡回忆起来，当年孩子亮开嗓子唱歌的时候，眼皮软的女人就哭了。这个苦命的孩子，终于是熬出头了。

连茂记得，哥哥参军入伍，一条烂棉裤换成新军装。自己的东西也用不着了，归并归并分开，给了大伯和三叔，计有莜面三四十斤，还有土豆蒸熟了磨成的粉三四十斤，另外还有一些土豆，两家分开，每家20多斤的样子。这就是他全部的家当。

张连印正月初五离开村庄住县上集中。离正月十五闹元宵，点平安灯还有几天。张连印这一走，每一年闹红火的时候，村里就少下一个红火人啦！此一别，前程远，路漫漫，何时归？

这苦难的故园，这温暖的家乡，这些可亲可敬的亲人们啊！

我问张连印，在村里问一位老太太，她讲你临离开村庄的时候唱过一首歌，唱的是什么歌？将军怔了一下，接着不好意思：倒给忘啦，不过就是二人台？或者就是一段秧歌？

不过，将军记得他在县上的发言。1964年正月初七，左云县召开盛大隆重的新兵欢送大会，地点在左云老城的东街大礼堂。当年，跟张连印一起走的左云县新兵共100多号人，个个胸戴大红花，庄严危坐，张连印代表新兵表态发言。按照写好的稿子朗声演讲完毕，捺不住内心激动，脱开稿子，50年后被新闻报道一再提及的快板顺口溜脱口而出。

　　你们给我戴红花，我把决心来表达，当兵要听党的话，党叫干啥就干啥。

随口而来，即兴编排。台下掌声响起。老县委书记也被感染了，他对台上的同僚说：今年这批兵，是历年来送得最好的一批兵啦。几句话，让张连印这个新兵用一生来实践它。

开罢欢送会，雁北一十三县的新兵全部在大同集中，地点在大同市帅府街军分区。一十三县新兵集结大同，就是浩浩荡荡一支大部队，当日分散在各个地方住，旅社、礼堂、澡堂都住满了。第二天，部队开拔，坐的那种运兵的闷罐车。这是张连印第一次见到火车，看见这个钢铁家伙吐着白气冒着黑烟大模大样开过来，他还懵懵懂懂。19岁的年轻人，对外面世界新鲜得不得了。他不知道，这个闷罐子运兵车开将过来，要将他带到太行山深处，也将他的命运带到更远的远方。火车轮子咔咔转动的那一刻，他拥有了一个更大的家庭。

2008年，大同市城区开始进行大规模改造，老旧街衢不复旧观，但帅府街的军分区大院改变并不大。张连印回石家庄办事，大部分时间是自己坐公共车前往大同，再倒火车。少部分时间则由外甥魏巧红开车送到大同，小歇一栈，等等再行。魏巧红感到很奇怪，每一次经过帅府街，张连印都要车停下来，迈开军人步伐走到军分区大门那里，整装，肃穆，立正，啪地打一个军礼，庄严庄重。

有一回忍不住，魏巧红就问自家舅舅，为啥一来这里就打个军礼？

将军言道：这是我当年参军出发的地方。

采访第二天，苗圃里就忙得是不能再忙，张连印将军反而过意不去，问我说需要跟谁谈都可以。仿佛他们忙，倒误了我的正事。将军不知道我也是农家子弟出身，而且从 2000 年开始，没有间断走农庄，访农户。进了村，看见土地，看见庄禾和树木，仿佛才有个人样子。我说，您忙您忙，我到处看看。不闲也不散，入苗圃，进村庄，东看看西瞧瞧，在一旁听人说话，看他们做"营生"。

张连印和儿子张晓斌 4 月 21 日从石家庄赶回来，刚刚一周时间，苗圃里的"营生"就铺开啦。负责苗圃日常管理的田四旺，负责内勤外务的安殿英和妻子三女，还有司机魏巧红以及退休的老王王凤翔，算是苗圃常驻的几个工作人员了。

田四旺机敏而憨实，不笑不说话，个子低，显得裤子肥大。但忙前忙后，宽大的裤子无挂无碍，干起活来却利索得多。一大早太阳将影子拉得长，隔窗就看见一个影子忙忙碌碌在地上闪过来闪过去，出门一瞧，乃四旺。雁北风高，常在野外作业的人，太阳晒你，细风扯你，嘴唇永远显得干燥，四旺的嘴边就挂一层白皮。2015年，晓斌从部队提前退役，自主择业回乡陪父亲，四旺和晓斌初中同过学，晓斌退役回乡，急需人手，四旺人机灵，少年情谊，又吃得苦，旋即加入进来，帮晓斌招呼一应野外作业事宜。

下来的几位，都是张连印的亲戚了。回乡植树18年，现在是第19个年头，跟着张连印做事的人换过几茬。先是连茂、连雄，还有自己的亲弟弟，缸房院兄弟们聚在身边，植树季节一到，兄弟们忙前忙后上阵。现在，亲弟弟早在一年前去世。连茂已经72岁，椎间盘突出，不能干重活。连雄呢，被大同的私企聘去做管理。剩下的只有安殿英和三女还是当年的老人，一跟就是十八九年。2003年40岁出头的壮年，现在也年过花甲。之后，年轻的人补充进来，四旺和巧红，两个人一个50出头，一个40多岁，在现下的农村，尚属于年轻人，壮劳力，跑前跑后，招呼周到。

我来的这几天，大家都忙。安殿英两口子从早上起来就不得闲，打扫院子，生火，然后准备招呼工人们中午一顿饭。近30号人，那是一顿大餐，虽不精致，但得吃好吃饱。四旺组织工人们作业，开个小四轮农用车进来，又开出去，开出去，再开进来，在库房里取工具，拉矿泉水。老王负责内业，主要是接待客人，给客人们介绍基地的情况，相当于义务解说员，同时兼顾苗圃会计事务。从2007年开始，全国各地有组织的学习参观队伍就络绎不绝，接待客人成了基地另外一项重要任务。即便没有有组织的客人前来，零零星星的游客也不在少数。所以接待任务还真是不小。巧红呢，更不得闲，招呼在张连印身边，随时听候调遣。

巧红有意思，他是连茂的亲外甥，按排行，叫张连印大舅。愣愣实实个后生，偏叫了个女孩子名字。问他，他脸红起来就笑，笑得牙花子露出来。说是，他妈老生儿子，就盼个女儿，生下他这个小儿子，专门起了个女孩子名字，希望能招来个妹妹。招来没有？巧红说：没那命，哪里那么容易！我们村里有人家连生儿子，做娘的说孵一窝鸡吧，孵20个小鸡仔，倒有十八九只公鸡。

大家忙，我则由连茂继续领着，在苗圃里看。说起2004年开始整理苗圃的事情。

连茂背操着手，一边走，一边就说。遇见树说树，遇见石头说石头。他踢一脚脚边的石头，讲这个大河湾在2003年和2004年的样子。连茂嘴里，农业专业用语还是一套一套，行家里手。

当初建苗圃，由连茂领工，带工人们在苗圃育苗，每一块地，哪一块没踩过个三遍五遍？大河湾300亩地由推土机推了一个冬天，初具规模，把大坑小坑都填起来，原来坑坑洼洼的烂河滩变得平整。但大河湾里能不能育苗，能不能建成苗圃，就连他这么一个农家老把式心里都没谱。为什么？大河湾经过多少年挖砂，古河道的沉积层破坏得很厉害，尽管经过平整，可是土层内沙多土少石头多。用推土机在2003年推平之后，

2004年开始逐步在这里整育苗畦垄，又从梁上拉了许多土来垫地。就是这样，石头还是捡不净，整理畦垄，捡石头就费工。刚开始，确实是不放心，为什么呢？沙质土，团粒性差，不保水，不保墒，营养差，怎么育苗？

果然，苗圃畦垄边上归拢着大大小小的石头蛋子。连茂说，你看看这些石头，就是当年从地里捡出来的。有卵石蛋，有料礓石，还有水刷石，还有火山浮石，各种各样的石头，简直就是石头博物馆。咱看见烦心，外头来的客人看见呢，稀罕得不得了，一拣一包。田间路还保持着最初开拓时的样子，一眼望去，依然是沙多土少。

说话着，迎面一片林子里，人影绰绰，十几个工人由四旺带着在那里剪树。

将军从林子里钻出来，肩上扛着一棵刚刚锯掉的"苗子"，说是"苗子"，其实已经是树，有3米多高。老将军呵呵笑：我干活还挺利索，40年兵白当啦？扛着树，从树丛里走出来，将树款款放在地边的农用车里。

车里已经满满当当堆着剪下来和锯倒的树。林子里有咔嚓咔嚓树断的声音。根部茬口簇新，分泌出来油脂，透明得不能再透明，像人的眼泪，空气里松树的独特香味散出，让人心疼。依连茂教下那判断树木年龄的法子，一层两层数过，最大有十二三年，最小的也有七八年，春天，枝叶发得正旺，墨绿，翠绿，绿得生机盎然。但要间苗，要锯掉，要绞掉，咔咔嚓嚓，像人的骨头就那么生生被铁钳子绞断，被钢锯伐断，每一声都让人心颤一下。

不由自主地，嘴里吸气叹可惜，人已经上去搭手帮忙，向四旺讨来树剪子，上手间苗，见五留二，五棵树中间的三棵通通要间出来。将军看我拿龙捉虎虽不像个把式子，但如此轻易就上手，仿佛熟门熟路，拿轻捏重动作不坏，是个地里做过活的人，顿时亲近不少。

这两天，是四旺的哥哥三旺，招呼一帮休假的煤矿工人来苗圃里帮忙。平常下，左云县的企业和机关，常常组织人来帮老将军，属于义务劳动。时间或一天两天，遇上植树季节，半个月随将军在山上植树。都是紧活。

伐倒的树怎么办？将军一大早起来就吩咐，这些树都给村里的老人们分开送去。2021年冬天，煤价陡涨，民用煤都涨到一千多两千元一吨，老百姓冬天取暖成问题，就上山伐那些不成材的"小老树"拉回去烧火。张连印很感慨。他们冬天巡查林地防火，发现老百姓只砍那些龇牙变裂的"小老树"桩子，栽下的松树是一棵也没动。只可惜，有些人砍树的时候泼笨，把"小老树"边上的松树压歪不少。老将军说：你看看，老百姓太好了，知道咱栽树难，不动你这些树。他们也真是不容易。如果有三分奈何，谁愿意远远路程跑到梁上来砍这些"小老树"？这些树不好生火的。

老将军一边收拾锯好的树，一边拿手里的苗子数，一层两层，一直能数十五六层，少的也有十二三层，这都是十二三年、十五六年的大苗子，密匝匝拥挤在一起，不是一棵一棵，而是一丛一丛，两棵并根，三棵相邻，株距只有不到10厘米远近。为什么非要间伐锯掉？就是因为长得太好，长得太旺。而起苗子移栽他处，必须带土丘，起一棵苗子，作业间距必须达到半径20厘米，现在，莫说是20厘米不到，就是踏进一只脚都难。

2015年，张晓斌退役回乡帮助老父亲，已经看到苗子太密，建议趁苗子还没长高，间伐一些，并且组织人要砍，将军很生气：你看你这干啥？栽起来多难，砍起来那当然容易啦，三下五除二就砍啦。将军说：当初要是听他的话就对啦，当时是舍不得啊，你看现在，一年比一年密。如果2015年听他的话，隔一间一，隔一棵锯一棵，现在就不是这个样子。现在看来呢，晓斌是对的，我错了。种，不容易，砍，你看看，也不容易。劳师动众的，多费劲。

这些长了10多年的树，就这样被间伐出来，到傍晚就要被田四旺一车车收拾了，拉进村里，送进户里，折断填进炉膛，腾起火红灶火，去舔食这个春天里的乡村日月。想想，谁心里舒服？苗圃壅塞，一是苗木长得太好，"连丰种养基地"早在10年前就被省林业厅定为京津风沙园苗圃供应基地，苗木质量上乘。但另一方面，却是因近年苗木市场日趋饱和，京津风沙源治理二期工程接近尾声，苗木大量滞销。以左云县为例，全县万亩以上林区13处，标准化园林村85个，育苗基地20个，十里河川满坑满谷的苗田林地，绿风盈野，到2021年，全县林草覆盖率高出全国平均水平20余个百分点，水土流失治理率达54.8%，要找绿化植树的地方，只能是见缝插针，栽满啦！

不过，将军此刻说起树，说起育苗，精神还是不一样。有一位记者总结得好，说这叫作"苗木滞销了，绿化的观念却畅销了"。总结得好，和连茂说起来，感慨那叫个深：咋生那脑子来？

也如连茂讲的，我那哥，现在就是个植树专家，光是专业杂志就订个七八份，他接触的人也多，跟市里、县上的林业局人好成一疙瘩，还有省里的专家、北京的专家。我们这个张家场，原来还是左云县的张家场，我哥回来这个一"着"，"着"成个中国的张家场啦。

我知道，将军在 10 多年间总结出一整套育苗的程式，问将军自己总结出的这套"张氏植树法"，将军却笑起来：这还有一定之规啊。九九归一，就是一个因地制宜，育苗与移植不一样，程序步骤也不同，但即便是植树，阳坡和阴坡又不一样，春天和秋天不一样，石山和梁坡又有不同，哪里能有一定之规？有时候呢，自己总结总结，你总结六条可以，总结八条也可以，归结起来就是八个字：尊重规律，精益求精。

脚边就是现成的例子。

当初育苗整垄，都整的是单垄，一个大堰，都刮成一畦一畦的，每一畦是一个育苗单元，结果一过水，单垄畦堰都被水冲了。后来慢慢发现，这个单垄畦堰既不保水，也不利于育苗，就总结出双垄畦堰法。每隔 10 米，一个双垄畦堰，双垄畦堰过水，可以兼顾两头，也便于树苗后期管理，因为隔的育苗单元就是 10 平方米，也不至于这儿高那儿低，进水之后，水会贴着树苗根部均匀漫过，形成一个水平面，利于幼苗生长。这样，就形成整个苗圃育苗的基本格局，每隔10米一个双垄畦堰，既是堰，也是渠，水过来之后，可以浇两头，也好控制进水量，不至于冲毁畦垄，而且还有节水之功效，一举多得。

这样，每10平方米就是一个育苗单元，不惮细数，一望即知有多少棵树。

说着话，安殿英和巧红两个，分头按畦垄纵横来测算树苗产量，不用一棵一棵数，钻进双垄畦堰纵横一数，横28，纵28，一个育苗单元的成苗数是784棵。这还是八年生的树，如果是一年生，二年生，那就更稠密，一个单元可以达到2000棵。这样算下来，光是300亩苗圃现存树苗就达500万棵之巨。

将军望树苗，树苗望将军。将军说，就以每一个单元780棵算，1平方米也至少有25棵，300亩苗圃，不算移栽到山上的18000多亩树，苗圃里的树就是一个大数目。现在统一口径说18年栽下208万棵树，仅仅算了移栽出去的树。将军脸上的成就感与满足感是接触这些天来少见的。或者说，这种表情只有在他置身于田野山林间才可以见到。将军讲：我看见这树就高兴。你看，树多了，风也清了。好嗨！这个数目字，人家说多少就是多少，当年行情好的时候，卖树苗也没有认真过。多是多少？少又是多少？

话说回来，为啥种得这么密呢？刚开始育苗儿的时候，头一年的成活率是2%，还是4%？总之活得不好就是了。后来能够达到20%，50%，这些苗子栽的时候，估算会死一部分，结果那一年的树苗长得特别好，成活率一下子达到 85%，有的畦垄达到 90%。将军说着说着就笑起来，能够笑弯了腰，摊开手：你看看，这成活率一高，闹下麻烦啦，还得砍呢！

故意逗将军：一开始育苗成活率不高？

这是故意引逗将军讲他 2004 年开始育苗失败的那一段。我知道，刚开始从东北拉回来的 10000 株幼苗，并不成功，出师不利。好多通讯报道都着意渲染这一段失败经历，说将军秋天望着"抽梢"幼苗，痛心不已，流下了眼泪。

本来想问，你流泪没有？没问。任是你铜浇铁铸的汉子，内心里都有一块柔软的地方啊。

19 年后谈论 18 年前的马失前蹄，不能说风轻云淡，也基本上是云淡风轻。将军面对的是 19 年后茂密葱绿的苗圃，手一挥：头一回育苗，死啦，死下十之八九。咱刚开始没经验，不知道这育苗里面还有许多道道。后来慢慢学会了，这就要求精益求精。

2004 年头一年育苗没有经验，到秋天成活率不高，七死八活，枯黄一片，基本上谈不上什么成活率。秋天补栽了一回，仍然不行。真是出师不利，开门头一炮就给哑了。

我问：您当时伤心不伤心？

将军手一摊：伤心啊，怎么不伤心！满怀信心搞起苗圃，周围这么多人帮忙，头年拉回来的幼苗儿大家看着喜人，谁都信心满满啊。结果是这么个结果，不只是我一个人伤心，老伴从春跟到秋天，就没离开过一天，老伴也伤心，其他兄弟们都不说话。

有人劝你收手吗？

连茂、连雄，还有连功，嘴上不说，他们心里头怎么想，我清楚。好多人都劝我说，收手吧，这大河湾就不是个种树的地势！

老将军手往下一劈：不！还得干下去。当了 40 年兵，遇上这么一点点事就当逃兵啦？不行！

2003 年 10 月，张连印带老伴王秀兰回到张家场安营扎寨。

老伴回乡，进村笑嘻嘻，见人嘻嘻笑，她比丈夫显得更熟悉村庄和村庄里的人。或者说，村庄里的人见到王秀兰，比见了张连印更加没有拘束感，更加不"拿心"。毕竟，当年张家场"皮袄队"到部队驻地，忙前忙后招呼，帮大家办事的，就是眼前的这个嫂子，虽说是首长夫人，乡音乡情，见了老乡就如同一条巷里朝夕相处的一般。更深一层，王秀兰在县里"钻"的时间，要比张连印长得多，两个人结了婚，生了儿子张晓斌，再生了女儿张晓梅，二女儿张晓花，直到 1978 年张连印担任团参谋长才办理随军，一家人团聚在一起。此前，就由王秀兰一个人带着孩子"钻"在县里头生活，自己艰苦不说，回乡招呼亲族兄弟和老人，全凭王秀兰操持。

见到张连印将军，将军别的不表，开始就说自己的妻子，说自己的老伴，最后总结，好妻子，好老伴，好母亲，好军嫂，排比如流。将军回乡植树，开宗明义头一篇，说的就是关于老伴王秀兰。将军一再强调，如果不是有这么个老伴，一切都谈不上。而因为有了这么个老伴，这才有了以后这一切。

我听得笑起来。毕竟是做过多年部队主官的将军，真是会做工作，吕端大事不糊涂，事到临头，能判断清楚事情的轻重缓急，知道矛盾的症结所在，因地制宜，对症下药，会做工作。夸起老伴，那叫一个义无反顾，那叫一个没深没浅，前院后院，安排得妥帖，这是聪明男人的做派。后来知道，所道所言，并不虚说，皆发自肺腑。

当年，优秀青年张连印在部队里提干，1970 年担任连长的时候还没有结婚，用部队的标准用语，叫作"没有解决个人问题"。

此前的 1968 年，担任连指导员的张连印作为北京军区"学习毛主席著作积极分子"，在人民大会堂两度接受毛泽东、周恩来等党和国家领导人接见。张连印开玩笑说他提干是靠"打算盘打出来的"，实事不假，但肯定不全。他参军的时候，尽管勉强算是初中文凭，但因为在初中学得扎实，成绩一直名列前茅，珠算是初小就已经完成的学业，当然不在话下。他的初中数学学得好，代数、平面几何、三角函数这些基础数学底子还是有的。参军入伍，是炮兵，所在部队又是榴炮营。当年的战友回忆，炮兵训练测距，张连印闭上一只眼，竖起大拇指徒手测量，就可测定炮位与仰俯角，功夫不得了。他在部队很快提干，风头正劲。

事先确定好婚姻目标，就是想找一个家乡的对象。为将来转业复员计，当然是考虑之一，可是从小已经领教过生活磨难和人间温情，经历过人间苦难与生活历练，哪里不知道自己是什么人？孤身一人，无依无靠，找一个家乡的对象，好沟通，易相处，最实际不过。

这样，就碰到了王秀兰。其实，是两个苦命人走在一起。

王秀兰小张连印两岁，1947年生人。说起来，两个人还是校友，初中读的都是破鲁中学，只不过，王秀兰要低张连印两届。张连印那一届4个班，再低就是两个班。张连印4班，王秀兰8班。两人虽然没有同过学，没有照过面，但王秀兰怎么能不知道学长里的第一名？更何况这个第一名退学的时候，老师、同学都非常惋惜，成了当年破鲁中学的一个大事件。后来两人相识，说起这一节，没同学过，老伴居然知道他，张连印心里就很感慨。他后来给学生讲课，一再强调要好好学习，在学校里头，校长呀，老师呀，全校1000多学生，他哪能全部认全？但哪个班谁谁谁学习好，谁谁谁有什么特长，这个能记得，而且会到处讲。

当年，王秀兰在破鲁中学学习也不差，1963年下半年，王秀兰考入左云中学，也是破鲁中学和破鲁公社唯一考上高中的女学生，四里八乡为之轰动。

轰动，当然轰动。为什么呢？左云中学的高中很难考。左云、应县、右玉三县才招一个高中班，分配到左云县的名额相对多一些，也不过20几个。

1963年，高中教育资源甚为匮乏，不独左云一县，晋北诸县都是数县合办一个高中班。也不独晋北，全国几乎都如此，以至于 1965 年之前，大学本科录取名额远高于高中应届毕业学生，只能从各行各业在职同等学力的干部职工中招收"代干生"。也就是说，只要能考上高中，政审能过关，上大学没有什么问题。或者说，考上高中，相当于进入大学预科啦。

后来通讯报道说，王秀兰以优异的成绩考入左云中学。当然是通讯语言顺嘴一说，也不能说不对。只是在这种背景下，你不优异，是连高中的边都沾不上的。上高中的学生，都是凤毛麟角。

何况还是女学生。

何况是王秀兰。

这就说到王秀兰的出身。王秀兰的父亲，并不是左云土著，祖籍为河北省行唐县，4 岁，随父亲走口外，走到大同的时候，走不动了，就落脚在左云县的半坡店，长大之后就在破鲁堡给人当长工，好不容易成了家。在那个年代，这个小家庭日子过得可想而知，用老百姓的话说，就是"拉的一个破窝""拉的一个穷家"。而王秀兰呢，也不是亲生，她出生的村庄，现在划归大同市新荣区。村里人描述说，那家，一圪撩腿就是一个女子，一圪撩腿又一个女子，一圪撩腿，还是个女子。这样，一口气生了五个女儿，到生第六胎，生下王秀兰，还是一个女子。按雁北地区给女儿取名的习惯，王秀兰自然叫"六女"。孩子一多，实在养活不过来，就送了人。当时王秀兰的父亲正在村里给人揽长工，没有孩子，其实就是王秀兰的养父。

养父养母抱养回王秀兰，依然叫"六女"。没想到这一抱不得了，两三年过去，生母竟然顺顺利利生了一个男孩子，依"六女"之序，取名"七女"。"七女"却是一个男孩子，大名叫王发，后来在大同市新荣区统计局做干事。在新荣区，你要找王发，可能没有多少人认识，你若一说"七女"，大家都知道。跟张连印没有断了跟母亲和继父的联系一样，王秀兰也没有断了生父生母这一家的往来。张连印这些年，从张家场回石家庄，坐公交车从左云到大同倒车，常常找小舅子"七女"喝上一盅，歇一栈再起身。

在物质普遍匮乏的当年，这样的家庭要培养一个高中生之艰难，那就不是一般的艰难了，连张连印这个从苦水里蹚过来的人都非常吃惊。每每说起，这个将军女婿对两位老人佩服得不得了。在那年月，老乡们把培养孩子读书，称为"供养"孩子念书。供养之难，出人意料。破鲁堡一带，谁都认识王秀兰的母亲，一双天足没缠过，一手拉讨吃棍，一手提讨吃篮，就为给孩子攒足每学期开学的学费和生活费，四里八乡跑着乞讨。王秀兰也不避讳这个，人说起来，她就讲：就是嘛，我这个妈，春节一过就出去走村串户讨吃去啦。母亲靠讨吃要饭，把女儿"供养"到高中毕业。

张连印说他是吃百家饭长大的，王秀兰吃的又何尝不是百家饭？张连印讲：我对家乡的感情深，老伴王秀兰对家乡的感情一点也不次于我。若不然，她不会回来跟我受这些苦，受这些罪。

命运何其相似！张连印 1960 年初三退学是他一生过不去的坎，说起来双泪垂腮，无奈，委屈，不甘，如若顺利毕业，虽然念不起高中，至少凭自己努力学习搏一个前程的希望还在；王秀兰就不同了，她的希望比张连印要大得多，上高中就意味着入大学。那一茬学生，哪一个不是"少年心事当拏云，谁念幽寒坐呜呃"？哪一个不是"长风破浪会有时，直挂云帆济沧海"？胸怀壮志，壮志凌云，凌云作鲲鹏展翅飞。王秀兰顺利读到高三，正好是 1966 年。1966 年，大学的大门哗啷一声像巨大的石门一样关上了。错愕与不适，激进与荒芜，坎坷与不公，随校外的喧嚣疾风暴雨般降临。王秀兰属于已经进入历史叙述的"老三届"高中生。实际上，他们那一届学生，真正毕业要延宕至 1968 年。王秀兰黯然离开校园，回乡做民办教师。

张连印是一茬战友中最迟"解决个人问题"的，而王秀兰在一茬同学中结婚也不早。两个苦命的人儿，似乎前世已然约好，要在适合的时间相遇，然后走到一起。

其时，王秀兰得到一个民办教师转正的机会，1970 年，全国的形势有所好转，教育系统"教育回潮"，王秀兰受县教育局派遣，前往设在当时朔县米昔马庄的朔县师范学校进修学习。这所学校的前身，是诞生在抗战烽火中的"贺龙中学"，后来迁往当时晋绥边区五分区的朔县，新中国成立之后改为师范学校，是一所有相当传统的好学校。

好啦，这时候张连印正好回乡探亲，有人给张连印介绍王秀兰，或者说有人给王秀兰介绍张连印。见过两面，张连印心想，就她，条件不错，挺好。王秀兰心想啥，不知道。直到张连印归队，王秀兰也没明确表态。

说起来也浪漫，浪漫就意味着熬人。越是熬人，可能来得越是浪漫。但在那个文化荒芜的年代，汉语中表达爱情的词语全部被放逐，不能说，也不会说，只能静默等待。等来的是一封信。信是一首诗。已经78岁的老将军对50多年前老伴写的那封信还能一字不落背出来。道是：

> 桃杏花开满园春，松柏树下答友人。预告一事须知晓，访君探友将赴忻。此行何意？消疑云，定终身，倾诉心声。愿友谊松柏常青，避风月昙花一阵。

未曾用典，直白如话，无须注释。只"将赴忻"一句需要说明。当时张连印部队的驻地在今天的山西省忻州市忻府区，当时还叫忻县，故有此句。就是说，我要到你部队上看你啦，你做好准备。这就是明确的回答啊！张连印读来，激动之余就是佩服，尽管不知道这是词还是曲，究竟是《浣溪沙》还是《摸鱼儿》，不必较真，意思却再明白不过。这表达怎一个含蓄雅致了得的，真不枉是读过高中的女秀才。

不用说，两个苦命人就这样结合成一个家庭。这是在1971年。

这还不是最让张连印感激老伴的地方。最让张连印感激的，是老伴王秀兰为这个家庭的付出和对丈夫事业与工作的支持，老伴就是这个家庭最强大的后盾。

举两例。

例之一。1977年，高考恢复。"老三届"高中生在1966年就落下心病，不参加高考就对不起自己"少年心事当拏云"的志向。王秀兰参加了高考，那一年高考是在年底，年底考罢，正月放榜，王秀兰的高考成绩达到当年的大学录取线。可是，丈夫在部队刚刚提拔为团参谋长，工作忙得不可开交，也正是张连印人生最关键的上升时期。自己是三个孩子的母亲，她若去上大学，孩子谁来管？莫非推到部队去？年过而立，重为桃李，拖家带口，后顾尽忧。也不独是王秀兰，"老三届"那一茬学生当年不少人都面临过这种艰难抉择。思来想去，为家庭，为丈夫，毅然放弃这梦寐思服的大学梦。

例之二。两个人1971年定终身，当年结婚，直到1978年才随军团聚。本来，按部队随军政策，家属在1973年张连印担任副营长的时候就可以办理，可是一拖就拖了五年。为什么没办理呢？张连印解释说，他当年部队，每年是先进，先进连，先进营，先进团，他每天东奔西走，亲临一线，忙得不可开交。老伴王秀兰怕影响他的工作，也就一直在县里做教员。晓斌出生，他是连长，晓梅出生，他又是营长，二女儿出生，他正做团参谋长。三个孩子都在家乡出生，出生在即，王秀兰身边少人照顾，几次欲让张连印回来，又几次将起草好的电报压下，都是自己面对。

好不容易待到 1978 年，王秀兰办理了随军手续，带着三个孩子离开左云县来到忻县的部队驻地，一家人终于团聚。刚刚安定，又要分离。1978 年，张连印作为后备干部，被部队选送到中国人民解放军炮兵学院学习，为期两年。一家人刚刚团聚，孩子上学还有待安排，困难很具体。本来，张连印可以给部队打报告，请求另派他人去。王秀兰马上阻止：不要，你走，你学习你的，孩子由我来负责。这样，张连印得以在中国人民解放军炮兵学院完成本科学业。中国人民解放军炮兵学院学习结束，张连印被任命为团长，然后是副师长、师长，这样一路过来。张连印跟老伴讲：如果没有你当年的支持，团参谋长是副团职军官，不去进修取得本科文凭，必须转业，哪有做部队主官做将军的后来！这全靠你支持咧！

我笑问将军：看通讯报道，2003 年 5 月，您决定回村里义务植树，给老伴打了一个电话，然后老伴二话不说就答应了？将军笑答：哪里那么容易！虽然是老夫老妻，中间难免有些小矛盾，难免有曲折。不过，老伴知道我这个人，她对家乡也有感情啊！最终还是跟我回来了。总之是了不起，深明大义。将军说"深明大义"是断开说的，眼睛努力张大，眉毛舒张：深，明，大，义。

左云县委组织部副部长池恒广跟两口子熟，讲王秀兰，一个劲儿竖大拇指。但又说，毕竟是贫贱夫妻嘛，哪里有勺子不磕锅沿的时候？从 2003 年到 2022 年，整整 19 年下来，老将军的事业不是说有了开头就会有结尾，老汉干了 19 年，取得这么大成绩，困难和艰辛也伴随了19年。都是人啊，老伴也有不高兴的时候。

王秀兰曾给老池讲她当年叨叨自家丈夫：你过去也是指挥千军万马，现在手下连一兵一卒也没有，这把老骨头，你回去能做成个啥？闹好了，大家好，闹不好，你费力不讨好，你闹这干啥呢？咱在城市里这里开心开心，那里开心开心，不是很好？自找苦吃！

老池跟两口子都是忘年交，学得是惟妙惟肖。

但老池又讲：老太太真是大器人，说过也就说过啦，人家这不是回来啦？这不是身不离左右跟了19年？了不起呢！

从视频、从新闻照片见过王秀兰老太太，身架子高大，不笑不说话，一看就是雁北女人的长相。张家场老百姓说起2003年10月跟丈夫回来的王秀兰，"人家王老师，那是展棱棱的！现在呢，跟上回来十几年，腰也弯啦，脸也黑啦，受罪呢"。说的是当年王秀兰身材好，人漂亮。

雁北女人，只比男人更豪爽，更不"拿心"，肚里不装事，说完也就说完啦，该做什么，该怎么做，这边塞地方生出的女儿心里有谱呢。

15

2005 年头回拉苗子，一下拉了 8 万株，又拉了第二回，结果回来卸车验货，每一次都有三包五包跟买的苗子不一样。显然给调包了。

山西省造林局干部桑金海转眼已经退休 10 年，是 70 岁的人了。回到太原，与省林业厅朋友联系，造林局朋友又安排，很快见面。

老桑第一次见张连印是 2003 年的 11 月，他才 50 岁出头。这个时候，苗圃的房屋已经建成，苗圃开始整理。桑金海记得，左云县的 11 月份，天寒地冻，冷得不像样子。他跟张连印在一起待了两天。他讲，这个老汉一说起植树，那是真心要干。但桑金海跟他讲，植树不是目的，防风固沙、水土保持是基础，重要的还是要改善生态环境，改善人居环境，进而发展生态农业。

这些观念后来都写进林业勘测设计院帮助制定的《张家场生态园林村建设总体规划》里面。这显然是一个起点很高的规划。除了桑金海，张连印跟县林业局、市林业局领导和技术人员也都请教过，逐渐明白，回村里义务植树，那可不仅仅就是植树那么简单，远不是一个简单的战术问题，而是一场需要多方面配合才能完成的大型作训任务。

桑金海笑着说，这一下子把老汉架到一个非常高的高度了。要是单是种种树，做点好事，那就简单多了。这个老汉啊，做事从来不张扬，心里谋事，然后一件一件去办。这将近20年了，我是眼看着他一步一步按规划这一套来做的。但反过来讲，谋再大的事情，也是谋，事成，靠的是什么？靠的是把手头的事情一件一件办好。更何况，他在决定要给村里植树的时候，还完全是一个门外汉。

做成一件事不容易。

办事头一桩就给搞砸了。

2004年秋天，桑金海接到张连印电话，说要来太原拜访他。从2003年年底开始接触，半年多时间过去了，往来虽不稠密，也不乏共同话题。桑金海在办公室等来张连印，张连印一身作训服，跟头年见到的张连印简直判若两人，帽子戴得有些随便，脚边还粘着泥土，人瘦没瘦没看出来，却是黑了不少，抬头纹显出来，额上白道子很显眼，眉头一皱能夹死一只蚊子。乍一看，就是一个刚从田野里劳作归来的农民。这一回，张连印肩上背着半尼龙袋子东西，寒暄毕，打开尼龙袋子，是一包土，还有几株枯死的树苗。

桑金海连忙让座，张连印却无暇客气，说起最开始育苗的失败。此行是请老桑这个治沙专家给分析一下：这一次失败的原因是甚？咱这个土壤到底适不适合育苗？

一包沙土，几棵死树苗。不用说，这沙土就是张家场苗圃的取样。桑金海负责大同地区的治沙工程二三十年，对大同地区沿长城一线几个县份，"天阳大，左右新"，再加上广灵县、灵丘县和浑源县，几个县份的高寒冷凉山区用脚都丈量过多少次，哪一块地方的土壤与土质情况，哪一块地方适合什么树种生长，那是再熟悉不过，走过的地方被随口编成三六句。天就是天镇，阳就是阳高，大就是大同县，左，不用说是左云，右，则右玉，新即新荣区。老桑拈起枯死树苗，搓一搓，就问张连印：这是从东北调的？

张连印很惊奇，旋又不惊奇，老桑的手不知道这样拈过多少种树苗，看形，观色，就知道产地。不简单。

老桑讲：问题就出在这里。

东北的幼树苗，一年生的有10厘米左右，两年又长10厘米，显得特别壮实。东北土地肥沃，所以人家育出来的苗子就壮实。油松也好，樟子松也好，它要靠根部的根瘤菌来吸水，长途几天几夜运过来，根瘤菌全死了，没有了吸水能力。而左云县的气候又特别干燥，五六月份，洗一件衣服两三个小时就吹干了，这些刚种上的幼苗怎么能适应？当然，土壤也有关系，沙质土壤，后期营养跟不上，有机质含量低，透水性强，含不住水分。不管怎么说，是东北的幼苗来咱们这里，水土不服。

如何解决问题？再调苗子的时候，提前十天半月给它们浇上水，让苗子自己吸收足够的水分，然后再装回来栽。

老桑讲，失败一次，很正常，他这一辈子跟黄土黄沙打交道，不知道失败过多少回。毕竟张将军他是一个热心家，还不是一个行家，失败一下也正常。再一方面，铺开这么大一个摊子，分分都是钱啊，饶你是一个将军，那钱又不是刮风逮的。所以，他也考察，到处考察，哪里便宜他从哪里调。最后选定从东北调幼苗子，那里苗子相对要便宜一些。大同也有好多育苗基地，也可以调，而且适应当地气候与土壤，好是好，但是二三十厘米的苗子就贵多啦。而且，即便买了本地苗子，你不懂行，也保证不了就全部成活。

老桑记得，头一次育苗，张连印调的都是至少两年生的苗子，有二三十厘米高。但成活率很低。

老桑记得，就这个树苗和土壤的关系，两个人聊了不短的时间。当时一位省领导已经让秘书安顿了饭，但张连印说，他们在岗，都忙，人家还得陪你，就推辞掉了。说完话，两人找了个小酒馆，要两个菜，一盘土豆丝，一个炖豆腐，喝点小酒。

后来他发现，张连印吃饭就这么随意，一盘土豆丝必点，一个炖豆腐已经是营养餐，人再多一两个，就上一个炒鸡蛋。他不吃肉，也不喝茶。后来他还了解到，即便在部队里做主官，做将军，也是这样。在部队里，张连印是出名的好招待、难交代的领导。好招待，是一盘土豆丝就行，难交代，是对待工作认真细致，问题再小他也能看出来。

老桑讲，张连印首次育苗失败，后来也请教了许多专家，逐渐摸索出育苗的规律，2004 年一批没有成活多少，到 2005 年、2006 年再育苗，那就不一样了。

一个军人，对树木完全外行，可他身上那个认真劲头，那个钻劲儿，那不是一般人有的。总的说，还是人聪明，钻研，好学习，又身体力行。他订的林业杂志跟桑金海差不多。经营苗圃的人，老桑这几十年接触的也不少，都不是一帆风顺。张连印将军才失败一次。

这是个有心人。2004 年，整个大同地区的苗圃育苗，成规模培育樟子松的苗圃还没有，对樟子松这个品种的认识也不到位，从上世纪 70 年代末铺开的三北防护林工程，再到本世纪初开始的京津风沙源治理工程，还有后来的京津冀生态治理工程，大规模的退耕还林工程，从雁门下的金沙滩，到塞上左云、右玉，还有黄河边的吕梁山，上千亩上万亩的人工林营造，以油松和侧柏为主，樟子松比较少。张连印这个苗圃开了一个头，开了一个什么头呢？是左云县，乃至晋北几个县里第一个大规模培育樟子松的苗圃。第一个吃螃蟹，不得了啊！

跟其他苗圃的区别还有：人家的苗圃，都有大量的资本注入，目的很明确，就是育苗，卖苗，揽工程，占市场，就是投入、产出、利润在那里滚动。张连印没有，将近 20 年，没有什么资本投入，他的资金都是自己的工资，自己的工资哪里够？还问儿女、战友借钱，还有贷款。他的资金不是紧张，是一直紧张。后来苗圃产生了一些效益，可以勉强滚动发展，但也紧张。

正因为如此，就更不简单。

那天跟老将军在苗圃里"砍树"间苗，然后随老将军沿着林间小径散步，就说到当年的品种选择。其实张连印自己也没有意识到什么第一个大规模培育樟子松，也没有想到第一个吃螃蟹，选择樟子松作为主要培育树种，实际上是一个淘汰过程，尤其是苗圃见效之后，移栽到山上的樟子松更适合晋北地区的气候与土壤，耐寒耐旱，生长快，树形又漂亮，到 2005 年和 2006 年之后育苗，基本上就以樟子松为主了。

东北的树苗在哪里买呢？老将军食指竖起：这个产地，是辽宁省彰武县章古台镇。我自己就往那个地方跑了八趟。说着就笑，说：这里头有故事，回头让殿英他们给你讲。

老将军接着说，2004 年年初育苗的时候，失败的不只是樟子松。起初不是做过规划？站得高，想得大，瞄得也有些大，绿化树之外还要发展经济林，前前后后引进二十多个品种。一个一个试嘛。有啥呢？油松、樟子松、侧柏、云杉，还有山杏、桃，还有从唐山引进的香花槐、黄花槐、文冠果、沙地柏，还有杨树、柳树、金叶榆，除了沙地柏培育移栽成功，其他基本失败了。

比方桃树、杏树，怎么栽也不开花，这些树就像是好多第一次送往幼儿园的孩子一样赌气，两年三年都不给你开花。就想，是不是河滩上这个环境不行？就让连茂拿几棵栽到他院子里。他是个好农民，种植，养护都上心。他栽回院子里，还好，开花啦，但一场霜冻下来，花全部冻落。转年开花时没有霜冻，终于花开之后挂了果，又来一场霜冻，果实全部冻落啦。咱这地方气候不稳当，"四月八，冻死黑豆荚"，农历四月初八，就已经进入阳历五月了。连茂自己如果都弄不成，那其他人就更不行。张家场这块地方，自我记得就没有什么经济林，发展不起来，主要是气候不行。

2004 年 10000 株樟子松育苗失败，秋天再补种，还是不行。大家都知道啦，战友们就伸出援手。当年，我做副军长的时候，有一个副旅长，后来在唐山那边做师长，很有威望，他联系唐山的林场，一下子搞回几车幼苗。其中沙地柏就是从他那里搞回来的苗子，非常成功，栽下一棵，隔年就串一大片，固沙效果最好不过。他一下子就拉来几车，大家看着都说不好看，现在效果其实最好，尤其在风沙大的干旱荒地上栽种，起的作用大，也挺好看。所以，我常说，这个事情不是我一个人干成的，是大家的事业，是大家一起帮助我做成的好事。

所谓第一，所谓首次，所谓吃螃蟹，人的选择诚然重要，但与其说是人自己选定的目标，莫若说，促成这些第一和首次，其实是人与自然对话形成的结果，是选择本身的选择。重要的，可能还不是这个第一与首次的结果，还需要对话者足够的诚意。

开始不懂得苗木品种选择，不懂得一个品种的生长、发育特点，这个可以慢慢学习，慢慢在实践中琢磨。但有些不行。

张将军背着手，一边走一边说：也有闪失的时候啊，防不胜防。

绕苗圃走了一圈，快接近北部边缘，一片大榆树黑黝黝突兀而起，将阳光哗地挡一下，在松柏成林的苗圃里显得特别，张家场附近林地里特有的大喜鹊在绕树巅绕树干叽叽喳喳叫，三匹两匹，互相问候。老将军不说，以为是原来十里河河湾上的老树，高而粗壮，榆钱儿还没有吐出来，枝条繁密。老将军说，这也是从河北省拉回来的苗子，你看，十七八年长成这个样子，老榆树。这也是朋友帮忙定的树苗，我们去河北定州苗圃看的时候，是金叶榆，挺好看，说拉回来试试，结果也是拉回几车。结果等长大啦，才发现所谓的金叶榆就是在普通榆树上嫁接了黄叶枝条，嫁接的枝条很快退化，都长成这老榆树。这家伙费水又费地，在村里栽植还可以，一上梁就不行。后来全伐了。我说不要全伐掉，留几棵，算是留个纪念。这也不能怪朋友，他也不懂。会买的不如会卖的，就上了这么一当。

"闪失"不只一桩。2004年虽然育苗失败，但张连印逐渐认识到，樟子松这个树种特别适合在张家场繁育，2005年之后连续几年，都往彰武县章古台镇调树苗。也是撞在风口上，这个时候，东北的树苗供不应求。当时内蒙古出台一项政策，要求境内准备开煤矿的企业，先在当地栽多少树，然后才给办理相关手续。再加上长城这一头山西省三北防护林建设、京津风沙源治理工程都全面铺开，树苗供不应求，价格一路上扬，一斤樟子松籽能卖到1万多元。树籽如此，遑论树苗。不说是金枝，已然是玉叶。

但东北的苗子就是好，再加上张连印几赴彰武县亲自验看，提前十天半月就浇水，2005年拉的两年生的苗子成活率尚好，50%，60%，最后能达到85%，而且东北的苗子回来育在苗圃里，一年长10厘米，两年就是20厘米，春天栽下去，到夏天就发旺，满眼的鹅黄翠绿，这样的苗子，在苗圃里长3

年就可以大批量移栽到山上去。张连印此时心里那个欢喜自不待言。但长途拉树苗的时候，还是出问题了。

2005 年头回拉苗子，一下拉了 8 万株，又拉了第二回，结果回来卸车验货，每一次都有三包五包跟买的苗子不一样。显然给调包了。那损失就大了。一包苗子 100 把，每一把 100 棵，三包五包，那就是 3 万 5 万棵，一半左右的树苗让调包了。在东北买的是好苗子，回来有一半次苗子。当时彰武县的树苗不独在北方，在全国都是抢手货，价格奇高，在当地雇车往回拉，人家在半道吃饭的时候，早有车辆在饭店外接应，吃饭中间调你个三包五包不显山不露水。

把张连印气的！但口说无凭，只能自己精心。再去调苗子，安殿英和三女两口子亲自押车，人不离苗，苗不离车。半道司机下去吃饭，还热情招呼说吃点哇，三女两口子硬是不下车吃饭，就那么盯着。就那样，卸车的时候，还有短缺。

仅 2005 年，从彰武县拉回的樟子松幼苗就有 160 万株，晋北诸县苗圃，还没有哪一个苗圃一下子育这么多。这就有了晋北第一樟子松育苗基地，就有了第一个吃螃蟹的说法。

事过多年，将军感慨：一行有一行的诀窍，一行有一行的路数，干啥你就得研究啥。

但在东北，因为这个樟子松，张连印很结交了几个朋友，尤其大家知道这个将军回乡义务植树，感动，支持，觉得自己也有必要参与进来。2005 年到 2012 年间，苗圃每年都聘请东北来的技术员帮助育苗育种。头一个来的叫鲁安，后来来的是刘志刚。开始帮助育成苗，后来干脆买松籽回来自己繁育。

　　到 2010 年，300 亩苗圃大部畦垄被绿意葱茏的松苗覆盖，一年生，两年生，三年生，直到六年生，高高低低，疏疏密密，松籽在育苗袋里冒头舒枝，幼苗开始分权纪年，六七年生的大苗子试探着一再将树冠往高天钻去，它们一天一天向上探，十里河河滩上清风林涛，丛林蓊郁，鸟飞兽走。

　　鲁安走的时候，惜别在即，张连印不舍，拿出上海世博会的一套纪念章送给他，话不多，从此莫逆：你帮我栽好了树，我感谢你！

16

晓斌抬头，黑丢丢的眼睛看定父亲。不陌生。是父亲。果然路上碰见过。父子相见不相识，擦肩而过。

想一想，其实早在 2000 年，我就听说过张连印。当时也是左耳朵进右耳朵出，不过心。谁会想到，20 多年之后，居然跟当时大家嘴里传说的人物面对面坐在一起，把酒话农桑。

那一年几个老乡坐在一起，七老八少，话题不一。其中有几位是同年参军的老战友，话题自然不离军队。这几位都临近退役，或者已经退役，说的都是军旅旧人旧事。

就说到张连印。这几位乡党跟张连印并没有在同一个部队里共过事，但有在地方军分区工作的经历。张连印所在部队的驻地就在他们那里，军地协调，作训配合，交道不少，交往频繁，岂止熟识，简直就属于同一战壕的战友。

当时，张连印已经是某集团军副军长，1997 年授少将军衔，共同认识的人中间出这么个人物，自然成为话题。话题中，关于张连印的两件事印象深刻。

第一件事。1995 年 6 月，北京军区首长带工作组到张连印所在的师部考察。张连印担任该师副师长 6 年，然后担任师长，到1995年又到第6个年头。他担任师长的这个师，是"百万大裁军"之后确定的甲种师，乃整个集团军里的虎贲之师，"眼珠子"部队，集团军重视，军区重视。而且该师连年被中央军委授予军事训练、安全管理"双先师"称号，许多现代战争条件下战法训法先进经验就诞生在这个师里，声名远播。张连印带兵和指挥水平那是顶呱呱的。北京军区首长带工作组前来考察，考察部队，也是考察他本人。那一年，张连印50岁。

可是，就在这节骨眼上，前不久部队发生过一次大事故。下属有一个连队挖河砂作业的时候卡车侧翻，导致几名战士牺牲当场。这个事故在部队影响很大。在给军区首长和工作组汇报的时候，张连印脱开参谋写的汇报材料，说我们这些年的成绩和获得的荣誉都写在材料上了，今天着重汇报的是我们工作中存在的问题。然后直奔主题说那起事故，他痛切地讲，这次事故，暴露出我们在军事训练和日常管理等方面还存在着相当多的薄弱环节，然后是若干整改措施云云。大家都愣了，人家考察你的成绩，你却脱开稿子讲问题，替他捏把汗。要知道这个考察非常之重要，事关他本人的升迁与去留。可张连印不以为意。"成绩不说跑不了，问题不讲不得了！"对组织就要讲真话，报实情，自己心里打什么小算盘。结果呢，汇报变成检讨。

考察结束，关于张连印即将被调离部队转到地方军分区，还有张连印即将退休的消息在熟人中传得很开，甚至张家场的张家兄弟都风闻自家哥哥将要回到大同军分区任职。可是，1995年6月考察结束，是年11月，张连印被任命为某集团军副军长，1996年，作为军队高级干部赴国防大学学习，1997年授少将军衔。

大家说罢，两手相叠，手背拍手心：不回避问题，敢说实话，敢亮家丑，非常实在，这就是担当啊！说到底，这个人身上有常人不及的地方，那就是心中有大格局。

第二件事。张连印担任师长，逢年过节，他会让师部的门岗战士回去跟大家一起聚餐，自己替一个小时的岗。不是一年如此，担任主官6年，年年如此。风气形成，那个师的师领导逢年过节替战士站岗已经成为一个规矩，连驻地的老百姓都知道，也同样传得很开。以身作则也好，身先士卒也好，其实对自己要求那就不是严格，而是相当严格。

当时听了，印象深刻。见到张将军，恍然想起当年的传说事主就在面前，向将军求证，将军笑答：是有这么回事。突然又问：讲这个话的是谁谁谁吧？还有谁谁谁吧？将军一讲，我倒吃了一惊：是啊！您一猜一个准。将军哈哈笑起来：还用猜？你们那几个老乡，我不用扳指头都能数出来。不是他们还能是谁！

成精作怪！不得了。诚如乡党感慨，这个人身上真是有常人所不及的地方。像我这个自诩记忆力还好的人，一过50岁就像得了面盲症一样，见了熟人，脑子要空白一会儿才能想起人家的名字。而眼前这个老汉已经是78岁了，记忆力却超常地好。

池恒广老池跟张连印一起参军的左云籍战友也熟，老战友们也给他讲当年他们刚刚入伍时候的故事。战友们讲，人家张连印之所以能提干，咱可"及不上"。怎么个"及不上"？

张连印入伍不久，就被评为"五好战士""学雷锋标兵"，入伍第三年就提干担任排长。他们跟老池讲：这个人很少见，刚下到连队，起床号一响起，人家已经5公里体能训练跑回来啦。跑回来之后，他给全班每一个人的洗脸水打好放在那里，毛巾、牙刷也摆放齐整。这些老战友很佩服，也想学他。你五点半起，我明儿五点就起，可是起上三天两早上，没有一个坚持下来。人家张连印能坚持下来，每天如此。做好事，一般人做一件两件，一天两天，人家是天天做，"及不上"人家啊。

老池与张连印，忘年之交，理解这个老汉。老池说，他对自己要求严格，到现在快80岁的人，每天早上五点钟肯定起来，要在林地里、大路上走路。那走起来，唰唰唰唰的军人步伐，怂气些的人撵不上。这是部队养下的体能训练习惯。我常常琢磨这个老汉，你说他身上这种认真劲头是从哪里来的？是家族遗传？有遗传也得有训练啊，谁训练他？可怜得连个爹都没有，到部队上我估计找一个像他这样家庭背景的人也难。这就是人内心里一种精神在起作用，不然他一个人，没有人给他出主意，没有人跟他商量，在部队怎么一步一步走过来，就是内心强大，不放弃，不逃避。

老池进而感叹：万事出在艰辛啊！

老池的解读无疑到位。其实张连印说得更明白，几年农村生活，锻炼了他的体魄，锻炼了他的意志。而部队这个大家庭又给了他什么呢？当兵的了解当兵的，部队是让他成为一个大格局的人的主要原因。由乡村而部队，由小家而大家，由令行禁止到儿女情长，田野和军营，炊烟与号令，一起塑造着张连印对人生与生活的理念。

幸运的人幸运起来，幸运会不失时机簇拥过来。这就不能不再说到他的爱人王秀兰，这个理解和支持丈夫的好女人。

2021年11月，张连印被中宣部授予"时代楷模"称号，全家人在电视上集体亮相。左云和大同市许多年过半百或者年近半百的人眼睛哗地一亮：呀咦，王老师。这是咱王老师。电话微信穿梭，奔走相告。

王秀兰1966年高中毕业，延宕到1968年才离校，之后就一直在东胜庄中学做教员。1972年，左云县所辖郭家窑、东胜庄、破鲁三个公社从左云县划归大同市新荣区。东胜庄中学是一所乡镇中学，有小学，也有初中，在上世纪70年代，还一度办过完全中学，有高中班。王秀兰开始做代教，1970年转为正式老师。他们那一茬"老三届"学生，失去高考机会之后，许多人都走这一条路。她在东胜庄中学教过初中，也教过小学，几乎是一个全科老师。

1972年，他们的第一个孩子张晓斌在张家场缸房院老院出生，待满月，由大伯张浸赶车将他们母子俩送到东胜庄中学。后来，二女儿出生，三女儿出生，都是王秀兰一个人一边教学一边带孩子。晓斌记得，学校为了不影响王老师工作，在教室后面专门给他搬了一张桌子，母亲在上头讲课，他在下面似懂非懂地听课。有一回学校组织听课，他听得无聊，居然从教室后面一路钻桌子爬到讲台那里拉妈妈的裤脚。

王老师是知识女性，又是全科老师，在东胜庄中学从教 8 年，任教期间的在校学生没有一个不认识她的。不能说桃李满天下，满左云、满大同应该不成问题。所以，她在屏幕上一出现，学生一眼就认出来并不奇怪。在学生的眼里，跟她一起出现的，应该还有她在东胜庄那些勤奋而艰苦的日子。上世纪六七十年代的东胜庄中学，还没有今天的寄宿制，学生都是就近入学，学校没有灶房，王秀兰办公和住宿就在一个房间，备课在这里，做饭也在这里，吃水都靠自己去担。说艰苦，也真是艰苦，可王秀兰人生得顾秀，从小就是干活的好手，并不惧这个。三个子女都托付给这么一个人，张连印也放心。

张连印常说，家里的事情全托给老伴，他这几十年就没有操过心。

这是真的。

显然，这跟他童年和少年的成长经历有关系。用标准的话语讲来，是大家和小家的辩证，是大我和小我的区别，具体到个人，吃百家饭，穿百家衣长大的人，对家的理解肯定异于庸常。在他的心里，部队是一个家，儿女绕膝也一样是一个家，心里头到底是怎么样一个分量？是王秀兰这个女人，用雁北女人特有的豪爽与宽容慢慢教给他，具体的老婆孩子热炕头那种充溢烟火气的家是何物。

刚结婚头一年，教员王老师请假前往部队探望连长张连印，仅十来天的假期。新婚燕尔，张连印回家吃罢妻子做的饭，放下筷子就往外跑，屁股也不往暖里坐一下。王老师心里难免抱怨，这个男人，心里到底是有自己还是没有自己？有一回中午，大太阳正炽，张连印过了饭点还没回家，左等右等，不见人影。终于忍不住，王老师走出家门寻找丈夫，她要看看，到底是什么紧张处离开你就不行！

其时，抓革命，促生产，部队也有生产任务，利用云中河滩涂引水种稻谷。盛夏时节，连队正抢收稻谷，张连印正和战士们在田里收割。割田收获，张连印在张家场村就是一把好手，别人一手一两垄，他一手三垄，不抬头一口气就割到地头，把别人远远甩在后面。眼前也一样，小战士们挥汗如雨，挥舞镰刀追赶连长，抬头望去，连长已然到了地头，复又割返回来。

王秀兰这个雁北女人心里的抱怨很快就转为欢喜：这才像个男人！

张连印带兵也好，对待子女也好，并不凌厉和刻板，相反多的倒是反思、自省、宽容和理解。

1978年，一家人终于团聚在一起，儿子晓斌6岁，女儿晓梅3岁，小女儿晓花则刚满1岁。一天晚上，晓花忽然在睡梦中哭了，张连印连忙俯下身轻轻拍女儿。哪里知道，女儿见哄她的不是妈妈，反而哭得更厉害。张连印甚为歉疚，对妻子说：我欠你们母子真是太多了！

那个小家有王秀兰操持，张连印才匀出全部的心操在部队这个家里。1979年，或者1980年，晓斌七八岁，正是顽皮得人嫌狗厌的年纪。有一回王秀兰病了，张连印带部队到百里之外的盂县去拉练集训。她这病来得急，三个孩子，拖个病体实在是招呼不过来，正好团里的参谋要到集训基地去，她便托参谋将晓斌带到爸爸那里让他照看几天。

其时，一家人刚刚团聚，张连印又带兵出去集训，实际上在一起也没几天。而晓斌正是迎风见长的年龄段，一个月一个模样，头年还是一个毛娃子，长上一年，眉眼往开里长，像个小大人啦。父子俩本来离多聚少，晓斌对父亲的印象也模糊，对父亲的印象就是个穿军装的军人。晓斌到了驻地，见了穿军装的就喊爸爸，喊一个不是，喊一个还不是，喊一个又不是。大家被喊过，回头只是笑，直到通讯员领着他见到父亲，吃惊的倒是父亲：咦，刚才我从训练场返回来，半道上不是碰见过你？晓斌抬头，黑丢丢的眼睛看定父亲。不陌生。是父亲。果然路上碰见过。父子相见不相识，擦肩而过。

感激，信任，家里的一切都由妻子来办，他是当了一辈子的甩手掌柜。收拾家更不必说，你刷成红，他就说红好，你染成绿，他就说绿对。由着老伴来，不管。感激和信任是一方面，更因自己这位"文革"前的老高中生老伴，实在是太能干。2021 年，河北省军区为张连印他们一茬退休高级干部分配了经济适用房。军旅 40 年，退休 18 年，少将张连印终于拥有一套写在自己名下的房子。张连印忙着左云县张家场这一摊子，根本无法分身，石家庄那一摊子只能都交给老伴来干。其时，晓斌已经退役回乡帮老父亲，女儿上班的上班，在外地的在外地，帮衬不上，装修用工，设计选择，监工用料，都由一个75岁的老太太一力完成。那一套200多平方米的毛坯房，对一个75岁的老太太那是多大考验？可用了一年时间，居然竣工。

腊月，张连印回石家庄过春节，回到原来住的公寓，窗闭门锁，一派萧然，后勤部门才告诉张连印，老伴王秀兰已经办了腾房手续，家搬到新居去啦。新居过新年，新年新气象。77岁的老翁走进新居，看75岁的老伴做下的工程，唯有夸赞再夸赞，肯定再肯定。这里做得好，那里做得更好，都挺好。老伴亲力亲为一整年，似乎还沉浸在装修工地的紧张之中，兴奋劲儿还没过去，说这个地方做得有些不合适，要怎么怎么一下效果会更好，或者，那个地方价钱有些贵了，吃了亏了。老伴还在仔细挑毛病。张连印一个劲安慰：你看是这样，这就挺好！挺漂亮！也不吃亏呢，你想想，你花了钱，人家公司要挣一点吧？大经理要挣点钱吧？大经理再包给包工头，包工头能白包了？也得挣一点吧。轮到真正的受苦人，他们能拿多少，实在没有多少钱了。不能说亏！

百十亩林地，十之六七，尸首不全。张连印的心顿时凉哇哇的，比这冬天的风更寒，比这冬天的冷更冷。

〔17〕

2003 年 10 月开始铺排盖房子，整理土地。带回来的 30 多万元告罄，这就有了跟儿女们张口借钱的事情。儿子晓斌两口子都是现役军人，2003 年全部积蓄加起来也就 10 万元。大女儿拿自己在石家庄的房子做抵押，贷款 20 万元。小女儿呢，刚刚转业，有 3 万元的转业费，准备结婚，婆家给她 2 万元置买结婚新衣裳，全拿出来。这个不必细说，新闻报道已然渲染得很充足了。

儿女们凑了 35 万元，大致与张连印带回张家场的前期费用相当。既然相当，就意味着还是一个"溅不起水花花"来，远远不能满足来年的工程所费。

2003 年冒风寒收拾好这个"摊摊"，苗圃初具规模。2004 年，张连印一边整理苗圃开始育苗，一边得开始植树。回来的目的是义务植树，话已经说出去，得见行动。2004 年，先从村北的北梁上开始植树，那里本来就是村里的林地，过去都栽的是"小老杨"，七死八活。这里也是张家场的重要风沙源。多少年，春风来，秋风劲，北风紧，大风沙先起大河湾一座荒滩，再起北梁、西梁两座秃岭，南北夹击，天昏地暗。

北梁那地方，也是缸房院的祖茔所在。小时候每逢清明节、七月十五、春节几个节点，祖父就带着张连印代笔写好的封包上北梁去祭祖，祭扫罢先祖张志刚和"张杨刘王氏"几个先祖母，再依次行礼祭扫，礼敬如仪。逢这日子口，张连印得以和兄弟伙伴在北梁玩上一小会儿。北梁祖茔西头，有一座身量不小的黄土墩，村里人说那是一座烽火台，也有人说那是一位不知道什么朝代的将军的坟茔。那里是小伙伴们经常上去玩的地方，因为这个大土墩台是张家场的制高点，站在上头，南可望见十里河蜿蜒从村庄边缘流过，东西两边五里十里的村庄尽收眼底，背后则是绵亘的摩天岭，还有摩天岭上烽燧相瞩的长城身影。大岭和长城都浸在钢蓝色的雾霭之中。

义务植树的第一个地点，就选在这北梁。北梁大部分是林地，有部分耕地，多少年实际也撂荒在那里。实施退耕还林政策，这部分撂荒地也在退耕之列。两项加起来的面积不小，总共 2200 亩，按照当年的植树造林标准，1 亩地要栽植 120 棵左右幼松，2200 亩那就是 264000 棵，事实上，逐年在北梁栽的树也就这么多。2004 年，幼树的行情正高，一年生的幼苗一棵也接近一块，两年生三年生，随行就市，2 元，3 元，那就没谱了。即便按一年生幼苗购买下来，2200 亩要全部买苗子栽植，没有 20 万元的投入，休想完成。实际情况是，栽到梁上的幼树，都是两年生三年生的苗子。

这是一大笔开支。此时，苗圃草创，尚未生产，只能到外头调成苗。刚刚起步，不可能就把2200亩全部栽完，能栽十分之一也就是200亩了，200亩需要多少苗子来栽？当过会计的张连印根本不用拨拉算盘珠子，需要24000棵。24000棵，即使全栽三年生的苗子，子女们集过来的钱，也绰绰有余。

且慢。到苗圃买树苗是够了，还不得雇车往回拉？又是钱！拉回来，先需要在北梁的荒山上画线、挖坑，不得雇机械？那地方，黄土覆盖层薄，一锹挖下去不是矸泥就是石头，不动机械根本不行。又是钱！拉回树苗运到山上，得人往坑里埋吧？得雇人拉水浇吧？还是钱！2004年，雇工工资尚不算高，为每人一个日工50元，一个植树季30天左右，再加上机械、拉水的工费，也接近10万元。

树苗成本，再加上运输、栽树工人成本，苗圃管理，七七八八算下来，35万元，也将将够。刚刚好。

2004年的筹划里面，还有大工程，北梁栽树、河滩育苗全面铺开，300亩河滩地还需要打井、开渠、修路等一应基础设施建设，不能耽搁。这又是大投人。

所以，2003年年底和2004年年初，张连印考虑一年的"营生"之外，大部分时间在四处张口筹集资金。怎么筹的？细节如何？张连印只记得个大概，要细说，还得翻账本。时间过去将近20年，要缕述其详，着实也难。时间过去将近20年，紧箍咒就念了将近20年，资金一直紧张，就没有轻松过。筹钱，做"营生"，再还钱，一直就这么来回循环，哪里能详细说清楚这个流水账的来来去去？中间苗圃产生效益，倒是好过那么三五年，但很快这个紧箍咒又念回来了。张晓斌记得，除他子女们拿钱支援老爷子的事业之外，老爷子回石家庄跟战友们也开口，甚至母亲王秀兰也出马帮助丈夫，向在石家庄跳广场舞结识的老朋友开口借过钱。再后来，向信用社、银行贷款，甚至还委托过战友从石家庄的典当行挪借过高利贷。

张副司令开口筹款，过去的老战友和老部下们都很吃惊。大家都知道，张连印在生活上是一个非常不讲究的人，穿的、吃的、用的，都很随便。从入伍到退休，一直是随职务调动住军营住公寓，去过他家的人都知道，家里连一件像样的家具都不曾有的，没有大花项。退休回乡，盖起房子安顿下来，雇一个大车把家里的旧家具旧床铺都搬过来，没有添置新东西。夫妻两个尽管退休，退休工资收入还不能说低，突然张口借钱，说给谁谁相信？

大家都不相信。还在不相信着，电话就过来了。张副司令客气，客气到底还是借钱。前前后后，因因果果，不消多说，大家已经明白老首长的意思，老首长张口借钱，遇到的困难肯定不会小，许多转业到地方的战友纷纷伸出援手帮他，有的说，首长，我支持你5万元，不用还了。张连印就笑：一码是一码，是怎么就怎么嘛！打欠条，签字画押，手续完备，按约还款，分毫不爽。

宗宗件件算起来，2004 年开局，张连印筹集的资金就是一个大数目。当然，这些款并不是一次筹集而来，缺一点，筹一点，来一点，用一点，2004 年的开局还是不错的。

连茂讲：筹钱的时候，我哥人家不对我们讲，可是到秋天要给工人们开工资，看见他就急，比雇用的工人们还急。春天干了活，难免有不凑手的时候，干完活欠工人的工资的事是有的。但一到秋天，他就着急，又得开始借钱。雇的民工过来育苗、栽树，你欠一月两月可以，半年六月也是有的，到了秋天，你就不能欠着啦。为啥呢？一到秋天，家家户户不是孩子开学，就是家里有使唤钱的地方，这个误迟不得。我这哥，考虑别人多，就是怕别人作难。

2004 年开局，张连印扑倒身子干了他整整一年，春天清明一过，各自分工，连茂负责苗圃首次育苗，他和老伴两个则带人到北梁栽树。这个春天，是忙得不能再忙，连功、连雄兄弟们招呼村里五六十号人跟上来，妹夫王凤翔还有表妹夫安殿英也在单位暂时请了假回来帮忙，兵强马壮，轰轰烈烈开上山去。河北省军区支援的一台小型拖拉机和农用三轮车派上了大用场，一趟一趟往山上拉水浇树，只是，2004 年，村里通往北梁的路全是土路，沟一道，坎一道，马力小，爬坡能力差，稍不小心就会侧翻，也果然发生过几次侧翻，所幸没有伤着人。

那一个植树季，张连印往右玉威远苗圃去了四趟。这个将军，已经迅速转换身份，转换角色，从军人转换成为一个地道的农人，像一个正经农人那样务实，像一个正经农人那样精明，当然，也得像一个正经农人那样辛苦。就像别人对他的称呼，将军，老汉，来来回回转换，顺畅自如，身份转换也如此自然。他把左云和周边县份的苗圃转了一个遍，应县、山阴、右玉都去过。去应县，是从石家庄办事回来，从大同直接赶到朋友推荐的苗圃，天刚刚亮，苗圃的管理人员还在被窝里没起来。头一回去右玉威远苗圃，天色尚早，走的时候没来得及吃早饭，要找一个吃早饭的地方，奈何右玉县城还沉浸在霜气十分浓重的早春季节，只听见远远近近一声声公鸡打鸣。清晨的阳光需要等待两个多小时才会跳出东方，将霜气驱尽，县城老街巷睡眼惺忪，慵倦未醒，冥寂无人，早餐店开门还要等两个多小时呢。

四处走，不是看稀罕，是像正经农人一样比较树苗行情，比较各地苗木价格和质量。最后选定威远苗圃。

时任右玉县威远苗圃主任的辛存保，现在已经退休，但说起第一次见到张连印来他苗圃的时候，还记得清楚。那时候，他年轻，张连印也不老，连茂、连雄一行陪着张连印前来考察树苗，一群兄弟当然内行，问东问西，张连印穿一身迷彩作训服不动声色四处看，听人说。老辛当时只是觉得奇怪，怎么人群里冒出一个军人？看得出，一群人是唯其马首是瞻的。奇怪了一下，也不在意。过了十多天，才听人说，那是个大人物，是一个将军，回乡义务植树的。后来，张连印来第二次、第三次、第四次，荷包鼓鼓，是来调苗子，老辛才真正跟这个特殊主顾开始接触。两个人也像两个农人一样分分厘厘斗智斗勇，讨价还价，谈到最后，他们成了朋友。张连印要在张家场乡村公路两侧栽树，老辛就推荐侧柏，要在张家场北梁绿化，老辛又给他推荐樟子松。右玉的苗子质量好，更兼与左云的气候相同，苗木"驯化"充分，服了水土。张连印满意，老辛也尽心。知道将军义务植树，取取舍舍也有一个"让"字。

2004年春天，张连印从右玉威远苗圃调了20多万元的苗木，大苗子栽在北梁，小苗子育在苗圃。每一次去，赶上饭点，老辛要请张连印吃一顿饭。张连印推不过，就说随便找个小饭店咱吃一碗面就行。老辛过意不去，以为是张连印"拿心"。一来二去，却发现，这个将军不是"拿心"，本来就是这个样子。

好啦，经过精心准备，张连印心心念念要为乡亲们做好事，回家乡义务植树的心愿就这样落了地。按照防护林典型设计要求，横行纵列，行距株距，不愧是军营里排兵布阵的将军，栽树之前，用石灰画线、定点，然后人工挖坑，百十亩山梁地上像落下一张齐整大网，齐整而壮观。树苗子拉回来，组织人马立即上山栽植。

拉回来的成苗，根部带有母土土丘，然后用塑料网包起来。栽植的时候，需要先将塑料网除去，然后小心翼翼地将树苗带土丘放置在挖好的坑里，然后围圈，然后浇水，然后掩埋。张连印第一个将幼树从车上抱下来，一边操作，一边给工人们示范：要像抱小孩子一样小心，轻轻地放在坑里。第一棵泛着绿意的幼松迎着春天被栽下去，张家场的北梁一派萧瑟，地老天荒，这些幼松一枝枝松针被风吹得抖起来，仿佛要将这春风梳洗一番。北梁上有了春意。

2004年，苗圃育苗失败，从右玉调回来的苗子虽差强人意，但成活率还可以，算是一些安慰。夏天，春天栽下的绿苗苗的个子一公分一公分蹿高，松针紧凑，枝舒叶壮，长势还好。即便有个别苗子成活不好，秋天再补栽一些就是了。

过了一个夏天，过了一个秋天，补栽了一部分。一年忙碌，可以歇口气缓一缓。下过一场雪，再下过一场雪，田野安静，村庄安静。雪落在房檐上还没消融，烟囱起了炊烟。

腊月，张连印和妻子回石家庄与子女们团聚过春节了，临行，再到北梁上看看栽下去一年的树，看看这些幼小的树苗越冬情况如何。一行人出村，雪在脚下，脚踩上去，咯吱有声。人走过，雪地上落下脚印。

进入林地边缘，张连印心里其实是忐忑的。植树季结束，秋天再补栽，又忙苗圃里这一摊子，就没有匀出工夫上北梁来看上一眼，几个月过去了，长得怎么样？补栽的苗子可成活？期待，担心，心情复杂。这些幼苗远非草木，就是自己的娃呀！

想象着，栽下幼苗的地方，雪会融化出一小片，形成一个黑色小坑，小坑里这些四季常绿的幼松，会展开枝，冒出顶，微风拂过，松枝轻微颤动一下，峭然，傲然，向上，像小孩子想象自己十七八岁长大的样子。

可是，北梁的雪野一片洁白，哪里是想象中的样子！他紧走几步跑进地里，看一棵，再看一棵，那些秋天已经长到30多公分的幼树，不是拦腰折断，就是枝叶不全，有的甚至连根拔起。百十亩林地，十之六七，尸首不全。张连印的心顿时凉哇哇的，比这冬天的风更寒，比这冬天的冷更冷。

这是怎么回事？莫非有人故意破坏？想想，不至于。蹲下身子，抚摸折损的幼苗，不得要领，看一棵心凉一次，看两棵，心疼两回，这是怎么回事？连茂看过十几棵，一棵一棵端详，吸口气：唉——灰的！这是羊啃啦！

左云老百姓遇到出乎意料的事情，就唉声叹气：灰的！意思还不是坏了，或者糟了，这里头有浓重的自责意思在。怪就怪自己不操心，百密一疏，树栽好之后，竟然忘了设护林员。但反过来讲，成本得一再节约，护林员又是一笔花费啊。连茂又叹口气：唉——灰的！说着话，招呼哥哥过来看。指头粗细的幼松干上，有羊啃过的牙印儿！牙印儿错杂，仿佛在重新回放绵羊山羊歪头急急碎碎啃食幼苗的样子！再扒开雪看树周围，果然有稀稀拉拉的羊粪，还有一堆一坨的牛粪。一群牛来过，一群羊又来过，一匹牲畜那就是一把镰，一把锯，这些树哪里能架得住这样糟害！

大家沉默，大家愤怒，大家又吵吵起来。张家场和张家场周边有几群羊，几群牛，都是能数得过来的，是谁把牛羊放进树地里，不用费多少周章就能找到。有人说：逮起来打那狗日们的一顿。有人说：报警哇！破坏林地，这是重罪！

连茂首先否决：瞎说呢，哪能？！

但到底怎么办？他也不知道。在村里待了半辈子，他知道这事情有些棘手。

张连印表情严肃，没有说话。

从此以后，每年八月十五提上月饼，腊月里提上春节年礼看望这些「放羊的哥哥」「牧牛的汉」成为惯例。

2004 年，先是苗圃育苗不利，再是羊啃幼苗，不能说铩羽而归，至少心情好不到哪里去。大雪，小雪，腊月将近，过罢年，张连印就将自己送过 60 岁门槛，心情反而平静。腊月廿三小年一过，他和老伴收拾行囊回石家庄，临走的时候，将弟弟连茂叫过来，拿出一沓子钱，连茂捏了捏，小一万块钱的样子。

张连印吩咐弟弟，这要过年了，来不及逐家逐户去看望，这些钱干什么呢？村里 80 岁以上的老人，每人按 300 元，个别贫困的谁谁谁，给上 500 元。连茂办事踏实，张连印信得过他。

谁知道，在石家庄还没待上几天，连茂的电话就打过来了。怎么回事？发钱发出毛病来了。连茂告诉张连印，他还在制表，准备发钱，结果村上的人就不满意了。说将军发钱呢，怎么还制订那么个死杠杠，非得 80 岁以上的？ 79 岁、78 岁离 80 岁也不远嘛，为什么就不给发？意见挺大。连茂和几个兄弟商量，自古道善门难开，干脆不用发了。

张连印电话里告诉连茂：那不行，这是我的一片心意。人家也说得不错，79岁、78岁，跟80岁也区别不大，虚一点实一点，也就80岁了。他叮嘱连茂，先了解一下，有多少人有这个诉求，凡是到了79岁、78岁的，一概按照80岁以上来对待，每人300元，发！

连茂也是哭笑不得，但转念一想，农民嘛，就是这样。所谓"共产党的柴棍棍，人人都有一份份"。大家以为将军在给大家发钱，就相当于政府给发钱。连茂这才明白，将军回乡，远不止是游子还乡那么简单，还有另一重身份。

多少年之后的2022年春天，张连印跟我在苗圃里边走边说，说农民。他讲，咱做过农民，知道。对待农民，这里头学问大了，但农村还是要讲情，农村里人与人交往那一套，他有自己的一套处世方法和处世原则，这个你得发现，也得理解。咱当过农民，知道里头的曲折。

将军回村植树，在某种程度上其实就是重新融入乡村生活的过程，当然跟在生产队里当社员不一样，但也跟那个时候差不多。

上山栽树，要雇村里的农民，苗圃育苗和管理得雇更多的人。从2003年开始，张连印完成身份转换，把在部队带兵管理、组织作训那一套语码转换成为与苗木、土壤，与市场和农民打交道的诸般方法，用来筹划"营生"，其难度一点也不比部队管理来得简单。几天来，看山林，观苗圃，将近20年经营下来，井井有条，纹丝不乱，确实需要非常到位而且细致的管理。

曾跟老池池恒广探讨过，我讲，得亏将军回来得早，58岁，有了相当的人生经验积累，而且年富力强，刚刚从部队管理岗位上退下来，所以他能够应付裕如。

老池讲：将军回来的时候还不到60岁，精力旺盛，办过大事，经见过大场面，胸中有大格局，不要看栽树这个事情小，苗圃不大，实际上也不小。义务植树6000亩，苗圃育苗300亩，这都是大手笔。像一般农民房前屋后栽个树还可以，靠个人的力量造这么大的林子，盖上八床被子做梦都不敢想呢。这么些年交往下来我就看不见老汉有愁的时候，2003年回来植树，想得简单，用咱老百姓的话说就是"紧钱吃面"，把手里30多万买树苗栽上就行啦，没想到这么复杂。而恰恰是这种复杂，是一个大工程，也就是一个大挑战，把老汉给激起来啦！可能人家心里就不怕这个挑战，越有大挑战，他越有精神。这么多年就下来了。实际上，能没有难处吗？没钱你得张口借，遇到事情你得协调你得跑，有难处，但从老汉的情绪上你看不出来。可是在细节管理上他很细致，你看这几天，每天早上五点钟准时起床，先沿着大路走一圈，在林地里走一圈，最后在院子里转一圈。这是长期军旅生活形成的习惯，每天早起走一万多步，体能训练。实际上呢，那可不白走，哪里有欠缺，今天该干什么，检点得清清楚楚，连厕所里放没放纸都要检点到，非常细致。

2004年冬天，牛羊啃树，七嘴八舌，大家着急，纷纷出主意。做法有的是：新栽树地，撒药以防牲畜进入是其一，网围栅栏是其二，写大红标语插警示牌是其三。当然，发现树苗被毁，报警走法律途径最有效。

方法种种，做起来有效也管用。可是，这样做的后果是什么？张连印再清楚不过。为什么羊倌、牛倌会大模大样把牲畜放进林地？究竟还是有隔膜，说到底，这种隔膜来自群众的不信任与怀疑。送进耳朵里的议论有两种，一种议论是，将军回乡植树，不过是做做样子，植完一坡树，一拍屁股就走啦。一种议论是，将军回来搞这么大个摊子，在山上栽了树，又是承包又是写合同，不为了赚钱为了啥？

2003 年年底回到村里，别的不论，张连印自身丰富的阅历、眼界、经验和影响力，当地党委政府都重视，希望能得到点拨、启发，村里有什么重要的事情，都要请张连印帮忙出主意，或者出面协调。张连印呢，回到村里就是村里的老百姓，也乐意帮助干部们出谋划策，但这个度他把握得好。2004 年年底，村两委班子开会，张连印破例出现在会场。他出现在会场，语出惊人：我本来没有资格参加这个会议，但因为事关重大，不得不亲自来。所谓何事？张连印讲：我郑重承诺，我回村义务植树，第一不要林权，第二不要地权，第三，30 年合同到期，所植的树和生态建设成果，全部归村集体所有。

已经不是承诺，乃为一再强调。因为张连印跟村集体签订合同的时候，合同已然明确，在退耕还林地上植的树，林权归农民，在荒山荒坡上植的树，林权归集体。退耕还林补助款一律归原土地承包者所有。

小时候，张连印就牧过牛，放过羊，还放过猪。现在乡村的牛倌、羊倌，跟过去差不多，夏顶烈日，冬历风寒，辛苦非常，张连印怎么能不知道？

更深一层，如果单说起放羊牧牛，一段熟悉而亲切的旋律会油然而生，这就是地方二人台《五哥放羊》，张连印会唱，而且台步轻盈。这段唱词啊，现在简得是不能再简，小时候张连印学会的时候，旋律要繁复得多，歌曲从一月里数到十二月里，月月都苦情，日日都温情，心里弥漫着热扑扑的爱情，唱到那"二月里""三月里"：

二月里来刮春风，
五哥放羊出了村。
羊在那个前头人在那个后头跟，
只瞭见大羊小羊绵羊山羊骚胡圪顶一炮黄尘，
瞭不见哥哥的人。

三月里来桃花红来杏花白，
五哥放羊回到村村来，
你给哥哥缝上一对蓝布帮帮实纳底底牛鼻鼻鞋，
哥哥穿上兜跟兜跟得劲得劲脚轻脚轻眄妹妹来。

看看绕得有多欢！此种情愫，全部来自天然。羊倌和牛倌，挣钱谋生不易啊！他是天然跟这样的人亲啊。自己就是这样的出身。

张家场和张家场周边十村八舍，猪儿洼、小厂子、瓦窑沟、双泥河、白烟墩、黑烟墩、田家村、远尚村、段村、麻家窑等，几群羊几群牛，几个"放羊的哥哥""牧牛的汉"，扳指头就能数出来。牛羊啃树苗事件发生，乡政府也重视。不说是哪个栽的，就是百十亩林地被毁十之七八，在乡镇一级政府那里也是大事件。何况，张家场梁地上栽松植柏，还是开天辟地第一遭，毕竟，乡亲们第一次见到郁郁葱葱的苍松翠柏种在自己身边，也是第一遭，哪个不心疼，哪个不心焦？乡政府出面，把羊倌和牛倌都召集起来，开了一个会，张连印跟大家说得是掏心掏肺。

"我也是农民出身，知道大家伙儿放牛、放羊不容易，回来种树，我不要林权、不要地权，就是想为家乡做点有益的事情，把咱这荒山荒坡绿化好，把咱家乡建设好，希望大家帮一把，不要叫牛羊进林地，相当于替我护林。"

话说得恳切，效果也明显。这么大个将军，而且也是放羊娃放牛娃出身的一个将军跟大家这样说，牛倌羊倌成天跟牲畜打交道，尽管拙笨不文，但乡村训练出来的朴实厚道还是有的，说是故意为之，有些过，说是无意为之，又不尽然，遂心生愧怍，低头不言。

2004 年年底开过一个会，牛倌羊倌形成默契，到了北梁就绕开去，不让一只羊一头牛进去。人家将军自己掏腰包，十几万二十几万的投进去，苗苗小，苗苗幼，哪一枝梢哪一棵树不是真金白银，将军的钱也不是刮风逮的。何况，人家还是为了大家，为了村子。

过年，资金稍稍缓解了一些，但仍然紧张，村里八十岁以上的老人们都有慰问，托连茂去办。他自己在临回石家庄之前也没闲着，让王凤翔去县城里采购十几双胶鞋，干什么去？去看望牛倌羊倌。

腊月，牛倌羊倌不得闲，所谓"家有万贯，张嘴的不算"，牲畜张嘴要吃，人就闲不下来。牧人生存不易。但中间有一个空当，放牧出坡，须待太阳升高，将地表的霜气散尽。利用这个空当，羊倌牛倌可以从容整理牛舍羊圈。墙边拴的土狗忽然奓起毛叫得汪汪的，一条叫开，另一条和另一条也开始叫，吠声在空旷里荡得很凶。不用说，这是来生人了。远远一辆黑色轿车从山道上开过来。早知道那是将军乘坐的车子。当时军改还没有开始，退休的将军可以有自己的坐驾。到了境前，果然是将军来啦，着迷彩，穿旧鞋，风尘仆仆，手里提着东西。将军说：快过年啦，过来看看大家。说着话，递上手里的东西，掂一掂，不是吃喝水礼，嘴上说：将军来就行啦还带啥东西，您这客气的。将军却将东西从盒子里拿出来，看是一双黑胶鞋，心里就是一热。将军说：你看，是这样，想来想去，还是这个东西实用，成天雨里雪里，地上又是泥又是水，这个东西穿上，省得天天回来洗呢。

将军说：我回来栽树，给乡亲们做些好事，不是我一个人的事情，还得靠大家咧！树活了活不了是我的事，树长大长不大，可是你们的事啊！

大家唯唯，说将军放一百个心吧。

五里五里又五里，转个弯弯十五里。转山弯，越沟涧，把村里和周边村庄十几个羊倌牛倌看遍，消息已经在村子里传开。大家说啥？大家说：这么大个将军，人家还得"溜舔"放羊汉放牛汉呢。"溜舔"，在方言里就是下情巴结的意思。将军听大家说，关上车门拍拍手：管他的呢，咱栽树，还得托人家给咱维护呢，咱不"溜舔"他们"溜舔"哪个？

从此以后，每年八月十五提上月饼，腊月里提上春节年礼看望这些"放羊的哥哥""牧牛的汉"成为惯例。

牛倌羊倌也是有情有义，多少年，将军的树栽在哪里，哪里就是他们义务护林的地方，自己的牲畜不进，别人的牲畜也不能进。

麻家窑村一个牛倌，有一回碰到张连印，说啥时候腾开空到家里吃上一顿饭哇。没想到张连印笑盈盈地答应了。马家窑在上世纪 60 年代就是一个小村落，阖村十多户人家六十多口人，现在走得也只剩下一两户，牛倌因为养牛还住在村里。两三户人家的村庄，生活质量就可想而知，环境差，生活差，什么都差，牛倌还心里嘀咕，将军答应下来，真的是会到咱这土坯房土炕上来吃饭。哪里想到，几天之后，将军提上东西就来了，团腿坐在土炕上，土酒土饭，一顿饭吃得那叫一个香。

牛倌逢人就说：那么大个将军，人家到我家里吃过饭。那人，这好那好哪都好，没架子，哪里像是个将军啊！

2014 年，张连印要回石家庄检查身体，池恒广要晚上跟他吃个饭，电话接通，电话那一头是嗞嗞啦啦的风声，是此起彼伏的狗叫，是瓮声瓮气热热络络的问候，风声人声兼狗吠，一片嘈杂，隔着电话仿佛都可以闻到牛圈羊圈里的味道。老池就笑了，这又是看望牛倌和羊倌去啦。不便打扰：您忙您忙！待见了面，就笑着跟张连印讲：又看您这朋友圈的朋友去啦？这两个牛倌的名字张连印还记得，一个叫刘大，一个叫刘三。

两个人明白，这个朋友圈的作用太大了，从 2004 年到 2022 年，植下去 18000 亩林子除了防止羊啃牛拱，还有义务护林，这些牛倌和羊倌发挥的作用有多大！

张连印就说：人家笑话我的朋友圈都是些牛倌羊倌，牛倌羊倌又如何？管他的呢。

前几年上山栽树，我都是在第一线指挥，我带头干，我带头干子，大家也有劲。你还好意思不干？你带头做出样

2004 年开苗圃，育苗失利，北梁第一次栽的树被牛羊啃断十之七八，两项相加，往少里说也赔进去二三十万，损失那就非常大了。

也正是这样一个几近于失败的开局，在张连印那一头，当然是不服。他就不是那种轻易服输的人。百折不挠，现在刚刚才几折，如何让他屈服？

2005 年正月一过，和老伴两人从石家庄赶回张家场苗圃基地，筹划来年的"营生"。大家发现，进入 2005 年，60 岁的张连印倒显得从容许多，一边要管理苗圃基地的育苗事宜，一边还筹划协调给村里植树的事情。

此外，这个老汉的行踪让全村人看在眼里，来踪去影，简直让大家捉摸不定。村里人头天上午见他收拾东西，说是要回石家庄，第二天，早晨起来就发现老汉迈开步伐在村道上走。再问，说是刚刚进村回来放下东西。开始大家以为这是"虚说"呢！

"虚说"在左云方音里，就是没影子的事情。

为什么呢？回趟石家庄，先坐汽车到大同，再从大同坐火车到石家庄，一来一回，何止千里，两个千里也打不住，你身上莫非插一双翅膀在飞吗？时间长了，才发现不是"虚说"，就是头天走，第二天早早就返回来了，从石家庄到大同，有一趟夜车，坐个卧铺回到大同是早上五点多，再坐汽车赶回张家场，是早上七点多。车票15元整。不论是回石家庄，还是去大同，还是去太原，还是去县城里，都是办完事就回到张家场他那个基地。出是为了苗圃基地，回仍然是为了这个苗圃。苗圃是牵魂勾命所在。

大家不由得感慨：毕竟人家是当过兵的，行动起来唰唰唰唰，绝不拖泥带水。

看今天张将军，想当年老八路。老一茬人回忆说，当年在左云、右玉活动的那些八路军，就是属鬼的，刚刚还在给你担水扫院，转个眼花连个人影影都不见啦。半夜进了村，歇息开会，到天明时候，神不知鬼不觉，走得连个脚踪还留不下。看看人家平安，八路军又回来啦。

张连印回村，并没有把自己封闭起来，交往的圈子反比军营里更广。上至省、市、县领导，跟省、市、县，甚至更远的北京、沈阳林业生态专家成为朋友，下至牛倌、放羊汉，白丁座上客，鸿儒往来稠。而且每一次回来，不大的写字台上会增加一些书，是林业和树木植培方面的专业书籍，十本二十本几十本，晚上收工，点灯学习到深夜。专业杂志也订有几种，每一期到手，如获至宝。

2004年出师不利，但到2005年，张连印回乡植树的事迹渐渐在河北省军区和左云县引起反响。这个老汉是真的要干事，投入那么大，数折不挠，愈挫愈奋，是个真要干成事的人。

2004年河北省军区支援的一台小四轮拖拉机和一台农用三轮在上山拉水浇树，马力不足，几次侧翻，老战友协调，将两部部队退役油罐车改装为运水车送过来，每年植树季，这两台运水车起的作用那就大啦。苗圃育苗失败，这就有了唐山市、河北省正定县的战友支援苗圃育苗的事情，苗圃里有香花槐、黄花槐、文冠果、沙地柏，还有杨树、柳树、金叶榆、沙地柏，育苗试验开始。老战友、老部下，闻风而动。驻大同某部听到将军回乡植树缺人手，从2005年开始，每年外出拉练训练的间隙，要派几十名战士上山梁、入苗圃帮将军种树、育苗。

2005年，苗圃育苗走向正轨，从东北拉回来的樟子松幼苗成活率高，在苗圃"驯化"一年之后，就可以移栽到山上，不需要额外再花费买树苗的钱啦。但2005年，除补栽北梁上被牛羊啃坏的树苗之外，再往北梁之西北，称之为"西梁"，大约有700亩的荒地需要植树，跟乡里村里协调，北梁继续栽树，西梁再辟园圃。

西梁之西北，已经接近摩天岭长城，那里的梁地，张家场老乡一直叫它"将军台"。说的是，古代有一位将军镇守在此，校场点兵，后人建祠纪念。张连印的林地规划就在附近。700亩林地，沿山峁等高线一圈一圈自山顶而山脚展开，横行纵列，规划甚为壮观。19 年后的今天，当年栽下的樟子松已经成林。从连茂那里学来判断樟子松的树龄，一层一层数上去，共 16 层，这些长了 16 年的樟子松，树形饱满，枝繁叶茂，已经长到八九米高，万木参天，林荫蔽日，树梢头还一个劲往蓝天上探去。人说，要想知道这片林子的规模，得用无人机航拍。人在其中，管中窥豹，只能得其万一。

掩映在林地中央高地上，有一座亭子。这座亭子在各种新闻报道里相当有名。电视上看着还不失巍峨，但近在眼前，如果不是汉白玉栏杆雕梁画栋，根本不会格外注意到这个建筑的存在。知道了，这就是建于 2005 年的那座亭子。

当年，张家场乡政府应群众倡议，为感谢张连印回乡义务植树，就在他即将栽树的西梁将军台附近盖一座亭子，沿袭旧名，依然叫它"将军台"。乡政府跟他沟通，令他非常不安。他讲：我们左云几代人都在植树，我是一个党员，只是加入到了这个行列里，事干了，这是大家的成绩，没有大家的帮忙，我一个人什么也干不成，千万不要立什么将军台。

张连印一再拒绝，坚决制止，最后只能作罢。内容改为"京津风沙源万亩小流域综合治理工程纪念碑"。不过，大家还是习惯叫它将军台。

正如桑金海所言，从 1978 年开始三北防护林建设，再到京津风沙源治理工程建设，从右玉县上世纪 50 年代开始植树造林防风治沙，再到山阴、怀仁县金沙滩绿化治理，从国家到地方，投入甚巨，也是在艰难的摸索中走过来，树种选择、外调树种"驯化"、科学规划、科学管理，等等诸般，整个晋北、晋西北的植树造林就是在失败中蹚过来的。更何况，即便是晋北、晋西北诸县，海拔、气候、土壤、风蚀的情况每一个县又不尽相同。就左云县而言，《左云县志》有载："左云近边，天气极寒。江南桃李花卸，此地草木方萌。七月陨霜，八月降雪。地多沙砾，夏有坚冰。古人云，'雨过三旬飞白雪'，信然。"尽管受全球气候变暖，农耕线北移小周期影响，气候条件较近古时期有所改变，但改变也不大。多年年平均降水量仅为 408 毫米，蒸发量是降水量的四倍之多，达到 1847.8 毫米。境内黄土丘陵起伏，风蚀严重。这样的气候条件，不会因为你是一个将军在这里就会改变。遭受挫折经历失败再正常不过，何况你还是一个外行。但反过来讲，也正因为张连印这个人有意志，更兼好学，他在遭受挫折之后能够迅速调整，迅速摸索出一套行之有效的植树办法来。毕竟，植树造林不仅仅靠着热情，不仅仅靠你有多少奉献精神，更要靠科学。

所以，到 2005 年，经受失败之后的新开局，显得格外顺利。摸准了植树规律，2005 年在北梁、西梁同时开工，2004 年开工 200 多亩，到 2005 年规模就大了，一下子铺开将近千亩的林地。村里的乡亲们也动员起来，过罢清明开始筹划植树，每天都有三四十号人跟着张连印两口子上山，还有刚刚从部队转业、复员待安排的退役年轻人，还有从部队请假回来探亲的现役战士，再加上驻大同某部官兵拉练训练过来帮忙，人数最多的时候超过 100 人。

2005 年开始，张连印的植树团队相对固定，连茂、连雄，还有植树时节专门请假过来帮忙的安殿英、王凤翔，再加上老伴王秀兰，表妹三女，还有退休的亲弟弟，村里帮助协调的连功，人手不多，也不少。外出调苗木，苗圃开畦育苗，上山画线，带机械挖坑，带人上山栽树，雇司机开车拉水，一应事宜，分派出去，各司其职，都可以分工来做。然而不，每一项张连印都要亲自上手，即便托付给人领摊子，他也会时不时跟过来。指挥过上万大军的将军，有这个必要吗？

2022 年的 4 月，跟张连印在苗圃里剪树间苗，77 岁的老人清癯瘦弱，一旦干起活来动作非常利落。正干活间，老汉的脸色很严肃，把四旺叫过来一通说，说得四旺脸腾地红了，唯唯应承，诺诺答应，欢欢拿起工具复又钻进树林间带工人干活去了。

原来，老汉在跟大家一起把间出的松树苗往外拉的当间，忽然听到农用车发动的声音。农用车从院子里开出来，沿苗圃田间小道开过来，停下。四旺和工人们把拢在地边的松很快装了一车，用绳搂了，捆好，又发动了车子。四旺刚坐上去，让张连印发现了。问他要做什么？四旺回答说先往城里送车树去。结果招来老汉一通说，说得四旺赶紧熄火下车，钻进树林干活去了。

张连印讲：你既是指挥员，也是战斗员，必须走在第一线，身先士卒，率先垂范。大家都在干活，你一个指挥员不在现场，不在第一线，你让别人怎么干活？大家来一趟不容易，松一松，紧一紧，干活的效率就不一样。

张连印说罢四旺，背操手跟我走在林间小道上，继续讲他的管理经。2004年开始育苗，2005年再到山上栽树，连茂懂农民，白天黑夜不离开现场，干在前头，组织得挺好。农村有农村的特殊情况，一来，熟人熟面，你抹不开面子说他；二来，老百姓出来，年龄都偏大，干着干着，说说话，蹲下来抽袋烟，歇一歇，不知不觉也就到了收工的时候。老百姓都是打日工，紧干也是一天，慢干也是一天，干够一天100块钱到手啦。所以，带20个工人在干活，为什么我就要求领工的时刻走在第一线？要负责？因为你在一线和不在一线不一样，你不在他就不出活。这就是管理问题、组织问题。工人们也互相影响，你不好好干，我也可以拖一拖，推一推，一来二去，马上就下班了，但工资一分也不能少。农民嘛，就是要见现利。

前几年上山栽树，我都是在第一线指挥，我带头干，我带头干你还好意思不干？你带头做出样子，大家也有劲。

如果用企业管理那一套，做定额，分开组，三个人一个组，承包下来，成活率必须达到80%，或者至少达到70%。分开之后，责任明确，做定额，你栽下去，成活多少，你得负责到底，等有了成活率再付你多少钱。这行吗？在企业可以，在村里不行啊。老百姓说是打日工，干得多了，你也是那么多钱，干得少了，你还是那么多钱，所以这就需要你身体力行，率先垂范，身先士卒做出样子。指挥员必须亲临一线。大家都是农民嘛，你必须用你的"体态语言"来影响他，号召他，鼓励他。在往年植树育苗的时候，我也检点，也发现有毛病的地方，做得不合格，我也不高兴啊。但不能表现出来，还得鼓励他，手把手教他，说：不错不错，比上回强多啦，还有什么问题得注意呢。这样他就心顺，就越干越好。这里头没学问，却也充满大学问。咱就是农民出身，农民怎么想，还能不清楚？

张连印说得轻松，"体态语言"一个词就总结了一切。但仅仅是一个"体态语言"？这里头，对人的尊重与理解恐怕更多一些。

四旺组织煤矿工人来苗圃帮忙剪树间苗当天，20个工人，加上我，还有工作人员，一共3桌饭，安殿英两口子从早忙到中午，备好齐齐三桌饭，大烩菜、小炒肉，简单几个菜，然后是馒头、花卷、米饭，另外还备了小酒，张连印挨桌跟大家喝过，回到座位却不动筷子。已经知道，老汉不吃肉，但也不至于不动筷子啊。他看大家吃，烩菜下得快，就跑到厨房说再烩一点，大家爱吃，他看着大家吃，待大家已经吃得差不多，他才掰块馒头就着土豆丝吃。

安殿英最了解自家的哥哥，说老汉"拿心"，看见饭不多了，心里头就不安，每做一顿饭，总是吩咐说多做一点，不要让大家不够吃。实际上，每一顿饭做下来，都要剩不少。

这一天，我忽然看见橱柜里剩有昨天的蒸莜面，急忙让老安热了，重上蘸汤重开笼，吃了一个不亦乐乎。将军很惊奇地看我，慈祥地笑起来：没想到你也长个莜面肚啊，这可来了个吃莜面的。

一行人吃完，呼啦一声就出去，回房间里休息，剩下三大桌杯盘狼藉，安殿英和三女两个又是一通忙，收拾。老将军安顿大家完毕，并没有走，一直在厨房里陪两口子收拾，足足收拾了45分钟，老汉就在那里陪了45分钟。晓斌转过来，看见父亲没有休息，就催他歇一会儿，这时候也收拾得差不多了。

老汉跟我讲：两口子做在人前，吃在人后，虽然是亲戚，虽然是你雇的人，给你帮忙，就不能说他应该干那个事情。我得陪他们。

都是闲话。

话还往回说。从开始植树，第一线，最前线，身先士卒，率先垂范，张连印的"体态语言"就没有离身。安殿英从2003年冬天开始就跟自家哥哥招呼"摊子"，十多年前刚开始植树的情景还历历在目。

安殿英也是当过兵的人，上上下下的首长也接触过不少，他讲：像老汉这样没架子，扑倒身子跟受苦人在一起干活的人，实在不多。刚开始栽树，安殿英负责植树前前后后的外围组织，这十多年下来，"受苦人"在哪里干活，张连印两口子就带头走在哪里，"受苦人"在哪里吃饭，他就在哪里吃饭。早上五点两口子就起来啦，吃过早饭，马上带人上山，背点干粮，带点面包，带点方便面，再提上暖壶灌上水，至多煮两个鸡蛋。

安殿英所言，还远不是2004年一年，远不是2005年一年，而是一直坚持如此。每年清明一过，天气开始转暖，一直到五一节，是植树的黄金季节，也是左云县风沙最大的时候。

风搅着沙，沙裹着风，天干物燥，山上又不能带火种，中午吃在工地，暖壶里的开水倒在碗里，一会儿就凉了，就那么泡一泡就是一碗方便面，就着风，就着沙，就着土，调料丰富，吃一顿。

这春风，揭皮剔肉，直砭入骨，一个植树季下来，张连印和妻子脸上被晒得脱一层皮，风吹得嘴"膖"起来，像猪嘴一样。每天早出晚回，回来可以吃一顿热腾腾的饭菜，谁知道，嘴巴啃馒头，稍一用劲，嘴唇上就渗出血，就着血，一口馒头咬下去，白面馒头上都糊的是血，再连血咽下去，没有那么个香法！

雁北方言，说"肿"起来，说是"膖"，读如"庞"。非常古雅的明清官话，要比肿的程度大得多。把人嘴肿成猪嘴，只能是"膖"了。张连印一旦"膖"起来，甚为凶险，嘴唇开裂，皮肤开裂，手指头、脚后跟裂开绽，七杈八杈。指缝间泥一层，血一层，一年四季永远是黑的，将胶布剪成细条儿，一条一条粘上去，白天干活脱落之后，晚上回来再粘。而且，春天里，艳阳出，一到中午照得是实心实意，一点假都不掺，老农民倒无所谓，几十年日出而作日落而息，皮肤被一再晒黑，张连印两口子在城市里生活了那么多年，晒红之后揭一层皮，然后再被晒红揭一层皮，最后皮肤变成紫红，就算稳定下来啦。2005年五一节，儿子和女儿利用五一假期来左云探望父母亲，一行人从山上下来，远远地愣是没认出来。是母亲喊闺女的名字，女儿才发现戴草帽，穿迷彩，与一起下山说笑的农民没有一点区别的，居然是父亲和母亲，眼泪不由得在眼眶里打转。

　　2008年春天，老胡胡万金回村，迎头碰见从山上植树回来的张连印，当时的张连印，那是穿件旧作训服，扛一把锹，一双鞋粘泥带土，摘下帽子来，乱蓬蓬的头发，黑脸膛，冲着胡万金笑。胡万金还疑惑：你是咱平安?!

　　张连印说：老胡，你连我也认不出来啦?

　　胡万金大惊：哎呀，你个讨吃货！放着城市里的福不享，回村受这大罪！

　　张连印说：咳，咱弟兄们从小到大就是受苦出来的，还怕受个苦?

　　胡万金说：我看见啦，苗圃也建起来，树也栽成啦，当初我说的话拉倒！这点"营生"啊，可是"着"好啦。

　　张连印说：你给我来做顾问吧。

　　胡万金说：你现在是专家，我还给你顾什么问?

　　这点"营生"啊，可"着"好啦！

　　老胡再一次强调。

20

重新融入，意味着重新体味时代大潮汹涌，重新体验人生况味，重新理解社会的多元和纷纭，也重新获得另外一种成就。

未入张家场，心里有疑问。张连印回村里义务植树，动辄千亩百亩，规模不小。因为跑农村多一些，深知农村土地问题的复杂。你说它金贵吧，撂荒地一撂就是十年二十年，你说它不金贵吧，你到地里动一锹土试一试。还有国家严格的耕地保护政策，饶是你义务植树做好事，饶是你不要林权地权 30 年之后退出归还村民和集体，但是动辄几百亩上千亩那样铺开，能让你想往哪里栽就往哪里栽？不能因为你做好事就站在道德制高点，就可以振臂一呼应者云集，就可以解决任何问题。

土地问题，在农村里最敏感。

2003 年，张连印决定在大河湾建 300 亩苗圃，荒滩荒地里，有个别农户自开的小块地，量不大，但散，种一搭不种一搭，无甚收益，所以整个征地过程非常顺利。其中一位，小时候跟张连印一起长大，在那里开有一片地，相对比较大。张连印专门跑了一趟，说你那个地啊，在苗圃规划里头，看能不能让给我？给你两万！朋友不要，说你种去哇。结果到了 2009 年，苗圃成了规模，树也长起来，有些后悔。张连印就笑他，当初给你两万你不要，现在后悔了吧？这样，给你 8 万。这样就给了 8 万元。

时过境迁，张连印现在当逸闻笑话来讲，一辈子经事多，见人多，没有什么不可理解的。他讲，这没有什么是非对错。谁都讲个实际，干事情，这种情况经常有呢。

2014 年，参与小河口京津风沙源治理工程，规模不小，有 2040 亩。到 2015 年，树栽下去第二年，有小河口的村民找施工负责人，说把树栽到自家的坟地里去啦！张连印听到这消息，当下让魏巧红开车赶往小河口村察看情况。可不是给种到人家祖坟里了？！祖茔所在，地形复杂，再加上风蚀雨侵，老坟成为一个小土丘，外人根本不会注意到。结果工人们不知道，把树给栽进坟地去了。错在咱们这里，不用辩解，赔。当下安排人先将树移走，再到当事人家里安慰道歉，给了 3500 元补偿金。

还有一次，是种植固沙的沙棘树，工人只顾埋头干活，不想把沙棘树种进老乡的耕地里头，又是张连印亲自出面沟通，安慰，道歉，赔钱。

当年带兵练兵，跟地方、老百姓打交道训练出来的这种协调沟通能力，将军处理起来还真不是什么事。人民子弟兵，不能让老百姓吃亏，是原则，也是初心。

1982 年秋天，张连印任团长时带部队前往山西省盂县一个村子附近驻训，各连队分散住在老乡家。盂县在抗战时期就是晋察冀边区根据地，几十年来，只要子弟兵前来，老乡们就腾出自家最好的房子给他们住。部队每次驻训，住老百姓房子有纪律要求，"三大纪律八项注意"自不必说，临离开，还必须做到"缸满、院净、电费清"。老乡家里水缸要给担满，院子要扫净，电费须结清。当年老八路，今日子弟兵，传统延续，纹丝不乱。

转眼驻训结束，全团在村边公路编队集结准备出发，一名参谋匆匆跑来报告，3 户老乡家里暂时找不到人，电费无法结算。

这时候，有些干部说没结就没结吧，也没多少钱，我们每年都来驻训，下次再说。

张连印说：不行！电费事小，军民关系事大，一分钱也不能少。马上命令参谋带车找到 3 户老乡，逐家结清电费，再赶上部队返回营区。

跟老百姓打交道尚且如此，找一块栽树的地就更是需要耐心协调。老汉用 18 年时间，硬是一棵一棵树栽下，一片一片林延伸。他栽下数百万棵树正参天耸立，大山大林，大野连绵。义务植树 6000 亩，这是怎么协调来的？想想都替他犯愁。

后来渐渐发现，包括苗圃基地，包括山上的林地，说是老将军回来自己掏腰包义务植树，可是没有哪一处没有浓重的行政政策痕迹。苗圃先被左云县委组织部命名为"清风林党性教育基地"，后被中共山西省委组织部命名为"右玉行政学院"教学点。甚至 2005 年在西梁北头将军台附近建的亭子，竖起"京津风沙源万亩小流域综合治理工程纪念碑"，这碑的命名就是当年实施的工程项目，而张连印协调乡村两级植树的林地，大部分属于这个小流域综合治理工程的一部分，只不过是他自己掏腰包自己组织人实施就是了。实际情况是，当初小流域综合治理工程在实施过程中，由国家、县和乡三级筹集资金，资金缺口相当大，张连印的义务植树无疑给地方政府解了燃眉之急。燃眉之急，还远不止资金不足，还有工程组织、落实，最后完成。甚至，包括大河湾苗圃林地最终形成之后，也属于小流域综合治理工程的一部分。

所以，张连印感慨。张连印感慨起来最善用排比句，排比下来，信息如流：回乡植树，不是我一个人干的事情，离开政府支持，离开村委协调，离开老百姓理解，离开大家的帮忙，那是寸步难行。原来想得简单了，以为就是自己掏腰包做事情就好，哪里想到，回来之后，是第二次融入社会，这个既体现出大家对我这个事情的认可，更体现出我做这个事情的社会意义。这才有了后来承担起很大一部分教育、教学、讲学的功能。现在都脱不开身，讲课是我在劳动之余干得最多的事情。

老将军说他第二次融入社会，不禁哈哈大笑起来。

重新融入，意味着重新体味时代大潮汹涌，重新体验人生况味，重新理解社会的多元和纷纭，也重新获得另外一种成就。

张连印讲起苗圃在 2009 年落实的一项大工程。2009 年，基地争取到一部分政府投资，在十里河河滩一连打了 8 眼井，修 U 形输水管线 3400 米，防渗灌溉渠 3000 米，水泥道路 3500 米。苗圃基地正处于小流域综合治理工程的核心区域，而小流域综合治理工程，既包括植树造林的生物措施，也包括水土保持的工程措施。

2009 年，苗圃育苗成活率稳定，长势良好，作为左云县成规模培育樟子松的最大苗圃，市场也良好。也就是说，苗圃出苗，不仅可以为自己义务植树提供良好樟子松幼苗，省了花大价钱从外面调苗子的费用，还可以为市场提供苗木。从 2008 年开始，涉及全省 30 多县的三北防护林建设深入开展，还有京津风沙源治理工程方兴未艾，大规模城市改造，苗木市场火热，供不应求。张连印就是想不盈余也没有办法。从苗圃发挥作用开始，到 2009 年，张连印义务植树的规模已经达到 2000 多亩，张家场的北梁 2200 亩荒地大部绿化成林，西梁 700 亩荒山全部绿化成林。从 2006 年苗圃出苗，到 2009 年，是回乡植树效率最高的几年。

纵然如此，还是有缺口。不是张连印口袋里装不住钱，实在是苗圃建设缺口太大，300 亩苗圃许多设施，路、水、电诸般，眼巴巴在那里等着钱，山上还有荒地，草枯草黄等待新绿来染遍。

2009 年，自己筹划两大工程。先架设动力电，再买变压器；然后带工人施工，顶烈日建起一座有万方容积的大蓄水池。此前，都是靠小四轮拉水，哪里育苗，小四轮就跟在哪里，现在，可以直接从河里用水泵抽水到蓄水池里。

这里头的曲折是真曲折，辛苦也是真辛苦，不过回来植树 5 年多，曲折辛苦已经习惯了，有些事情说起来还窝心。各种跑手续，申请指标，已经够忙乱，有时候老汉进城见相关部门，一上午办不完事情，就坐在车里啃口面包喝点水。哪个能想到，装上变压器还没两年，张连印腊月回石家庄，苗圃歇工，让人给偷走了。没办法，来年只能租用乡里的变压器维持。

2008年、2009年，苗圃最兴盛，张连印现在说起那几年来，脸现得意，差点就眉飞色舞，说那一段时间，是苗圃"风生水起"的时候。300亩苗圃已经全部育满苗木，生长旺盛，需水量非常之大，一万立方米的蓄水池很快捉襟见肘，根本不够用。而且，300亩地里，各个育苗单元生长期有别，用水量、浇水时间间隔不同，一个蓄水池，浇了东边浇西边，来来回回很不方便。这样，张连印决定打井。再经营一年，打井当不成问题。

恰恰这时候，县农水部门的小流域综合治理工程中的节水灌溉工程兼十里河生态治理工程实施在即，张连印找县里协调，把项目争取回来，而且说服农水部门，将项目落地在张家场南边的十里河滩大河湾，此项节水灌溉工程资金投入，有七八十万的规模。

在路上讲起这一段，有意逗张将军：这七八十万国家投资，是不是您凭借您将军的身份争取回来的？

张连印抿嘴一笑：这个项目的核心地带正好就在苗圃这里，灌溉节水工程一旦实施，受惠的不仅仅是我这个苗圃，以大河湾为中心10平方公里的水土流失区域都可以得到有效控制，可以改造成良田。

况且，况且……

张连印像在给我说一个秘密：况且，打井我是内行啊！你想想，8眼井，最深的七八十米，最浅的30多米，还有3公里多的U形节水渠，3公里的防渗渠，还有3公里多的水泥路，按照标准核算下来，哪里够？差得多！打1米井的造价有多少啊！但在我这里，就够！开始植树我是外行，打井，我是内行！

这可不"虚说"。

现在忻州市忻府区的奇村，已经是著名的温泉疗养胜地。这处著名的温泉疗养基地的发现非常偶然。现在年纪大一些的老乡还知道，温泉的发现与开发，跟一个人有直接关系。

谁？

就是眼前的张连印。

1970年，张连印担任连长，驻地就在现在的忻州市忻府区奇村。每年春夏时节，驻地部队自己有生产任务，同时还要帮助驻地生产队抗旱、抢收。那一年，他们的任务是帮助群众打井，连长张连印带领战士昼夜在工地上施工。当时，钻井机械奇缺，机械用得少，人工用得多。挖着挖着，忽然地层里冒出热水。这个就蹊跷了。当时大家对温泉这个东西还没有什么认识，打灌井打出热水还怎么浇地？打灌井打出热水是怎么回事？赶紧停下来，拿水样前往省城化验，鉴定结果让大家很意外，是富含各种矿物质的复合温泉。奇村地处汾渭断裂带，地下板块活跃，温泉自然就多，只不过不为人所知罢了。没想到贫瘠的土地上居然有这么个宝贝。有此温泉，便可以做大文章，部队逐年帮助地方打井开发温泉，到上世纪90年代张连印担任师长，奇村共建起 14 座疗养院。

一镐头挖出致富泉，地方受惠至今。

所谓"内行"，也就是 20 多年间这样炼成的。温泉井钻探施工，需要丰富的物探、地质和环境保护经验。同是探井，比一般农用打井技术要复杂和精细得多。

果然，把项目落到张家场十里河河滩，成效不一般。张连印带着县里的施工人员满河滩转，察草情，看树木，沿小河小水经过的地方一步一步察看河床走势，观察地势隆起降下，然后脚点住个地方：探！钻！探得结果，正是含水层所在，钻的结果，果然就是一眼好井。井位确定，连县里水利技术员都啧啧称奇，简直太奇了。这个内行，果然是内行。当然，这里头也少不得水文物探、地层构造、地下断层及岩层裂隙分析、出水量预测、井位确定诸般论证，毕竟国家投资，要有一套完整的技术论证资料。

其实，张连印当初之所以选大河湾建苗圃，对这里的地下水情况有大致的了解，根据他的经验，相对富水的张家场，古河滩的含水层并没有因为煤炭采掘遭到大破坏，所以地下水位也不会太深，结果与他当初的考察结果高度吻合。后来张连印在自己苗圃基地的院里打了一口井，以供日常用水之需，只有30 米深。水质良好，乃清冽山泉。

2009 年，十里河河滩一口气打了 8 眼机井，井位分布均匀，每一地块都可以浇到。除此之外，就是修建 U 形防渗渠和引水灌溉渠，还有水泥路。这一番改造，苗圃再没有用水之虞，十里河河滩农业灌溉条件大为改善，工程效益和效果远远溢出最初设计和设想。

以此为例，张连印讲：回来做好事，离开政府的支持根本不行。人家把项目落在大河湾，实际上就是对你的支持。这么些年下来，包括左云县政府，还有山西省林业厅、河北省军区、石家庄警备区，从物质到资金支持也不少，更多的是技术支持，如果不是这些支持，也支撑不下来。反过来讲，纳入政府规划项目里，替政府完满完成任务，不也是做好事？

张连印回乡义务植树的事迹逐渐为人关注，左云县不用说，历届县领导都要到苗圃来慰问视察。接着是大同市，2008 年，大同市城市改造，需要调集大量城市景观苗木，时任市长的耿彦波为张连印的事迹感动，2009 年正月十五，市长腰缠红绸，和张连印一起在左云县城舞起秧歌。接着是省里，接着是河北省军区和更广阔的社会面，事迹流传，反响日广，来自军区和政府、社会各方面的支持也不少。凡是这些项目，建立专项资产台账，资金、机械、器材、工具，来源、去向都记得清清楚楚明明白白，定期向捐赠者汇报反馈使用情况。

比方有两笔捐款。

一笔，是来自大同市某银行。

从 2005 年开始，来帮助张连印义务植树的部队、机关和厂矿的干部职工就已经有了，后来逐渐增多，到 2009 年之后，多则三四十人，少则十几个人。人一来帮忙植树，从某种意义上讲，这就是一次又一次大大小小的接待任务，原来定好上山植树组织势必得变更，谁来迎接接待，谁来确定到哪里栽，谁来带着上山画线挖坑，谁来负责到苗圃里起苗，谁来带队伍上山植树，谁来负责拉水浇树，每一个环节都得重新安排。单位组织的义务植树，其实就是负责上山把拉到山上的树苗一棵一棵栽到坑里去，每栽一棵，还得专人指导。卸车，小心抱起，卸去土丘上的塑料网，带土丘小心放到坑里，植树、围圈、浇水、掩埋等一系列动作，没有专人指导不行。还有一个重要环节，就是每一次有人前来参观学习和义务植树，来前备水果，收工备饭食，要招呼得好一些。

这样苗圃的人就难免有怨言，说人来了就是管个上山栽树，把树放在坑里头，踩实，拿水管子浇浇水，等于是咱们给他们做好一切准备，他们来做做样子照张相就完事了，还得管饭！那花的不是钱？

张连印平时对苗圃常驻工作人员要求严格，好在大都当过兵，令行禁止还能适应。张连印不让他们这样发牢骚：这怎么行？人家来了是好事情，谁天生就会干活就会栽树？重要的是通过这个活动，让大家知道植树造林，知道生态建设是怎么回事，能体验一下也是好的。观念就得这样慢慢来培养，慢慢树立起来。

所以，每一餐饭，都要亲自检点，未必能吃好，但要过得去，要吃饱。前来义务植树的干部、职工过来，要按每人30元的标准安排一顿午餐。

建设银行大同市支行的职工来过一次，也受过这样的招待。

他们干得也认真，张连印都说：这些人是真干活的。第二年再来，就先派人送去1万元，说无论如何不能增加老将军的负担。张连印拒绝，但人家执意要留，说这是对老将军回乡植树的支持，也是全行职工的一片心意。然后每年来，每年如此。张连印特意划出一片地给栽了一千多棵树，命名为"建行义务植树林"。发照片给传过去。

类似以单位、行业命名的林地尚多。在张家场北梁、将军台梁地，随处见林地边上醒目的标牌，"光大林""武警林""政法林"，还有"人行义务植树基地"，都是各单位组织干部职工前来帮助张连印义务植树的成果。

一笔，是来自张连印同年授少将的国防大学同学。

从2008年开始，张连印的事迹逐渐进入新闻视野，省一级报纸和杂志零星有张连印事迹的报道，2012年2月29日的《解放军报》以《将军树》为题的长篇通讯发表，被他这个同学看到了。这位身居要职的将军打电话给张连印，上来就不客气：你回乡植树，遇到困难怎么也不告诉我一声？

张连印前前后后就是一番解释。说是解释，相当于汇报。两战友话不多，心相通。没几天，彼将军给此将军打过2万元来。是一个军人对另一个军人的礼敬。秋天，张连印又专门划出一片林地，认真栽上1000棵樟子松，命名为"将军林"，以表达对战友情谊的谢忱。

十年树木，树长十年，这个"将军林"每一棵树都分层分杈，十层十二层，亭亭如盖。

21

摔倒，站起来，居然没站稳，又滑倒，如是者再，连摔几跤，总算站稳，好不容易才上了岸。

　　爱听安殿英讲话。老安的左云口音重。不独是左云，走出家乡 10 年 20 年，只要踏进大同长城关隘，操再标准的普通话也得改过来。皆因水土。就像地方名小吃，离开原产地，怎么吃都吃不出个味来，这个来自文化的感染力。方言也一样，是富有感染力的。

　　张连印现在操的就是一口左云当地方言，我问老汉：您当了 40 年兵，做了 30 多年军官，做到将军一级，给下级做动员，给上级做汇报，莫非就说着一口左云话？

　　我一问，张连印倒一怔，想想，确实是这么回事。他讲：我在部队的时候也慢慢学着说普通话，慢慢学着，等到做团参谋长，已经很标准了。当初改口音可费劲呢。谁想这一回来，很快就把学会的丢掉了。你想想，回来将近 20 年，你怎么可能再变回去？管他的呢！

　　但晋北话好听，有感染力。尤其老安说起来，普通话的平声读如仄声，仄声变成平声，阴阳上去入，五声俱在，有特殊描述效果。如果将他的话记录下来，就是上乘的小说语言。情绪流转，启承转合，生动鲜活。

老安是转业军人，在东北当的是铁道兵，转业之后安排到鹊儿山煤矿保卫科工作，已经退休。2003年张连印回到村里，那时候老安还上班，忙的时候就请假过来招呼一段，尤其是在植树季到来，张连印这个表妹夫年轻力壮，又舍得身子干活。现在，老安和三女两口子算是常驻苗圃基地的，为照顾张连印，一进两开的房子，张连印住西侧，他们两口子住东侧。早起，汉子起来先把一东一西两厢的火生上，暖炕。一天起来，早上烧热炕，到晚上就不能再烧，怕烟煤把人闷着。生了火，洒扫庭除，偌大一个院子要清扫一遍，角角落落都不放过，厕所里有没有纸也得操心。扫罢院，挑水。每年八月十五一过，水泵停下来，要等来年过了六一儿童节，才敢用水泵将水泵上来用，不然会冻坏。大半年，需要从井里挑水供日常用度。挑罢水，收拾院里的炉灶，中午若是客人多，需要院里一个红泥小炉格外帮忙，不然做不了那么多饭。生好火，攒足炭，再喂两只土狗。土狗呼呼哨哨东跟西跟，不离开他。最后，洗洗手帮媳妇在厨间就是一上午忙乎。这个表妹和表妹夫，实际就是给张连印的苗圃看摊子的，好辛苦。这份情，全源自岳母。岳母是张连印最小的姑姑，这个最小的姑姑比张连印大6岁，从小就亲。

说及2004年开始植树，连珠炮一般，不停口，不歇气。

我那会儿来，不干别的。只要是部队过来人义务植树，老汉就叫我下来带着部队去植树。来多少人我领多少。因为咱也是当过兵的人。最多的时候，来过六七十号人。一个连的兵下来，拉练中间义务植树一段时间。这都是老将军当年的老部下，听说将军回家义务植树，也帮把力，添把劲。还有一部分是啥呢，是左云籍当兵的，还有姑姑的孩子，舅舅的孩子，他们有在部队当兵的，植树季节就请个假，回来探家，过来帮忙十天半月。

老汉身上不知道有股什么劲，有这个号召力，或者说是感召力。

还有复员回来的战士，暂时没有安排工作，也过来帮忙。村里的人更不用说，表弟呀，叔伯兄弟呀，本家的亲戚都来，招呼一声，一来一大片，一来一大片。男的女的，跟上他上山植树，那个风沙灌得没法子说。我家属是他的表妹，也过来帮忙。众人帮啊！

刚回来开这个大河湾，大家也都认为，这是老汉做做样子，走走形式，就在大河湾这里栽些树就算啦，不可能栽多少树。大家这样想不对？对呢！你说你这么大官，走哪里不是吆五喝六，到哪里不尊敬说你来来来喝酒哇，去哪里不高看你一眼？非要回这里来。

头一年回来大家这样说，赶第二年栽开树，赶第三年，不顶啦。人们才相信说，人家这是决心要"着"呢，把些亲戚朋友都感化啦。村里头来帮忙的真多，都是一个张，一家人嘛。他这个人有个毛病，看见谁也过意不去。老汉一辈子辛辛苦苦帮了不少人的忙。好些帮过忙的人都记着老汉的情呢，一听说老汉回来义务植树，都纷纷过来帮忙。

看看，快人快语，像不像小说？像不像说书？将近 20 年陪伴下来，他装着一肚子关于"老汉"的故事。说起老汉的故事，老安要强调一句：不兜没的！左云方言，"不兜没的"意思是什么呢？是说，所说的事情有根有据，不事虚构。否则，就是"兜没的"。

"不兜没的"，但都是关于"老汉"的糗事。因为是同辈兄弟，时不时拿出来逗老汉一下，以消解"将军"给人造成的权威感。"老汉"则将他的这番挑逗威权当作紧张生活的调剂，众人呵呵一笑。但他是真正理解"老汉"，替"老汉"操心，替"老汉"发愁。

他先讲一个张连印掉进河里的故事。

张连印平常也不好意思跟人讲这些事，老安记得。张连印时间观念强，一钟一刻掐得死，从石家庄回大同，有一趟夜车，买张卧铺票坐一夜，到大同是凌晨五点多，车站就有一趟早班车回左云，下火车，再坐这趟早班车回左云，有时候坐到左云县城，有时候就半道下车。一般情况下，汽车经过 109 国道半道的云西村附近停下，下车，过一道桥跨过十里河，再东折走四五公里就走回来了，也近。将军一回来，表妹三女听得真，脚步不一样，两条狗叫法都不一样，就推老安：咱哥回来啦。

这时候，才是早上七点多。常常是这样，头天上午走，回石家庄立马办完事，再乘晚上的车回来，早来太阳升起。一天一夜打个来回。所以村里人才说，这是当年八路军回来啦。

老安忍不住：你那么大个领导，从石家庄这么远回来，也不要个车？坐啥火车！张连印说啥？张连印说：你这说啥呢，叫个车回来，人家还得返回去，来来回回折腾。老安就感慨：人家老将军"拿心"呢。一辈子，就怕给别人添麻烦。

怕麻烦，有一回终于弄下麻烦啦。从109国道半道下车，张家场村就在眼前，不用绕道云西村那边过桥，半道下车，苗圃在望，只不过隔条十里河，而十里河就紧贴着109国道，附近村庄的老百姓要到张家场办事走捷径，下公路踩石头过十里河就到了对岸，很方便。十里河说是一条河，现在水小，平常也就是一股小水蜿蜒，枯水期干脆断流。走的时间一长，就成了一条小道，不熟悉的人根本不会意识到这里还有一条通往张家场的道儿。张连印知道，过了河，穿过苗圃就到家了。

又是一个春天，又是听到张连印进了院，两口子披衣起身迎出来，一看，啊呀呀我个天，只见张连印浑身湿拉拉的，鞋湿啦，裤湿啦，半个身子都湿了个透。春天风寒，把个老汉冻得嘴唇子发紫。

把个三女慌的，一边招呼大哥往家里走，一边问：大哥，你这是咋啦？大哥，呀，你看看你这是咋啦？连忙把张连印让回家，一边脱湿鞋湿衣湿裤子，再换上干净的。

怎么回事？这一天，张连印从石家庄回来，半道下车，又抄近道回张家场。下车，背上东西，跳下沟，迈过坎，要踏着河流中间的石头再纵身一跳，就到了河对岸。平时身手矫健，这就不是个事，谁想，河槽岸上有草，那些草长了一年，有半人多高，此刻，枯败的大草纷纷伏地等待春风吹拂，早晨里寒霜未退，脚踏上去就是一滑，先是一条腿滑下去，接着下去的是半个身子。平时河水不显山不露水，人一掉进去才显露出河流本身汹涌的本色。张连印不服气，六十岁出头，平时拉练的时候什么险情没遇到过？摔倒，站起来，居然没站稳，又滑倒，如是者再，连摔几跤，总算站稳，好不容易才上了岸。春水春风，岸上荒草萋萋，还得穿过苗圃，这一路走，没有三里也有两里，到了院子里，人怎么能受得了。

等消停了，老安说老汉：你看你这不服老，不服老不行啊。

张连印呢，不说自己老还是少，而是说那道河沟：这暴露出一个问题，什么问题呢？从河那边跨过河这边真的不安全。老安心里说，本来就不安全，你硬要过。但张连印不是说这个，他讲什么呢？他讲可不可以把河道中间供踏脚的石头换成水泥浇筑的，再大一些，再宽一些，人踏上去就安全多啦。

老安这才明白，老汉说的是另外一码事。原来，苗圃在育苗、装袋和浇水的关键时候，用工常常不足，需要从河对岸一些村子里召集妇女们来干活。到这些用工稠密的时候，老汉亲自张口，给从河对岸过来帮忙干活的妇女开工资，额外多开 5 块 10 块，说可不可以明天再叫些人过来，不然忙不过来。这些人当然积极性很高啦，第二天来的人就多，第三天更多，渐渐地，河对岸村庄平常有二三十个妇女过来苗圃务工。她们每天走的就是这条捷径，跨过公路，跳下河沟，一跳踩河中间的石头，再一跳到了对岸，苗圃在望。张连印说的是这一码事，要把那个过河踏石做得更结实一些，以保大家过河务工安全。

开春施工的时候，果然就让工人们在河中间用砖石和水泥砌了一个墩子，这下子就保险了。

老安跟我讲起这个故事，张连印就在跟前。张连印笑了，说：那有啥丢人的，走，带你去看看我掉河里那个地方。离开苗圃不远，就是十里河。一看，果然凶险。十里河河槽很深，岸坡深阔，土崖壁立，有半个城墙高低，而十里河主河道则被齐腰高的荒草和榛莽遮得严严实实，直到下到窄窄的河滩地，方能看到它如黑蟒穿行的身影。水量并不大，水质也不好，走到近前，荒草覆岸，岸泥松软，远看能一跃跳过去，但到近前，宽度仍足以让人两股打战。张连印当年掉到河里那个地方，相对窄一些，浇筑的那个砖混墩台兀立水中，地基松软，已经倾斜。如果不是这个水泥墩子，确实不方便，想象不出那些傍晚收工回家的老百姓怎么过河，怎么爬上岸坡。张连印当年担心的也正是这个。抬头往 109 国道那边看，庞大的山影忽然将阳光捂一下再放开，炫目刺眼。

第二个故事，仍然是出门。

掉进河里是一次从石家庄返回。还有从左云回石家庄。回石家庄，从张家场或者直接到左云汽车站坐车，回家也不说收拾一下，在苗圃穿啥还是穿啥。坐车到了大同，再坐公交车到火车站。连茂看不下去，曾说过哥哥：你看你，穿得连我还不如呢，谁敢认你是个将军？

老安说得生动，老安说：唉，可怜得，一进车站，连张票也买不上。为啥？他排队呢，快排到跟前呀，就有人插队，把他给"揎"出去了。

老安说"揎"，晋北方言，还不只是有意推，还有无意地挤。这一"揎"，不得了，把他"揎"到队伍外头，还得重排。就这样，到了跟前，让"揎"出来，到了跟前，又让"揎"出来，总在队伍的后面。这时候旁边的警察看不下去，问他说怎么回事。他讲要买回石家庄的票，说着就把自己的残疾证给了警察。残疾证买坐票可以买半票。省钱嘛。警察也想帮他，说有这个可以不用排队买票。他的证件都是放在一起的，还有退休证、军官证一类。警察翻来翻去，抬头看，眼前是一个退役将军？将信将疑。因为你这么大个官怎么一个人独来独往排队？少将，一般都要到车站的贵宾室，有服务员招待，什么事情都给你办好，哪里用你排队？等车快开的时候，再把你送到站台上，送到车上。可眼前这个老汉一身迷彩，还戴个半旧帽子，跟农民工没甚区别啊！假的？但照片上的人跟眼前的人一模一样，证件上红章大印，哪里会假？

警察把他送到窗口，他又把证件递进去，售票员看了看证件，又看看他，人家贵贱不信，把证件给他扔了出来。老安说"扔"，不说"扔"，说"搂"，读如"蛮"，也是明清古语，力度比"扔"要大。人家一看，就给搜出来啦。

　　老安说，这种事情多啦。到银行取钱，一大早起来进城，他本来去得早，是第一个排队的，可等一上午等不上老汉回来。去了一看，早就被人"揎"在一边了。他那个人，人若着急，来，我让你。人家插队，他就让，怕人家着急。你说说这个老汉。幸亏县里有个干部认得他，将他带到二楼分管行长那里才办下来。

　　这就有了故事三。是件大事。

22

老人们一个劲儿祈祷：哎呀，平安那是个好人啊，好人啊，快快好了吧，快好了吧。

　　老安说这件大事，归根结底，归到老将军穿着不讲究上。他讲，我哥穿得那个烂啊，真是不如我。咱如果出门的话，还得换换衣裳，至少你出去展展烫烫的，人也精神嘛。他不，不讲究。穿的鞋就一百来块钱，有一回嫂子在网上100块钱买了3双鞋，那也穿！刚回来还整洁一些，洗洗头发啦，烫烫衣服啦，后来干开活也顾不上，头发经常是个毡片贴在头皮上。不知道的人谁也认不出他是一个将军。有一次，《左云报》上发表了一个小文章，题目好像叫《假将军》，说早晨有人见到张连印在街上跑步，说那是个将军。大家议论纷纷，看穿的，看戴的，再看那张黑黢黢的脸，哪是个将军，八成是个假的。最后人们说他回来干啥干啥，没想到人家才是个真将军。

　　有一回从石家庄返晋，回左云的班车因为拉不满人，来来回回在街上转，就是不发车。张连印急着回张家场，也不坐这个公交车啦，随便坐了一个摩的，40多公里从大同车站就"逛"回来啦。摩的司机进了村，人们不是要问候？一问候，把个摩的司机给吓坏了，妈妈呀，今天拉了一个将军！给车钱死活不要，说今天拉了一个将军，还能挣你的钱？老汉又额外多给5块钱，说还得感谢你呢，不然怎么能这么快回到村里头。

事情出在2008年，这一年容易记。2008年，北京开奥运会。过中秋节，张连印的妻子王秀兰跟石家庄那边的朋友联系好，要结伴出去旅游。王秀兰性格开朗，又做过中学教师，待人和气，走到哪里都会很快聚起一帮姐妹来。过了中秋节，天气转凉，苗圃有一段短暂的轻松时光，她跟姐妹们约好，出去旅游。院里留下安殿英两口子，还有一个魏巧红，再就是张连印。四个人在张家场过中秋节，吃罢中午饭，张连印忽然要起身往东北去，到东北看树苗子。安殿英两口子说，大过节的，有什么事过罢节再行动不行？不行！老汉着急就要走。安殿英没办法，说你一个人怎么出门，怎么也得带一个人去啊，好说歹说，同意了，带巧红去。其时，巧红在左云家乡等待转业通知。这样，安殿英开了车就把这一老一少送到大同。

到了大同火车站，结果当天去东北方向的火车票售完了。张连印说，这样，咱们坐汽车先去北京，去了北京再想办法。这样，又开车把一老一少送到汽车站，坐上去北京的大巴。大同往北京近，但也得五个小时，折腾一下午到北京，这就晚上啦。买火车票，又没买上。那一年也怪，票就特别紧张。老少两个在北京随便找了个旅店住一晚上，第二天坐公共汽车就往东北走。

2008年保奥运，路上查得严，公共汽车是重点。那天坐的公共汽车也凑巧了，坐车的十之八九是返乡的民工，好在张连印穿得跟大家差不多，谁也不会以为他是个特殊的乘客。车入东北，给拦下啦，上来荷枪实弹的特警，一个一个检查。

老安讲：我在东北当过兵，人家东北的特警兵，一个一个都是高大魁梧，一米七五直溜溜的大个子。上来就自带三分威严。问题出在巧红身上。巧红因为一边等待转业通知，一边给将军服务，士官证到期没有回军区审检，过期啦。而且，巧红回来这些年，跟着将军栽树，晒得黑不溜秋，走路说话哪里像个当兵的？士官证过期，还是这么个样子，当下就让查住啦。接着就轮到大哥。老汉那时候才六十二三，身板展溜溜的，走路都是标准的军人步伐。可是他穿的呀，那个破，那个旧，脸晒黑不说，还显老啦。掏出证件来，证件齐全，但这样子怎么能让人家不怀疑？将军？眼前这是个将军？相跟个年轻人证件过期是那样子，自己又穿得烂长得老是这样子，肯定是假的。大哥给人家解释，人家就是不听，将一老一少带回派出所。老安说将老少两个带回派出所，是把两个"着"进去了。这一"着"不要紧，滞留了六个多小时将近七个小时。

为什么时间这么长？也有客观原因。一是保奥运事关重大，二是查住这么个据说是将军的老汉，也无法判断真假，按照证件提供的各种信息逐级往上通报。人在那里坐着，也不动声色。倒是派出所的看门老汉猫腰进来见到张连印，对民警说：这不像个坏人啊！还有一个被铐在暖气管子上等待审问处理的后生，对他产生了疑问：你是因为啥进来的？

张连印哭笑不得。

最后，电话打到河北省军区，河北省军区很快反馈回信息：被滞留的确实是省军区原副司令员张连印将军，请赶快放人。是真的。傻啦！这闹下多大的误会！但又疑惑：哪见过这么个将军？将军怎么会这个样子？

但将军是什么样子，哪个能说得来？反正不应该是这样子。

接着就是一通乱，领导也出来了，要请吃饭给赔礼道歉。本来去考察树苗，两天就这么折腾了一通。张连印也实在是累了，说道啥歉，我们回吧。

他回石家庄，巧红坐了个车回来左云。

老安当笑话来讲。可不是，时间已经过去10多年，不是个笑话也能当个笑话讲啦。可是，我笑的同时，心里隐然作痛。想起老刘刘志尧下车伊始就奇怪我怎么能一眼认出将军来。若不是做过案头功夫，若不是目标明确，如果跟将军在路上萍水相逢，如果我是与将军一起排队买票的普通乘客，如果我是车站售票员，如果我是在路上执勤的特警，如果，如果将军自己找上门来跟我说点事，我会不会认出眼前的人是一个将军？或者说，认不出来，或者认出来，会有什么区别？将军本人会不会在意别人认出认不出自己来？

至少，在他看来这些并不重要，军旅40年，官至少将，见得多了，心里也就淡了。他心里只有树，只有栽树。说起栽树，劲头就来了，上山、谋划、踩点、画线、移栽，跑前跑后只怕有一点点差池。老伴经常劝他，一把老骨头的人，就不能稍微注意点？张连印答：没事，我这 40 年的兵白当啦？

这个对自己身体十分自信的人，其实浑身都是病。想一想，童年少年生活窘困，没有什么营养，纵然后来劳动锻炼了体魄，磨炼了意志，只是底子没打好，年过六旬，免疫力下降，出状况也不奇怪。

退休之后，他有一个残疾证。证是真残疾证，残疾是真残疾。张连印患有严重的静脉曲张，已经很多年了。他这个静脉曲张已经很严重，王秀兰之所以义无反顾回来跟丈夫一起植树，很大程度上是不放心他的身体。因为静脉曲张，张连印一直穿一种特制的袜子，要用这个袜子将曲张的血管勒起来，好多年就这么对付着。就是这个袜子，张连印也对付，实在烂得不行，三女给哥哥缝补一番，然后帮他穿上。头回见，吓一跳，只见曲张的血管蛇盘虬曲，狰狞青蓝，都是指头肚那么大的疙瘩，像树瘿树瘤一样难看。但他能坚持下来：老病啦，没啥。

张连印所在部队，是一支在抗战烽火中诞生的英雄部队，冀中平原八年抗战，太原城垣浴血攻防，挺进大西北，参加抗美援朝，是威武之师、铁血劲旅，有着光荣的历史，每一位带兵干部，每一任主官，承担重要作训任务的同时，莫不担负着赓续优良传统的责任，化到实际行动里头，主官的付出就更大。

张连印 40 年军旅生涯，从基层班长做起，一直处在紧张和繁忙状态，军演训练、野营拉练、部队生产，都是高强度的工作。带兵、练兵、领兵，做连长，连是先进，做营长，营是先进，做团长，团又是先进，最后做到全军的甲种师师长。先进、模范，这不是嘴说出来的，是身先士卒、率先垂范干出来的。

昔日部下记得，张连印任团长，对作训抓得非常紧，而且要求按实战要求，不能含糊。他给战士做的野外拉练动员，老部下仍然记得，言犹在耳："在营区里训练是舒服，但这只能练基础，要是达到能打仗、打胜仗的目标，还是需要实地训练。"和平年代，野外拉练，贴近实战模式，无论刮风下雨、天寒地冻照练不误。冬季野外拉练，张连印带着部队翻山越岭，徒步带装备和辎重一走就百十公里。有一次，行军到半道，一条小河横陈断路，河面上只有一座歪歪扭扭的小木桥，但也年久失修破烂不堪，大部队行军根本无法通过。这条河不宽，但也有10多米，水量丰沛，汹涌奔腾，有半人多深。大冬天，四野寒素，空气干冷，一个团的兵力被这条小河给挡住了。团长下命令：继续前进！说着，带头要跳到河里蹚路。身边的参谋建议他一个人走桥过去，由自己带队过河。张连印说：那怎么行？打仗亲兄弟，怎么能丢下大家！不由分说，自己先跳进河里，河水倒不深，刚刚没膝，一步一步蹚河上岸。他探路成功。接着，战士们手拉手跟着团长下了河，河宽10几米，深一脚浅一脚蹚过去，年轻战士都感觉下半身没了知觉。

如此高强度的训演拉练，在张连印40年军旅生涯中，不只这一次，而是多年一直如此。既然不只一次，多年一直如此，病痛哪里能不找上门来？腿上严重的静脉曲张，也应该是这样落下的。尤其回乡植树，二次创业，二次发光，开辟新战场，面对新挑战，动辄百亩千亩的植树计划，意味着什么？意味着劳动强度更大，辛苦付出更多。毕竟是年过花甲，不是十六七岁辍学刚回村的张连印啦。

2011 年 6 月，完成植树季所有"营生"，又是一个短暂的空闲期，相当于一个小农闲。2011 年，张家场北梁 2200 亩荒山全部绿化完成，西梁 700 亩林地绿化全部完成，义务植树突破 3000 亩。苗圃出苗情况超乎预想，以苗圃养植树，财务也不再紧张，基本能持平。而且，2003 年修建了 10 间房之后，再在西边增盖出 10 间，做仓库，放杂物，拉水车、农用拖拉机等一应机具有了停放的地方。东院西院，功能不一样，王秀兰主张两院隔开，东边生活区，西边生产区，中间修个月亮门隔开，张连印赞赏连连，老伴在关键时候总能拿个稳主意咧！

苗圃出苗良好，义务植树移栽、销售所得可对冲用工所费，此外，张连印还大批大批支援学校、村庄植树的苗子，其中支援县水利局就达 14 万株，小厂子村 7 万株，鹊儿山矿 5 万株。等等等等，只要开口，一给几万几千。真个是风生水起。也正如胡万金说的：这点"营生"啊，可"着"好啦。"着"好啦，而且是越"着"越好。

就在这时候，张连印的身体出了大状况。

2011 年 6 月，张连印回石家庄 980 医院做例行体检。体检结束，医生不让走了，CT 检查结果疑似肺癌。复查出"疑似"，并没有直接告诉病人，先通知家属和子女。王老师多坚强多乐观一个人，一听复查结果，脸色顿时凝重。张连印多"拿心"一个人，能看不出家里人脸上的表情？心想坏了，这是得了"赖病"了？张家场老百姓，把类似癌症之类的难治、不治之症，统称为"赖病"。再三询问。王老师知道这种事情在老伴面前是怎么也瞒不住的，他那个人一辈子"拿心"，什么事能瞒过他！如实相告，果然是"赖病"。张连印自己身体向来是自信的，看到结果，既是"疑似"，怕也就是"疑似"，不可能的事情。但怎么能没有感觉？从 2010 年他自己就有感觉，上山下山总感觉"气不够用"，这是以前从来没有过的。由老伴王秀兰陪着，带片子到北京 301 医院复查。一查，肺癌中期，病灶肿瘤直径为 4.5 厘米，已经是乒乓球那么大的东西。

2011 年，才 66 岁，一个对自己身体一向自信的人，这个结果不能说是打击，可怎么说也难以接受。他告诉王秀兰和子女：冷静对待，科学治疗，不要慌。

不必刻意渲染。包括张连印自己，大家心里都没有底。

6 月查出病，7 月要进行手术。张连印实际上已经做好了最坏的打算。

后来，他跟池恒广私下才细说当时情形。术前，301 医院调取历年的体检档案，告诉他讲：你这个病，在 2009 年就有了，影像显示，2009 年是 1 厘米，2010 年，有所发展，是 2.5 厘米，都没有看出来，到 2011 年成了乒乓球那么大。2.5 厘米已经很大了，可就是没有发现。当时负责体检的医院领导很紧张啊，给将军体检怎么可能没看出来？这么好的条件，这么好的设备，但就是没有看出来。张连印反过来安慰他们：这个不能怪你们，发现不了，是各种因素促成的，谁愿意这样？幸亏现在查出来了，这是好事啊。

手术完了之后，主刀大夫说，他这个病比较凶险了，已经属于中晚期。他自己也可能意识到问题很严重，再加上父亲和祖父当年去世，都是因为肺上的毛病，就怀疑是不是来自家族遗传。术前，他干了两件事。一件，是自己偷偷出去到照相馆正正经经照了一张相。一件，是把当年的账目清理了一遍，栽树欠别人多少钱，子女的多少，民工的多少，朋友、战友多少，记得清清楚楚。

池恒广还说：您看您这个，是准备后事呢！

张连印眉毛一挑：话不能这么说，因为咱这个不确定因素太多。再大的领导得了这种病，医疗条件呀，医生配备呀，条件那么好都治不了，咱算个啥？

池恒广说：看看人家老将军，遇到这种事还会总结呢，叫作"不确定因素"，说明当时老汉确实是很冷静。

"不确定因素"很快传回张家场，整个村庄一下子沉默。风静摩天岭，云暗张家场，连茂从苗圃回村，心情复杂，不知道该如何对答村里人的询问。阳婆湾里蹲下一堆老人们，纷纷向他打听。连茂也叹气。老人们一个劲儿祈祷：哎呀，平安那是个好人啊，好人啊，快快好了吧，快好了吧。

大家都在担心。真是"不确定因素"太多了。

7月做了手术，过了个8月，过了个9月，到了12月。夏天，秋天，到了冬天啦。整整历了一遍寒暑。村庄里不见张连印像当年八路军那么匆匆忙忙，来踪去影无定，一时哪里能适应？

腊月显得灰塌塌的。过了除夕，春节又显得冷清，初一初二初三初四，过了破五。正月初六那一天傍晚，长城脚下的这个村庄里的春节顿时变得生龙活虎。

这一天，张连印和妻子王秀兰回来啦。

人家回来啦，展铮铮的，哪像个病人！大家都这样感叹。确实也不像个病人，回来，下车，乐呵呵，嘘长问短，不停开玩笑。

苗圃基地歇了一个冬天，还没有生火，还需要先住在连雄家里。连雄早得了哥哥要回来的信，把个火炕烧得热腾腾的。

23

退休之后回家乡义务植树，坚持了这么些年，6000 多亩几百万棵树栽下去了，这不就是杨善洲吗？

池恒广跟张连印接触比较迟了，是在张连印第一次手术回村的 2012 年。

老池并不是左云土著，上世纪 80 年代，学校毕业之后分配到左云县，先在煤矿短暂工作过一段时间，之后调到县委组织部从事干部教育工作至今。跟张连印接触的 2012 年，他担任县委组织部副部长，分管全县老干部和党员教育工作。

老池长我一岁，所经所历都差不多，共同语言自然就多。跟张连印将军接触的这三五天里，明显感到老少两个非同一般的关系，昨天来了一点事，今天又一点事，说好明天不来啦，到傍晚又出现在院子里。中午饭罢，张将军不休息，他也不休息，招呼起三五个人跟老汉"耍一阵"，也就是玩一会儿。玩什么？玩扑克牌。左云民间一种扑克竞技，叫作"攉龙"。张连印一听，嘿嘿嘿笑，然后脱鞋上炕。他上炕的动作让我想起老派农村老人的样子，双手托炕沿，然后两条腿跪上去，跪上去并不急着脱鞋，而是两只脚先互相磕一磕，掸掉鞋上的泥，再转过身来坐在炕沿上，一只一只脱下鞋，弯腰放在地上。活脱脱一个农村老汉。老安搬张炕桌放在炕当间，老汉盘腿斜倚"盖窝"而坐。所谓"盖窝"，就是叠起来的被子和褥子，白天起床后叠起来，齐整靠墙垒好，晚上休息时候再分别铺开。炕上铺一块亮绿颜色人造革炕布，火炕的墙上还画有炕围画，花团锦簇，热闹非凡，让人看了，恍然是另一个世界发生的事情，给哪一个说炕上那是坐着个将军，打死也不会信。几个人坐定，分牌，开始出牌。张连印打起牌来如入无人之境，认真得简直六亲不认，斗智斗勇，战略战术，妙算神机，翻云覆雨，不失惊心动魄。看半天，所谓"攉龙"，就是民间常玩的"升级"增强版，四个人三副牌，不说规则如何复杂，单手握那么多张牌就是不小的考验。亮主、找对家、吃分，最后算分，眼珠不错过不放过任何一张吃到自己名下的牌。张连印把最后一张牌一摔：吃够分啦。或者，嗒然：没吃够，输啦！

高兴和沮丧之间，跟个孩子一样。

张连印笑说，现在打牌是基地的一项重要活动，一说打牌，基地的人都爱打，一打就是两三个小时。

老池说，老汉每天早上五点起来要走一万多步，是从部队上坚持下来的体能训练科目，一有空就叫人来打扑克牌，其实也是一种脑力锻炼。输赢不是目的，这对老汉来说，也是一个挑战自我的过程。张连印跟老池讲，自己已经是78岁的人了，记忆力不能跟年轻时候比，退化是肯定的，但通过打牌，能不断地挑战自己，活络脑筋，多锻炼锻炼，我这个得老年痴呆症的概率就小得多。

2013 年，由左云县委策划，县委组织部具体拍摄的专题片《绿化将军》制作完成。在制作片子的过程中，老池最大的感受就是，张连印没有任何架子。老池讲，长期做老干部工作，见到的老干部也多，比张连印级别高的也有，低的也有，但老汉显得特别。他这种境界，他的办事作风，他的意志力，他的人格魅力，不正是共产党员理想信念、不忘初心、牢记使命的具体体现？不就是一个非常生动的典型吗？

老池多年做教育理论工作，话题扯开，就是一篇激情饱满的政论文啦。

他讲：过去搞教育，给党员们讲的都是焦裕禄、雷锋、孔繁森、白求恩，讲的是这些人物。这些可不可以讲？可以，但毕竟这些英雄、模范、楷模都不在身边啊。你认识人家？跟人家一起工作过？你见过人家？要说，这些先进典型的长篇报告文学也看过，事迹也了解，看完之后也感动，战争时期的英雄人物咱不说，离我们毕竟远了，和平建设年代涌现出来的先进人物读来也让人振奋，也让人感慨。中组部、中宣部推出来的先进模范，他们的事迹我都学习过，都知道。50 年代的焦裕禄，60 年代的雷锋，到 90 年代的孔繁森，再到牛玉儒、郑培民等，都学习。但这些先进典型，都是在他们去世之后整理出来的，组织部门宣传部门做了好多工作，都是盖棺论定啦。要说他们品德多高尚，怎么心系群众，究竟是个啥样？教科书式的人物，只能从教科书里读到。

从开始接触老将军，就从他身上看到这些先进典型的影子，你说他为群众办实事，办好事，不管大事小事，是好事就做，这不就是雷锋吗？退休之后回家乡义务植树，坚持了这么些年，6000多亩几百万棵树栽下去了，这不就是杨善洲吗？当年杨善洲从保山地委退下来之后，带着20多个人，到大亮山林场植了5.6万亩树，用了20年时间，是20多个人植的，咱这老将军是凭一己之力啊，就两三个人操持，老两口，加上一个司机，还有两个叔伯弟弟，张连茂、张连雄，5个人啊，6000多亩。算下来，这个比例也不差。老汉才用了多少年？到现在也就十八九年的样子。所以，这次中宣部那个表彰里称老将军是"新时代的甘祖昌，穿军装的杨善洲"。这实际上凝结了社会各界对老汉的评价。

这个身边的、活生生的、感人的典型就在眼前。虽然老汉说，他是在有限的时间内，在有限的范围里，做一些有限的好事。但这个事业还不够崇高？那么早，他就想着改善生态，保护生态，认识有多高。他的奉献精神，他坚韧不拔的奋斗精神，这些都跟教科书式的英模事迹分毫不差。

老池跟张连印这么些年交往下来，自己总结，是"三大员"集于一身：将军精神的宣传员，绿化荒山的工作员，总结经验的材料员。老少交往稠密，亦师亦友。

2011年7月在301医院做右肺中叶切除术、纵膈肺门淋巴结清扫术，术后进行过五次标准化疗，临床症状缓解。2012年正月初六回乡，就跟一个没事人一样。自己跟老池私下里交流。当初病好之后，河北省军区干休所建议他在化疗之后到海南休养一段时间，可以巩固治疗效果，老伴也劝，子女们不用说也是个劝。他不，他怎么讲呢？他说：我如果不回去，人家真以为我得了"赖病"，不行啦。做手术，化疗拖了半年，苗圃怎么样了？树栽得怎么样了？他一直放心不下。如果再不回去，这摊子事可就散啦，没影儿啦！所以，执意要早回，越早越好。正月初六，老两口精神饱满，面带喜色出现在村头。这对大家也是一个鼓舞啊。

也确实是，来看望他的乡亲们络绎不绝，像平时跟上他栽树一样聚集了一家，嘘了长，再问短，话说得稠。平时大家聚在一起，吐痰抽烟不拘束，今天，一群庄稼汉聚在咱平安身边，大家都知道他得的是肺癌，怕呛，烟瘾再大的人也忍住，一根烟也不抽，一个火也不点，一派温良恭俭让。

过正月十五，村里扭秧歌，张连印又是红火人，腰系一根红绸子，走在人前头，扭起秧歌唱起歌，这哪里像个病号？一点也不显病容。

为什么初六回村？张连印有自己的考虑。乡俗民情，一过破五，等于春节过半，是庄户们筹划一年"营生"的时候，就再不能吃坐在家里啦。正月十五点过平安灯，狂欢之后，农活就开始干啦。接着谷雨，接着清明，清明一过，苗圃育苗，山上栽树，热火朝天，复又风生水起，张连印把活路规划得妥妥帖帖，当年的老八路又回来啦。

2012 年，张家场北梁 2200 亩和西梁 700 亩已经全部栽满，苗木的成活率都在85%以上，早一些的林子已经显示出相当效益，北梁西梁3000亩林地发挥作用，南边300亩苗圃蓊蓊郁郁，张家场的人感觉明确，春天起风，清得跟水一样，没有沙，没有土，还好闻。张家场学校的老师知道新词语，说这叫什么呢？叫作生态改善之后的人造氧吧。倒说了个洋气。

不仅如此，硕大的喜鹊之外，还有各种山鸡野雉也在林间飞翔，一大早起来，啥都听不见，就听见个鸟叫。野兔、狐狸、狍子这些野生动物也在林子里出现啦。连茂有好几次碰见过，狍子一双大眼睛看定他，不动，他说：你走哇。不动。又说：你走哇。狍子倏尔钻进林子就不见了。有一回，一群战士来苗圃里帮忙，围住一只，大家要抓。连茂说：那东西，你们逮不住，甭瞎费功夫。大家不相信，十几个人包围它。那狍子站在那里不动，眼见得包围圈越缩越小，突然腾空而起，跃过十几个人的头顶，轻盈如飞，倏尔不见踪影。

从2011年开始，与乡、村两级协调，又在张家场东湾，双泥河西梁，还有梅家窑北梁陆续开了工，后续还有小厂子、石框墙工地，几项合起来，又是2900亩。这几项工程大都是荒山荒坡，属乡镇一级小流域综合治理工程范围，再加上还有乡镇公路两侧景观树栽植，帮助学校、厂矿捐赠苗木，这些工程到2014年要全部完成。

工程量不小，张连印的劲头可想而知也不小，实际上他已经忘记了自己是一个病人。化疗结束之后，要定期回石家庄取药。因为是癌病处方药，必须见到患者本人，所以每一次都得自己亲自回去。也是不用人陪，自己一个人独来独往。老伴王秀兰要陪他回，不让，你还有一摊事呢，我一个人就行。而且，每一次回，几乎都是被王秀兰"逼"着回去，到该取药的日子，张连印就说：迟上几天也不要紧，现在哪里能走开？每一次，都是说：迟上几天也不要紧。说得有一次王秀兰火了：你的命要紧还是树要紧？你倒下谁来给你种树！

常常是这样，下午到大同，坐夜车回石家庄，取上药，再坐夜车往回赶，凌晨到大同，坐公交车，半道下车，跳沟回村，是早上七点多。中间就不停。有一回，晓斌和妹妹知道父亲要回来取药，备好饭等他回家来吃个团圆饭，结果左等右等没等上，再打电话，人早就在返回山西的火车上了。

2012 年，苗圃基地的房子快 10 年了，条件简陋，六一节之前冷得根本不能在家里洗澡，一个多月山上山下跑，"营生"做下来，汗裹尘，尘裹泥，泥再裹汗，一搓一层垢痂。安殿英"兜没的"：大哥啊，你这身上的土肥呢，可以开垄子种莜麦啦。

老安讲起来，跟小说一样曲折惊险。

没办法，只能隔一两个月，回左云县城找个宾馆洗刷洗刷，洗完再从县城回来。那一回老伴王秀兰回石家庄正好不在，他在城里洗完往张家场返，随便在街上打了一个车况特别不好的车，好像是个夏利车，已经停产多少年了。就坐了那么个车往回走。走到段村那有个桥，结果，从桥上过来一个摩托车，两个车就撞啦，把老汉从车里摔了出去，摔进沟里头，跌在可粗一苗杨树上。那个车啊，更惨，玻璃不是咱们现在的钢化玻璃，一碎，溅得到处都是，把老汉割得脸上手上血糊拉碴的。

当时老安和自家女人两个正在井跟前做"营生"呢，没在院里，人说将军回来啦。老安跟女人才收拾赶紧往回走。出了车祸，他还就那么走回来。看见他身上有血，三女说：大哥你掉过脸让我看看。一掉过脸，啊呀，全是血。三女大吃一惊：啊呀，大哥你这是咋啦？老汉说：没事没事。他一说自己的事就是这句话：没事没事。血流成那样了还能没事？问咋啦？没事没事。这才说，感觉腰这一侧有点疼，这才斜躺下身子让看。

咋回事呢？出了这么大的事，把人家那个司机"着"出来，没事，摩托车也没事，他自己怎么样，倒不管啦。老汉还给打了110，让交警过来处理事故。然后才从段村那里一路走回来。段村离张家场还有七八里地的样子。就那么走回来。

最后检查怎么样？一侧的肋骨有三根骨折，只能住院了。住院之前，老汉人家竖起右手一根指头，细眼晴亮起来，灼灼如焰，一脸严肃，这就是将军发指示呢：谁也不能给说，不能告诉老伴，不能告诉子女，尤其不能告诉晓斌！谁也不能给说！

住的是大同第五人民医院。住在医院，一个人待在那里，一个人不能翻身，疼。让两个人去陪着，住了十几天。老安给张连印打电话：大哥，不行我去陪你哇。他说啥？他说：你不用操心啦，现在你领着部队几个人在干活呢，把活干好就行啦，不要担心我这边。

住了十几天医院。后来骨转移也就是那一侧，老安一直怀疑就是那一次车祸落下的隐患。

坚持了个 2012 年，坚持了个 2013 年，再坚持把 2014 年的树栽完，三年栽下将近 3000 亩树。任务有多重！就那么坚持下来。但他的腰一直疼，能坚持就坚持着，不说。他不说，谁也不知道，后来顶不住啦，才跟王秀兰说腰部一直疼。几年间，一到植树繁忙季，王秀兰不离身左右，收工回来躺在炕上给他输液，按时把药片放好吃上，也没啥闪失啊！王秀兰以为就是干活重给抻着啦，但还是不敢大意，催自家老头子快回石家庄检查。

张连印自己有感觉，他跟池恒广聊起来，就怀疑跟肺部的癌症有关系。

2014 年冬天，老俩口回石家庄，准备再到医院复查一下，看看这个病到底是怎么回事。就在这种情况下，临走还特意要带上东西进山里看望一下新栽林地附近村庄的牛倌和羊倌。人回到石家庄，并不急着去看病，理由充分：这病不是一天两天攒下的，迟十天半月也没事。老伴以为，休整一段时间再检查也好。哪里想到，张连印并不是要休整，腾出十天半月时间干什么呢？去考汽车驾照。

此前，张连印已经考过科一、科二，剩下科三、科四还没考。张连印回来跟池恒广叙谈，不说他的病，说他考驾照，好像当年在学校里得了第一名那么兴奋。科三、科四过啦。

池恒广哭笑不得：你查检身体嘛，着急考那个驾照做啥？

张连印有自己的道理，扳指头数：我回家之后整理我的证件，小学毕业证、军官证、党费证、结婚证、立功授奖证、炮兵学院毕业证、国防大学毕业证都有啦，就是没有驾驶证，这得抓紧啊！过了 2015 年，我就不行啦，为啥？都 70 岁的人了，这是考驾驶证的上限啊，过了 70 岁，国家规定就不能考啦。能半途而废？不行，我得把这个考下来。

池恒广说：不让考就不让考吧，你身体要紧啊！

池恒广讲起来：人家老汉一辈子就这么个脾气，你说他考这个本本有用没有？也没用啊！莫非还真的想自己开车上山浇水？自己开车出行？虽然说退休了，身边还有司机跟着啊。只是证明，这个人做事情从来不半途而废，做任何事情都要干到底，直到有一个满意的成绩。就这么个老汉。

池恒广宾服，想想驾校的考官要宾服到什么程度，怕是从来没见过如此认真的大龄学员吧。检查身体之前，张连印拿到了驾驶证 C 本。

然后去检查身体，自己的怀疑不是没有道理。肺部的病灶那里没事，但癌细胞已经发生转移，没有转移到其他地方，直奔他受伤那一侧的肋骨而去。

复查结果：癌病骨转移。

晓斌从小就要当兵。除了当兵，再没有第二种人生规划。

这唯一的人生规划，如果不出意外，将顺风顺水，把自己的一生就交给军队了。只是，这个规划在 2015 年戛然画上了句号，不得不开始描画另一幅图画。

母亲在东胜庄中学教书，晓斌和两个妹妹都在校园里度过童年，只在寒暑假期间才能随母亲到部队上探望父亲。父子离多聚少，不然也不会有父子相见不相识的事情发生。直到晓斌长到 6 岁，父亲已经是团参谋长，才办了随军，从左云来到部队驻地。部队没有腾出房子，先租老百姓院里一间安顿下来，直到有了空房源，才搬到家属院。

出身，成长，军营生活影响太大。尽管随父亲工作岗位调动，在几个城市里辗转读书，寒暑假还要回左云探望奶奶、姥姥和姥爷，基本上还是部队大院的孩子。从小特别羡慕穿军装的男人，在部队大院里长大，就想当兵，打仗当英雄。幼小时候的这种想法怕还不止他一个人有，部队里长大的孩子，没有哪一个人不怀揣当兵当英雄的梦想。

上小学，王秀兰就给儿子做了一身小军装，红五星，红领章。儿子有事没事挎一条玩具小步枪，威风凛凛，看样学样走正步，就像他日后随父亲在山上栽下的那些小树，在幼苗时期分出第一个权，就已经想象出自己将来会如何大树参天。部队里长大的娃，自然比院外的孩子更明白当兵绝不是穿一身军装挎一支枪来得那么简单，连队训练，战士们在前面跑，晓斌几个也跟在后面跑，从小就开始练上了。每天一放学，就学着战士排队练习，部队怎么练，他在一边看，然后照猫画虎比画。

有这样的梦想，又每天日复一日放学之后跟战士练，学习不能说最差，至少不上心。这让张连印两口子非常担心。上初中，儿子个子长，心也野了，光想着当兵。这怎么可以？当年，张连印和王秀兰在上学读书这件事上吃过多少苦头，有过多少遗憾，他们在儿子身上寄予的期望可能更强烈。也是一厢情愿，两口子认定儿子光想当兵，是过惯了城市生活，心野了，需要到乡村里吃吃苦，让他独立生活，收收心，有所觉悟，把心放在学习上。所以，上初中中间，将晓斌转回左云的初中上了两个月。可是，一旦放回来，苦也是吃了真苦，心没收回来，很快结交了一批左云的同学，是更野了。众多同学中，就有现在跟晓斌一起干的四旺。回到家乡上学，跟父亲当年上学一样，十几个孩子一个大炕睡觉，早饭是莜面块垒，那个莜面块垒团得有乒乓球那么大。中午大烩菜，就是水煮点菜和土豆，没油水，一个人一勺。待了两个半月，晓斌实在待不下去，返回原来的中学继续上，上到高中，还没毕业，就报名参军，如愿以偿。

晓斌自己的人生规划没有错啊，真是一块当兵的料子。一入伍，体能这一块得益于从小就跟着战士训练，就比别人强出一大截，新兵连里能比上他的没几个，跑百米障碍一跑就得了个优秀。有童子功嘛。新兵连训练结束下连队，直接分配到侦察排。

张晓斌在部队，深得其父真传，也颇有其父之风。1980 年，张连印 35 岁，担任炮兵团团长。2007 年，张晓斌 35 岁，担任县武装部部长，是河北省军区最年轻的正团职干部。2007 年，是张连印从河北省军区副司令职位退下来回乡义务植树的第 4 个年头。晓斌任职征求父亲的意见，他对晓斌讲，要到基层去，到最艰苦的基层去。张晓斌下基层担任武装部部长，第一站，是河北省行唐县。行唐县，是石家庄市的贫困县。更巧的是，张晓斌不经意间回了一趟姥爷家。行唐县，正是王秀兰养父的故乡。在行唐县任两年部长，然后转任石家庄市桥西区常委兼部长，到 2015 年，正团 8 年，军龄 28 年。2015 年，张晓斌 43 岁，风华正茂，早在 2013 年，他就是河北省军区后备干部。全省 173 个基层武装部主官，只他一个后备人选。这意味着什么呢？三年后备干部，再干一年，就可以晋升大校，提拔副师职军官。即便不提拔，再干两年，军龄满 30 年，可以在部队退休。这都是一眼能望见的前途，不能说前程远大，至少顺风顺水，圆满实现他少年时就有的人生规划不成问题。

2011 年，张连印做肺癌手术，晓斌一直陪在北京，化疗还没结束，张连印就让晓斌他们回去：你们该上班上班去，我这已经稳定下来，你们走吧。怎么也不让人陪。这样，看着化疗之后身体状况也确实稳定，晓斌从北京返回石家庄。从2011年到2014年这几年中间，晓斌担心父亲，可是自己和两个妹妹都上班，都忙，也仅仅是打个电话。电话一过去，问怎么样啊。父亲总是：挺好！挺好！放心吧。

化疗之后还需要药物持续介入，还得去北京301医院复查，总是一个人去，谁也不让陪。有时候，王秀兰坚持，才让老伴陪他一起去。晓斌好几次要陪他上北京，张连印说：不用不用，我这好好的，你们这一陪着去，好像我病重得不行啦！不用你们陪！

倔强如此。张晓斌有些时候也跟老爷子急：这么大的病，又是复查，又是取药，身边没有一个子女露面，让人家医生怎么说我们，这算个什么事！老爷子手一挥：不要理他们说什么，我给他们解释。不能说，一说，就是坚决不让陪。

2014年，回石家庄检查身体，晓斌一直陪在身边。最后查出骨转移，全家人的心一下子掉到冰窟窿里了。河北省军区都很重视，马上安排住院接受治疗。张连印还是那样劝家人：冷静面对，科学治疗！

医院会诊结果，有两种处置方案，一种是药物保守治疗，用靶向药物控制；另一种就是将右侧的一根病灶肋骨摘除。两种方案，孰好孰坏，都说不准。水瓮沿上跑马，这病来得凶险。

他讲：甭啦！你这一锯，你知道就这根肋骨有？如果再发现一根，锯上两根肋骨，走道连平衡都没有了，这还不是残废了？张连印最后决定保守治疗。

最难受的是晓斌。他是家里的长子。父亲就是山，就是梁柱。甲方案乙方案，哪个好哪个坏倒在其次，他最关心的是结果。他请教专家，托朋友北京、上海到处咨询，人家跟他讲，骨转移这个病非常危险，能够生存两年就算奇迹！也就是说，父亲只有两年时间了。晓斌听了，心事苍茫，泪下潜然。自责内疚，五内俱焚。老爷子从 2003 年回来，2004 年开始种树，整整 10 年，不叫一声苦，不说一声困难，一说就挺好的。他心里就自责，我们这做子女的，做得也太不够了。虽然从 2004 年开始，张晓斌每年五一节利用假期陪老爷子住几天，也陪他上山种树，但也是聚少离多，跟老爷子老妈吃个饭，然后两口子嘴巴一抹就上山去了。真是做得太少太少了，让老两口回来受这么大罪。2004 年，张连印回乡的时候，是 80 公斤的体重，到 2014 年查出骨转移，只剩下 60 公斤。晓斌看着父亲瘦弱的身躯，那真是心疼。两年，两年之后呢？心疼，是左边胸口那里真的疼，像针扎一样疼。

算了吧。干脆就回来陪他吧。陪他两年，尽尽孝。

张晓斌决定提前转业。

晓斌很坚决，但要说服身边的人并不容易。大家听到这个消息，都急匆匆找到他，或者打电话，老上级、老战友，没有一个同意他这样做的。眼看就要提拔，这几乎是铁板钉钉的事情，迟一年，迟一年都等不了？大家都不同意。晓斌耐心给他们做工作，因为都说老爷子只有两年时间，两年之后，老爷子没了，我再提拔，再当个啥，也没多大意思。他跟大家说得轻松，他讲，部队不正在改革吗，各级压力都比较大，谁走，谁留，都关注这一块。我这一走，还能给大家腾出个位置来，腾一个常委位置，腾一个部长位置，这能办多少好事啊。等于是变相给强军做贡献，回来还能尽个孝。

媳妇也同样是军人，两人在一个军营里长大，两小无猜青梅竹马过来的。

晓斌的岳父跟父亲是战友、同乡，同时入伍，同时入党，同时提干，是一个血性汉子，个性强，刚烈。在部队里从来没干过副职，在师里以带兵严格而著称。他若觉得你是个可造之材，有前途，要求更严格，批评你骂你。后来当了某市警备区政委的某同志，当年就是他手下的一个班长，当时他担任营教导员，他也看好这个人，结果这人中途要复员走，他一个巴掌就扇上去了。多少年之后，这人来看老首长，说：我这个政委就是教导员一个巴掌扇出来的啊！岳父脾气不好，心热如火。后来在大同市邮政局组织部部长任上退休。对老亲家回乡植树大力支持，自己和子女给过张连印不少帮助。

丈夫要转业，妻子也不同意，说你坚持一两年，肯定升大校了，到那个时候你再转业再走也不迟嘛。晓斌跟妻子讲，再过两年，老爷子在不在还两说呢。这个是不能等的。再说，提拔也是一个未知数，你觉得轮到你了，很接近了，希望很大，但到时候未必。

跟父亲说出自己的决定，要陪他回家乡植树，料理这一摊子。张连印犹豫片刻，平静地讲，你已经到这个程度了，再等一两年终会有一个结果，也是对自己军旅生涯一个交代嘛。但看晓斌的决心很大，就说：你把这些东西都看开了，也就无所谓了。

儿子长大啦。在父亲眼里，儿子是什么时候长大的？是在父亲已经左右不了他的意见，自己做事自己当，并且能鼓起勇气反驳父亲的那一刻。张连印无疑是欣慰的。

几个好朋友也是，都觉得挺可惜：你怎么走啊，你很快就提了。全河北省军区就你一个后备在职部长，你说你的希望多大啊！一个发小，在广东那边有一摊子，他说，你去广东吧，我在东莞那边有个办事处，一年给你30万年薪。在那边看摊子也没有什么事，你就请人吃饭喝酒就完了。晓斌跟他讲，不是我要走，是我爸的身体有问题。

到了司令员办公室，司令员也不干。因为司令员抓的试点，都是在桥西区那里完成的，三个现场会都开在那里，桥西区武装部年年都是先进。他刚说要申请转业，司令员唰一下从桌子后边就站起来了，说：谁走你也不能走，工作干得好好的，你走什么走？晓斌跟他解释再三。当时司令员还不知道张连印骨转移的事，晓斌就告诉了他。晓斌讲说我爸的情况很不好，我是想退下来回去陪他一段时间。司令员这才缓和下来，说：你要从这个角度讲的话，也可以。可以可以。然后问晓斌，你跟政委讲过了？晓斌说还没有，这就是来先跟您汇报一下，再跟政委说。然后就跟政委去讲。政委一听，也是很吃惊，一边说一边站起来了：好家伙，咱们警备区就你一个后备，你怎么能走呢？你是怎么想的？政委当然不理解，以为他有什么想法。他又把情况跟他说了一遍，政委沉吟半晌，道：要这样，那我理解。

正如晓斌所言，他这一选择，也是变相为强军建设做贡献。转业之后，军区原定的一个转业部长留了下来，还可以多干几年。桥西区武装部政委接任区委常委。两个副部长都提拔正团职，担任了部长。

2015年3月，张晓斌提前转业，选择自主择业。4月，陪父亲回到张家场。

两个脱下军装的军人，一老一少，一前一后，在2015年4月回到山西省左云县张家场村，走进自己的苗圃基地。所有的人都驻足注目，四野悄无声息。大家看着这两个退役军人迈着军人步伐，经过樟子松林，经过侧柏林，经过云杉林，经过沙地柏，经过枯黄待发的荒草，经过林间阳光拂照的残雪。高天如洗，大云积卷，一种只有军旅出征时的悲壮随暮色渐渐笼盖下来。

晓斌回来，无疑给张连印的事业注入了生机，注入了活力。平日里，父子形影不离，一起谋划，一起干活。每有前来帮忙植树和整理苗圃的客人来，张连印要备简单但不失丰盛的午宴招待，酒略遮面，宾主欢歌，父子俩合唱军旅歌是必有节目。听刘志尧老刘跟我讲过老将军唱歌、表演二人台小戏、舞秧歌的事情,来访三日,见识过一回。唱着,老将军一把将我拉起来:来,一起唱。我是宫商不识,荒腔走板,与父子俩站成一排。两人唱得那个好,我不识谱不记词,只能在一边敲边鼓哼哼。那一日唱下许多歌,其中一首记住了,叫作《军人本色》。词作者石顺义先生,是朋友、青年作家石一枫的老爹。真是太巧了,1970 年,张连印提干当连长,石顺义从北京参军来到山西当兵,在山西待过不短九年时光。他跟张连印同属一个军,不在一个师,两个师部相邻,隔一道古关隘在另外一个县,相距也就 50 多公里。张连印说,我知道,他在我们军里那是响当当的词作家啊。

有这么一段缘分,这首歌唱起来意义就不一般。

风平浪静的日子,
你不会认识我,
我的绿军装是最普通的颜色。
花好月圆的时刻,
你不会留心我,
我的红帽徽在远方默默闪烁。
你不认识我,
我也不寂寞。
你不熟悉我,
我也还是我。
假如一天风雨来,

风雨中会显示我军人的本色。

白鸽飞舞的年代，

你不会认识我，

我的名字没有明星们显赫。

硝烟散尽的日子，

你不会留心我，

我的故事会被歌声淹没。

你不认识我，

我也不寂寞。

你不熟悉我，

我也还是我。

假如一天风雨来，

风雨中会显示我军人的本色。

父子俩中气十足，声情并茂，恍然再现着父子俩在军营中那些火热、饱满、激情的日子。两个老兵，一个40年军旅，一个28年军龄，唱起来，像是军营里的拉歌。就是军营里的拉歌。

唱罢，张连印却夸我唱得好。我说，之所以好，是因为跑调。两个人好好唱着，突然夹进一个跑调的人来，相当于合唱多了一个声部。跑调的人一多，就成了多声部合唱。因为跑调，所以好听。

老将军开始不明白我说什么，明白了，就扑哧笑了。

这是 2022 年 3 月 29 日。晓斌回来陪父亲做事，已经满满当当 7 年下来了，而且老爷子的身体是越来越好，不能不说是奇迹。说张连印意志坚强，可以，说张连印 40 年军旅生涯身体素质好，也可以。但晓斌放弃许多，毅然回来陪父亲，父子亲情无疑是一味人间最好的佳药啊！

2015 年，晓斌回来的正是时候。

但也不是时候。

2003 年开建苗圃，2004 年开始育苗，经过一次失败，植树工作很快就走向正轨，成活率、出苗率、培育品种都令人满意，300 亩苗圃成网成格，义务植树苗源充足，市场销售颇有盈余，跟当初兄弟们出主意设想的一样，真正用苗圃养住了植树。

在晓斌陪父亲回乡的头两年，问题就已经出现了。

老池回忆说，2012 年的时候，张连印的苗圃实际上已经出现问题，不过只是初露端倪，苗木的销售情况远不如上一年好。为什么呢？"庄户人家不用问，人家做甚你做甚"，这个话没错，要耕在一个季节耕，要种在一个季节种，要收在一个季节里收，不违农时。但农民闯市场，农耕社会的生产经验显然派不上用场。2010 年左右，苗木市场坚挺，雁门关关里关外，村村育苗，户户入股，蔚成大观。远在繁峙县 80 多岁的老父亲看着眼热，给老池打电话说，也想搞个苗圃。一哄而上，最后市场饱和，进而过剩。市场好的时候，好苗子二年生的每棵能卖到10元20元，三年生的可以上到40多元，后来就不行了。

池恒广2012年开始接触张连印，就发现每一年都有资金紧张的时候。固然，当初建苗圃育苗，也是为了自己用，但是起苗子的工资也很高。那是一个技术活。起来苗子，还得带土丘，将土丘用塑料网包好，起好之后很快就得运到山上去栽。义务植树的每一步，都要产生费用。一千亩，几百亩铺开，费用不菲。苗木市场好的时候，苗圃产生的效益可以对冲这部分成本，还有盈余。盈余部分用于基地的日常运作。在2008年到2010年，盈余应该很好，过去建立基地的费用大部分挣回来不说，西侧还增盖了5间房，生活区和生产区分开。但到2013年，就不行了，树苗开始滞销。到2020年，到了无人问津的地步，新苗子正在发旺，老苗子每年蹿高，雇人千辛万苦育的苗子，再雇人来锯掉，伐掉，砍掉。林子稠得不行啊。老池在苗圃里亲眼见，3000棵苗子，客户自己来起苗，一棵三年生的苗子，1元就卖掉了。本来值一万元甚至更多，只收入3000元。

这样的收入状况，要维持这个基地的运行，实在是捉襟见肘了。在2013年秋天，各种费用亟须支付，尤其是到了孩子们开学季，工人的工资必须尽快开出去，缺口很大。张连印又四处求援，找银行贷款。当时的村支书连功跟弟兄们说，老汉又遇上难处啦，甭让老汉为难啦，咱们想办法吧。连功，还有张玉安，再加上一个连雄，三个人以个人名义各从信用社贷了10万元，共30万元，30万元交给张连印。有了这笔款子，解了燃眉之急，张连印要给打借条，连功说：甭啦甭啦，不看看咱这是做啥事？先欢欢给结了账再说。左云话，多叠音，"欢欢"就是尽快的意思。听着何其亲切。

好几次，池恒广老池看出老将军情绪低落，神情有些冷峻。知道是资金又出了问题，就说：不行先从我这里周转两三万吧。老将军说，不急不急，现在正跑银行，估计没有什么问题。

说不急，这么乐观一个老汉，情绪一旦低落，一旦神情冷峻，说明事情已经急到不能再急了。

2011年一场大病，2014年一场大病，两场大病没将张连印打垮，但在身体上还是有些体现的。即便没有大病，也70岁的人了。70岁的将军，本来可以不操这个心啊！老池说起来心疼。老池讲：人家老汉的心一直操在种树栽树上，对自己的身体反而谈得很少。人一旦问起他的病，风轻云淡，这样回答，你看我像个病号？真是不像。私下里，他会透露一些心里话。有一次，池恒广陪老将军到县里办事，上楼的时候，几度扶梯驻足歇息，老将军跟老池说：我今年都70岁了，这个年纪还有什么可怕的？你想想，我父亲去世的时候是27岁，我爷爷去世的时候是61岁。我都70岁了，比起他们来，我这还不是高寿？

2015年，晓斌43岁。43岁那正是干事情的好年纪。而且，跟70岁的老爷子相比较，思路、想法就不同了。张连印回乡义务植树整整走过 10 个年头，义务植树 6000 亩。

用通讯报道的说法，张连印植树，叫作"义务"。

用连茂的话讲，叫"白栽"。

用安殿英的表述，叫"干贴"。

王凤翔说得含蓄，雁北地区歇后语叫"脚板子划拳——来五去五"，直来直去，变不出花样，净赔不赚。

义务植树 6000 亩，按照京津风沙源治理工程国家补助标准，义务，白栽，干贴，理论上就是 300 万元，全部是"脚板子划拳——来五去五"。300 万元，大致是张连印一个副军职退休将军十八年退休金的三分之二了。

晓斌年轻，但年轻并不意味着什么都在行，跟父亲当年回来一样，由"梁棒"而内行，由生疏而专业，有一个摸索过程。可 28 年军龄，练就的就是思维敏捷，行动力特别强。跟父亲回到张家场，一方面感慨父亲十年工夫，建苗圃 300 亩，造林 6000 多亩！义务植树植到什么程度？把张家场和周边村子能栽树的空地、荒坡、退耕还林地全给栽满了。栽完了，要找一块大面积完完整整的地块已经没有了，剩下的零零星星空闲地，那就不是个事。另一方面，晓斌回来，要把父亲做的这个事情坚持下去，不能说做大做强，至少能运行顺畅。回来陪父亲，光是形影不离还不行。

2003 年 10 月，在大风雪中盖的 10 间老房子也走过 11 个年头。当初盖得仓促，质量堪虞。晓斌回来占了两间，外间做办公室，里间做卧室，晚上睡下，房顶上经常忽簌忽簌往下掉泥。当年盖房子，因为要省钱，吊了5间房的顶，也就是做了"仰尘"，就是简易的天花板，剩下5间没有吊。吊顶的已经沤了，没吊顶的房子还漏雨。电路老化，用的电器一多，不是熔断断电，就是起火，危险得很。

年轻人，做事利索，想法也不一样。包括让父亲把苗圃里的苗子间伐一部分，晓斌提出建议，张连印有时候实在接受不下来。老爷子不同意，晓斌也不是很坚持，十个主意，老爷子否决九个，还能干一个。他先把房子给收拾了。揭瓦修补，卸顶换新，起砖重铺，开槽整线，接通上水，开挖下水，凿壁开墙，还格外弄了一个洗澡间。一番收拾，一个院子成了工地。干活的，除了铺瓷砖雇人，就晓斌、安殿英和四旺三个男人，三个男人两个当过兵，不用组织，眼里有活，配合默契。43岁的转业上校，此刻脖子上缠块白毛巾，做的就是一个小工头的"营生"。材料，直接从石家庄买，月把光景，当年的老屋焕然一新，晓斌还特意从石家庄电子市场买了监控摄像头，安装在院落的紧要地方，360度无死角全天候监控。

这些活干得利索，做父亲的看在眼里，心里的欢喜不言而喻。晓斌的办公室兼卧室，挨着父亲住的房子。他回来之前，屋子里有从石家庄搬过来的旧家具，四旺往外搬的时候老爷子就有些不高兴，不过没有说，晓斌赶紧制止，悄声对四旺说：不用搬不用搬，能用咱还将就着用。

11年前，东院里冒雪先盖10房，中间陆陆续续起院墙，起防雨棚，又盖西院，这11年间，张连印其实就没有断过对基地修修整整，只有点空闲，有些结余资金，就全部投进去。旧房子经过 11 年风吹雨淋，破败得不像样子。老汉说，我也早就想"着"一下，结果晓斌回来之后，三个人，就给弄好啦。活出在自己手里，放心是一方面，另外一方面，主要是为了节省资金。2015 年，该"白栽"的地方都"白栽"完了，再要找地方栽树，四处求人不说，主要是可栽的地块不成规模，零零星星，有一搭没一搭。树没地方栽，苗子还没地方卖。晓斌回来那一年，连茂患椎间盘突出，要看病，要养病，实在不能帮哥哥，有了晓斌，他自己就退出去了。他说：再一方面，苗圃里的"营生"就做完啦，而且苗子行情臭得，连个问的人也没有！

当初建苗圃，为的是能给自己义务植树提供苗木。哪里想到，现在反而成了问题。到处是产能过剩，谁会想到这么时髦的事情会出现在张家场这个苗圃里？ 2015 年，对于张连印而言，消化这个"过剩产能"比什么都当紧。

晓斌回来，形势如此。

因为在左云读过两个多月初中，书读不下去是真的，朋友倒交下一大帮也是真的。同学都跟他同年仿纪，一茬 40 多岁的人，正是人生黄金时段，精力最旺盛，事业心最强。旧雨新知，呼朋引伴，八面来风，传递来的各种信息就多。

晓斌跟大家交流，发现父亲回来义务植树那几年，正是左云县京津风沙源治理工程大规模开始的时候，不只是左云县，这个国家工程在全省 34 个县全面铺开。依托自己的苗圃，本来可以接好多工程，这个比单纯卖树苗更能保证义务植树顺利实施，更可以形成良性循环。只可惜，父亲根本就没有往这方面想。也难怪，在父亲的观念里，出去招揽工程岂不是要赚钱？岂不是要与民争利？义务就是义务嘛，就是"白栽"，就是"干贴"，就是"脚板子划拳——来五去五"。只有这样，才是正途。

可是，这样下去不行啊，每年张连印把自己的退休金贴进去，还经常断档。一年下来，维持苗圃的人工费得20万，还有接待来自各方的客人的接待费用，也得10万。长此以往，连基本的运行都维持不下来，还谈什么义务植树？不要林权，不要地权，退耕还林款全部归群众和集体，不停往里投入，没有任何回报，简直就是一个无底洞。就是晓斌回来陪父亲时自己带的一点积蓄也很快贴进去了。既然有了这么个"摊子"，就得让这个"摊子"自己活起来，让基地自己有造血功能。

同学们，还有朋友们，你一嘴我一嘴，苗圃基地运行模式的想法形成，参与林业工程，可以消化苗圃苗木积压的压力，而参与工程产生的效益，又可以反哺基地运行。过去以母亲的名义成立过一个公司，可当初办证的时候，没有办植树绿化资质，还是不行。晓斌转业系自主择业，可以搞经营活动，就以自己的名义再注册一个"大同庆丰农林有限公司"，办了一个三级植树绿化资质证，就可以投标县里的京津风沙源治理工程。

虽然如此，这个钱也不好赚。为什么呢？这些国家工程，单位每亩的成本控制和质量控制相当严格，2015年前后，每亩承包绿化补助费用，乔木林为500元，按一定行距株距，每亩 110 株，为保证成活率，一般栽 120 棵。每棵苗子起苗、包土丘的人工费，加上运输到目的地的运费，光这一项成本，每亩 500 元打不住。还有组织上山栽树、浇水，还有后期管护与补栽，外行人不说做，就是听听都吓退了：天爷爷，这个活怎么看怎么不能做。

所幸，因为是自己的苗圃，自己组织人工，用自己的车辆，这个成本可以控制得模糊一些，再加上量大，如果数百亩、上千亩承包下来，基本上能保持持平，组织得好，尚有盈余。不是这行道里的人，不知道其中奥妙。千奥万妙，所有参与这个工程投标的公司，都有自己的苗圃。只是，工程款给付，与质量控制挂钩，分三年付清。头年验收完工，付清全部款项的 60%，然后根据成活率再分两年付清，回款很慢。如果成活率达不到要求，毫无悬念只赔不赚。

不管怎么说，只要有回报，晓斌觉得就能够将苗圃基地顺利运行下去，否则，就是无底洞。更重要的是，可以消化苗圃里过剩的苗木。从 2015 年开始，晓斌以公司投标的方式，每年参与京津风沙源治理工程，苗圃的压力得到缓解。可是，也不能说以公司形式运行，就一定顺风顺水，正如当初算账，其实也艰难，因为回款比较慢，工程做得越大，投入势必越多，资金压力也越大。

2015 年开始做工程，大家帮忙，摊子铺得也大，总共中标将近 3000 亩。2016 年秋天，该给付工人工资的时候，出现了 15 万元的缺口。这个缺口较之张连印前些年义务植树的缺口，稀松平常，可究竟紧急。

老安说：那时，我们穷得真是连一分钱也拿不出来。晓斌带回来卡上的钱光啦，大哥那里账上也没钱啦，没一分钱。老安性子急，替晓斌出面，给晓斌的大舅兄打电话。两个人熟悉，说话不"拿心"：你看现在晓斌正"绝蛋"呢，你看管不管？

"绝蛋"，方言里包含着焦急、紧急的意思。人家大舅兄知道老安的脾气，在电话那一头倒要听他能说出什么灵芝牡丹，说：你说怎么办？老安说：怎么办？你要管，我也管，我拿5万，你也拿5万。

其实老安手里哪里有5万？手头只有3万。没想到晓斌的大舅兄爽快答应，倒把他将了一军，没办法，老安又问自家小姨子拿了2万，添齐5万，共10万元给了晓斌。晓斌又在朋友同学那里挪借了5万，算是把2016年打发过去了。

到2017年，去年的回款，再加上新工程结款，情况稍好了一些，有了些结余，老安跟晓斌开玩笑：我那钱就不用还了，算我入股啦，你多挣多给我，少挣少给我。晓斌苦笑：还入股，不要贴进去就不赖啦。

两场大病过后，张连印就过了 70 岁，古稀之年，还那么辛苦，也亏得 40 年军龄，身体底子还好，每天走两万多步。

晓斌回来接的第一个京津风沙源工程，位于左云县三屯乡的小河口村，绿化造林面积为 2020 亩。张连印回乡 11 年，头一次做这么大工程。

小河口工程的立地条件非常特别。植树绿化的小河口村，位于左云县海拔最高点五路山南麓，工程规划的绿化区域，正是在五路山上。这五路山，呈西南—东北走向，向东延伸，与黑龙王山、毡帽山、平顶山、鸣远山、马头山相连，东北部越过长城，进入内蒙古凉城境，西部、西北部则跑到右玉县境，是左云县北方一条起伏连绵明显的山脉，平均海拔在 2000 米以上，相对高度约 500 米到 700 米，主峰则高达 2013.4 米。

晓斌和安殿英两个做施工前准备，前来踩点，安殿英头一回到这里，站在山坡下往上看，眼睛还黑了一下，回来跟人说，山好高。人问有多高？安殿英说：够一眼看！够一眼看有多高？三四里地立起来那么高。施工条件可想而知，从来没在这么险峻的地方做过"营生"。

更主要的是,施工地点小河口村,距离张家场村有50里地,山高,还加上路远,工人们中午吃饭只能在当地解决。所以,他们就在那里借房子弄了一个食堂,雇的厨子是小河口村村支书的女人,安殿英只能常驻工地,看管工具和树苗,顺带采买米面油肉。第一次在这样的地方做这么大的工程,踩点、画线、挖坑完毕,雇人栽树就用了将近半个月时间,安殿英半个月没离开过工地。

头一回接这么大工程,张连印还像往常一样起五更睡半夜跟着施工队伍干。晓斌陪着老爷子来回,一来对植树施工这一套还不熟悉,需要父亲指导,二来也不敢怎么说父亲您不用天天跟着来啦。只是说您不必像过去那么亲临一线,跟大家干一样的活,能干多少干多少。父亲一来,母亲也惯了,陪着父亲也来,工程干多少天,老两口就干了多少天。劝说归劝说,做法跟过去还是一样的。风还是10年前那样的风,晒还是10年前那样的晒。一旦栽起树来,老两口就忘了自己多大啦。父亲还忘了自己是个病人,又得承受那风扯,又得接受那日晒,刚刚将养过来的身体,脸又晒成个黑片。

主要是,这个山太险峻,比张家场背后的摩天岭更陡、更高,老安空手上下一趟还得在中间站下来歇一歇,老两口一天上上下下走十几趟,还拿着工具。

开始栽树,老安倒操了个心。操啥心呢?还是张连印的身体。

不说肺癌手术,也不说癌病骨转移之后,收工回到家里还得吃药、输液，还有基础病：静脉曲张之外，回来天天这样高强度劳作，老汉活活给累出疝气。医生诊断叫作"双侧腹股沟疝气"，这个病在回村几年之后就犯了，村里人叫这种病为"跌肠子"。张连印得了这种病，实际上大家都知道，要做手术，张连印不干，一来耽误工夫，二来做了手术不保证还能不能干活。所以也是采取保守治疗方式，吃药之外，在裆间用一个特制的兜子兜起来，就是医用的那种疝气袋，相当于把病灶勒起来，这个装置麻烦而复杂。老安两口子平时注意老汉的身体变化，就操着这个心。

头一天上山，没事。第二天上山，老安心想，坏了，不对了。老汉跟人相跟着走，谁也看不出异样，只要他一个人上上下下，腿是八叉开走的。人家老汉每天要走很多路，都是方方正正的军人步子，哪会是这样子！

安殿英赶紧过去把老汉拦下：大哥，你停一下，不要上山了。张连印不知就里，不知道这个妹夫要做什么，被他拉着推着一路走到临时租的那一排房子那里，做饭的女人单独住一间，老安让女人出去，把张连印拉进来，关上门。张连印说你急急火火这是干啥？

干啥？你把裤子解开叫我看一看。

张连印明白了：别别，没事没事。

哪里能没事！不解裤子就已经看见，血都从里头渗出来，裤腿上钉得血痂子。老安说起那一节，眼畔发红，眼噙泪水：那个兜子本来是宽带子，左一道右一道跟皮肤接触得很紧，结果是因为起得早，走得急，那个宽带子给立着勒在那里，就跟刀子嵌在肉里一样。你说割成什么样子？从前到后血殷殷地，股岔那里几乎被磨掉了一层皮，也渗出血来，那有多疼你说！我当下就流出泪来。就这样上山下山两天，已经是 70 岁的人了，走一步磨一下，走一步磨一下，哪里能受得了，就磨成那个样子。我说你疼你也不说一声，哪怕自己悄悄找个地方重穿一下，还能那样子硬撑？心里头那个难受啊。

安殿英给张连印简单处理了一下，暂时没有问题了。回头他告诉大嫂王秀兰，王秀兰很吃惊：他咋就不说？

安殿英悲情再涌，两颗泪珠子从脸上扑簌扑簌掉下来，脸上敷一层泥尘，泪蛋子连脸皮都不沾一下直接落到胸前：我的好嫂子啊，那个人你还不知道？等给你说，你就等着吧！

安殿英已经哭得不成个声调：他一辈子有委屈给谁说过？！

两场大病过后，张连印就过了 70 岁，古稀之年，还那么辛苦，也亏得 40 年军龄，身体底子还好，每天走两万多步。老池说，直到现在，跟人家相跟着走路，怂气些的年轻人真还撵不上。走一段可以，走长了你试试。

从 2007 年开始，张连印回乡义务植树的事迹逐渐引发社会各界关注，苗圃的教育功能开始显现，前来参观、学习的人一年比一年多。接待、讲解干脆就成为"基地"的一项重要任务，张连印的社会活动也多了，到省、市、县学校、厂矿、机关讲课次数多起来。军队离退休干部制度改革前，原来给他配一辆小车，后来规定两个副军职轮流使用一辆车，他本来就自律，已经很少用军区干休所提供的车辆，军改之后，干脆就没有了。2015年，晓斌回来，父子俩商量，无论如何得买一辆车，不然实在是应付不过来。这样张连印就有了真正属于自己的车了。买了一辆什么车呢？据说父子俩在汽车市场还转了半天，最后欢欢喜喜接回一辆"五菱宏光"小面包车，买车、纳税、上牌、交强险等杂费下来，共5万元多一些。新车接回张家场，老百姓前来观摩张将军的坐驾，原来是这么一辆车。在大同左云乡间，大家叫它"圪棒车"，吃皮耐厚，耐捣耐砸。但"圪棒"，方头愣脑，粗而短，不说与将军的身份不配，就是村里人也看它不上，多少有些丢份子啊。

连茂说，那车，看着是个车，现在村里头娶媳妇，人家要车，你要是给买回这么个车，管保你这个事情"着"不成。

老将军笑意盈盈，"管他着呢"，能跑就行。

这辆中国老百姓口碑里的"神车"，也果然能跑，7年车龄，跑了20多万公里。上山植树，拉民工，拉货的是它，放平后大座，铁锹也装，铁镐也装，甚至还装苗子。外出开会做报告，跑通都大邑的也是它，大同也跑，太原也跑，朔州、乌兰察布也跑。2021年11月，张连印要到北京参加"时代楷模"颁奖会，人家要车来接，他说：我自己有车啊，不用麻烦，自己去。人家知道他是这么一辆车，就说，这车连北京城都进不了的。这才作罢。

来左云采访，因为基地的房子还没有暖过来，张连印晚上要回县城里弟弟空下的房子里住，有暖气，洗澡也方便。早晨，有幸跟将军同车，坐的就是这辆名声在外的"圪棒车"。将军招呼上手，自己扳开座椅挤到后大座上，让我坐中间的单座。岂有此理，诚惶诚恐。站起来让将军坐前头，将军一手压在我肩上：坐好，甭客气！说起他这个车。这个车啊，有好处，坐在后头活动量大，上坡颠，下坡颠，你们书生坐不惯的。

有车，大部分时间还是走路。县城离张家场有小 30 里的路程，兴致起来，经常沿 109 国道徒步往回走。别人要说他，他回答：唉，这算个啥，当年徒步拉练，一天一夜一二百公里是常有的事。较之军队拉练，徒步 30 里也确实不是事。

但还是出过事。

2015 年夏天，回县城办事还是开会，老池记不确切了。反正是，老池只要去张家场乡，一定去老汉那里坐一坐看一看，张连印只要回县城，到了点，一定要叫上老池出来在个小馆子里坐一坐，抿二两。

那一回也是，张连印和池恒广两个，在街边的小饭店吃饭。一老一少两个说话正稠，傍晚时分，远处雷声隐隐，黑云浓厚，接着雨点滴滴答答溅起泥尘。雨，是说来就来了。晋北夏天的雨，来得急，来得猛，去得也快，不会下太久。这雨一下起来，回张家场究竟不方便，眼看是个回不成。老池拿出电话，给他在街边小旅馆订了个房，可以歇上一宿，第二天返回也不迟。张连印看天气，也真是没办法回张家场，这么大的雨，天又黑，叫个出租车不方便不说，还不安全。也罢，歇一宿就歇一宿。

吃罢饭，天已黑，雨却停不下来。老汉坐在那里一个劲往外看，这雨就是停不下来。老汉也等不得雨停，收拾起包包，戴好帽子，往外走，回旅馆休息。这时候，雨已经很大了，路边积水成洼，后来的雨滴溅在积水里，像天下泼下钉子在跳，翻银跳玉的样子。老池紧喊慢喊，人家老汉已经迈开那两条腿出门啦，他在后头喊，张连印在前头答：没事儿，这点雨算个啥！

老池知道，老汉这是要冒雨步行。左云县，下一场雨稀罕，老汉也稀罕这雨，平常下雨还喜欢在细雨里走一走。以前这种情况也有过，老池也没当回事。

第二天，老池接到张连印的电话，人家一大早倒回到村里了。张连印说得正式：池部长啊，我回石家庄有点紧急事要处理一下。老池仍然没当回事，回就回吧，他就那么个独来独往的人，很快去，很快就回来啦。

老池说，老汉这么些年下来，组织观念很强啊。因为一年有三分之二，甚至更长时间待在左云县，参加军区干休所的党组织活动不方便，2016年，干脆回干休所办了个临时组织关系，就地参加组织活动。县里组织老干部学习或者开会，张连印常常是提前半个小时到达会场，雷打不动。这么些年下来，他已经自觉把自己当成左云县的一名退休党员了。每一次外出，就给池恒广打电话。不打这个电话不行吗？不行，这是履行请假手续咧！到底处理什么紧急事，张连印不说，老池也不好问。

也跟往常一样，回去，待几天，很快又神不知鬼不觉回来了，又在苗圃里忙开啦。

是隔了很长一段时间，张连印才跟池恒广讲起那一回的事情，说得老池心里直发毛，直后怕。

怎么回事呢？那一天老汉离开之后，老池就有些担心，左云夏天的雨来得急，来得猛，去得也快，但那一次，来得急是急，来得猛是猛，但雨量不大，只是时间有些长，且下了一阵呢。哪里知道还真是出了事。用老池的话讲，叫作"差点墩下大娄子"。张连印那天冒雨赶到小旅馆，躺下就发高烧，高烧不退。张连印也很紧张啊，因为有肺上的毛病，不得不多操个心，心里说是不是这个病又犯了？他决定回石家庄检查一下，第二天启程，跟老池请了个假，背个包包自己往回赶。等他赶回石家庄家里，上楼梯腿都软得不行，心里越发紧张。好在检查结果还不要紧，就是冒雨前行，引起急性肺炎。

老池没想到这么严重。毕竟70多岁的人了，心里那个不服输的劲头还跟当兵的时候一样。张连印跟老池说起那天的事情，事情过去有几年，老池就说张连印：以后可不敢这样啦，不服老不行啊！

张连印说：这是哪里话，这不好好的？！

孩子们早就知道这个将军关心他们，纷纷围上来，他跟大家合了影，又去每一个宿舍看看，摸摸暖气，摸摸被子。

2018 年，也是一个雨天，张连印给池恒广打电话。说的是一件"意不过的"饭局，你得去一下。左云方言，意不过的事情，就是绕不开、推不得、非得办的事情。

什么事情呢？也不是什么大事。说是意不过，是请客的主人特殊。谁呢？是左云县福利院的院长。老池一听，就知道是怎么回事了。

在说这顿饭之前，先说张连印吃饭应酬相关的种种事情。

从 2007 年开始，就有单位请张连印去做各种主题的报告，主题当然就是他的成长经历和回乡义务植树的事情。这种活动，张连印也乐意去做，他将这些活动当作义务和责任。以自身的经历教育人，以自己的行动感染人，更重要的是，能普及绿色生态观念，让更多的人投入其中，他乐此不疲。

只是近年来，这样的活动非常之多，特别稠密。也是长期在部队做主官锻炼下的习惯，在他眼里，只要拥到眼前的，就没有小事，要认真对待。苗圃被山西省委组织部确定为右玉干部学院教学点，左云县委组织部利用苗圃立体呈现效果开办"清风林"党性教育园，前来参观学习的单位和个人来得就很多了。每一次来，张连印都要认真准备，如何接待，怎么安排讲课，如何招呼，细致入微。来一个人听，他也是那么个讲法，来一百个人听，他还是那么个讲法。有时候来的人多，尤其夏天，专门辟出的那个会议室放不下，就在露天讲，大家晒着太阳听，他晒着太阳讲，不含糊。

在我采访的几天里，就有大同市税务局、左云县党校，还有一个煤矿工会，几个单位派人前来预约来苗圃基地学习，或者请他到单位去上一次党课。他还念叨，去年早就答应在5月30日去灵丘县一所中学去做报告，结果因为中间有事没有去成，后来又是疫情影响，一直未能成行。张连印跟老池讲，无论如何最近得安排一下，不然人家还以为怎么啦。老池作为县委组织部副部长，这些报告、参观、学习的活动，一般都由他来安排。

到省城机关事务管理局去讲，省委副秘书长兼任机关事务局局长，跟他是老朋友了。局长电话里说，办公室已经安排好，车过去接上你过来。老将军说：来啥车，我自己有个车，自己开上去就是了，你来了又是接又是送，白跑多少路？

自己有什么车？就是那个"圪棒车"。车入省城，到报告大厅前头，接待的人哪里想到这辆车里会下来将军？张连印从车里下来，迎接的人以为来了个什么人，幸好旁边有他的老部下热情趋前，接待的人这才反应过来。接着看看车，看看人，私语窃窃。张连印做完报告，简单吃口饭，又去办其他事。

同煤集团一个煤矿请他做报告，也是说要车来接，张连印说，不用接，我自己有车，你们说时间。人家说准备下午三点吧。张连印说：那行啦，我两点四十，不超过两点五十就去啦。果然两点五十准点到场，跟领导见个面，马上开讲。讲完，说晚上吃饭。张连印手一挥：吃啥饭，回！

不用说，老池陪张连印回左云，晚上找一个小酒馆喝二两，花三五十块。这比什么都强。他说，为什么不在那里吃？我在人家那里讲了一下午理想信念，晚上又接受招待，喝个酩酊大醉，让学员看见。嘴上说一套，下来做一套，这还像个共产党员？

按惯例，到外面做报告，单位都有讲课费的，3000元、5000元不等。这个是正常支出。张连印不要。他跟人家讲，你们要支持我，就到我那里跟我义务植树，能栽几苗是几苗，也算个事，也是对我的支持。

这种事老池经见得就多啦。除了同煤集团，老池还见过银行系统这些大单位，张连印临行前就叮嘱老池，咱事先就跟人家说好，咱不能要钱。2021年2月，大同警校联系张连印去讲课，事先跟老池商量讲课费用，老池知道老将军的脾气，跟校长讲，就不要再说这个事了，老将军约法三章，这个事不能讨论，你们如果被将军的事迹感动，就动员大家到他的基地去，帮助老将军植树，100苗不多，50苗不少，这样就行。

老池这一讲，有效果，好多单位也真的用行动来回报老将军给他们做的报告，武警总队、建行、人行，还有煤矿、税务局，都来帮老汉义务植过树。

福利院院长请客，却答应得痛快。

这是怎么回事呢？是2018年的事情。那一天，老池陪张连印在县城里转，也没有什么目的，就是散步吧。三兜两转就转到县福利院。老汉看见这个地方，就说咱进去看一看。就领他进去了。福利院收留的都是些孤寡老人，还有孤儿。本来没有什么目的，没想到，老汉一进院子就不平静了。那一回，是弟弟连雄回村里，开车到县城接他。他当即对连雄说，你给我拿2000块钱。然后拿着这2000块钱就给了院长。此时，更不平静的是老池，老池想，老汉看见这些可怜人，肯定是想到自己的童年啦，从小孤苦，这是同情这些可怜人。老汉说得倒平静：我就是表示个心意。

老池想，院长肯定是过意不去，一个将军，这么大一个官来福利院，不声不响留下2000元，怎么能过意得去？这是想感谢一下老将军吧，请老将军吃顿饭，表达谢忱。这一回老汉痛快地答应了，去！

那天还下着大雨，老汉就答应下来了。

他坐车从基地回到城里，拉上老池去饭店，到了工商银行门口他让车子停下来，张连印急匆匆下了车，冒雨走出去，且走了一会儿。老池还嘀咕，这老汉下这么大雨下车去干什么？上厕所去啦？不是。老汉到工商银行门口的自动取款机那里，填进工资卡取了3000块钱。回到车上，他讲，这顿饭咱们不能白吃吧，孩子们现在这么幸福，我那时候那么苦，都不容易。

就这样，一顿饭吃完，他又给院长留下3000块钱。

2021年年底，已经是腊月初十，张连印很快要回石家庄过年，又跟老池讲：你看，我这两年多没去这个福利院了，他们现在怎么样？我再去看一看吧。

老池知道，这又得老汉破费了。老池也知道，张连印拿定主意做的事情，你最好不要拦，拦也白拦，拦不住。这么些年过来，不就这样子？

这个腊月张连印过得非常高兴，老池陪他再去福利院，又在院长那里放下5000元，说两年多没来啦，现在腊月，要过年，这是个心意，让这些孤寡老人和孩子们过得好一些。孩子们早就知道这个将军关心他们，纷纷围上来，他跟大家合了影，又去每一个宿舍看看，摸摸暖气，摸摸被子。

老汉就这么个人，见了可怜人，就是绕不过去。在村里头也一样，每年腊月回石家庄过年前，晓斌年末最重要的工作就是转县城商场采买东西，看羊倌，看牛倌，最后看村里的老人和贫困户，提上东西不说，临走还给丢下点钱。村里头谁家老人没啦，他都要过去看一看，慰问之外，再上一份礼。即便在苗圃最困难的时候也没有间断过。

回县城，平常在街上小馆里吃饭，隔玻璃看见有人从外往里看，就不忍心啦。现在街上流浪的人少了，偶尔也有，到了饭点，买不起饭，在饭店外头逛巡溜达，就是想蹭口热饭吃。张连印如果遇到，就赶紧吩嘱巧红：快快快，你快给他买上一碗，把他叫进来坐下吃。

这种同情心与他童年、少年吃百家饭、穿百家衣的经历当然有关系，他这种经历，经常会照进现实日常，参与当下生活。但显然，一个人的同情心、感恩心并不与生俱来，更多的还来自生活本身的教育，还来自日后漫长岁月的自我修养，是生活和社会经历教给他的。

老池这样讲，就想起一个人。

跟老将军回旧村看他的老宅子，看罢荒村，要上山看林地，隔车窗看见一个人，胖，黑，戴一顶藏蓝色出檐帽子，穿得也厚，表情稳定，一眼一眼看车子，车子从他面前开过来，经过他身边，又从他身边离开，他眼珠不错一直盯着车子看。张连印在车的后大座坐着，略欠起身，隔窗看，车子开出远了，又扭过身子隔窗看，问老安：那不是二银社？老安说：是呢，刚过了年，这两天没事干，满村子转。张连印说：过两天把他叫下来，能做个甚叫他做个甚，看样子又没光景啦。老安应着，说，我也正想着让他干点啥呢。

这个二银社是谁呢？是村里一个 50 多岁的光棍汉，名字叫作魏随社，因为他哥哥叫银社，大家都叫他二银社。村里一茬人又给他取了个外号，经常用外号来取笑他，他的大名却早就被大家给忘掉了。这个可怜人，可怜得连自己的名字都保不住，精神疾患，再加上人生挫败，在村里基本上不跟人交往，沉默寡言，性格孤僻，脾气也好不到哪里去，身无一技之长，生活质量就可想而知了。

就这样一个人，张连印就操心，一回来那些年，有机会会到家里跟他坐一坐，街上碰见，往墙根阳婆地一蹲，跟他唠一唠。张连印当年还在生产队劳动，就跟他父母亲来往多。2003年回村植树，老两口几次邀请张连印到家里吃顿饭，张连印当然高兴，到他家里吃过几顿夜面。但这个家多少年过去了，老迈的老迈，二儿子又性格孤僻，日子过得苦。穷神恋故人，怎么也送不走。张连印与两位老人坐在炕上，有说有笑，吃得也有滋有味，可心里却是沉重的。苗圃开始建设，让连茂喊魏随社过来，让他干活。张连印耐心，植树、育苗、浇水，有活就叫他下来。打日工，先是每天40元、50元，后来是100元。干一天总有一天的收入。还鼓励他，看他干活，一个劲夸，不错不错，比上回强多啦。真是石头也能开花的，这个二银社，会笑了，会跟人说话啦，人开玩笑也呵呵笑，眼里有了活，自己还会张罗。两个植树季下来，这个二银社至少可以收入6000元。来苗圃务工，上山植树，张连印招募的贫困户数起来有26户，都是打日工，干一天是一天的钱，总有收入。按照脱贫标准，跟张连印干上两个月就脱贫了。干活拿钱，还手把手教他们栽树育苗，然后又让他们在苗圃里起上苗子，找个地方种下，说不定哪一天这些人中间会出现拥有自己苗圃的人呢。

老池说，老汉回到村里，挺热心，村两委开会，遇到大事都要请教他。老汉从来不参与村里的行政事务，但给出主意，从大方向把握，讲到常情常理，40年军旅，有一半时间做主官，经验、眼光、境界、见识，尤其是处理各种复杂事务的能力与魄力，那不是一般农村干部具有的。老汉热心，老汉对这个村庄真是充满感情，富有感染力。

"清风林"党性教育园开园之后，前来参观的人络绎不绝，村干部也细心，来的都是些领导啊，不热情怎么得了？受张连印、王秀兰两口子影响，村里组织起一个广场舞宣传队，其实就是正月里闹红火的那帮人，参观的人多的时候，村里就把这支宣传队拉出来，给大家表演，张连印、王秀兰两口子看着看着也跟上跳起来，还唱歌。十来分钟的表演，要的是个气氛嘛。

老池讲了一个"失笑"事。"失笑"，就是让人忍不住要笑。

什么事让人"失笑"？ 2021 年，张连印被授予"山西省优秀共产党员"称号。老池把这个消息告诉张连印的同时，说，这一次评选，不仅有奖状，还有 1 万元的奖金呢。过两天，晓斌跟老池说，钱还不知道什么时候给，老爷子倒先支了 5000 元给了宣传的王队长，让他买服装，买道具，武装武装。

遇到村里这些事啊，大事小事，他就这么个着急法。脱了军装换农装，放下钢枪扛铁锹，军人变成农人，入乡村，踏田野，体民情，察世情，白菜、豆腐、老莜面，乡村一点一点赋予将军的品质，就这样原封不动保留下来。

截至我到访的 2022 年 4 月，张连印回乡植树的第 19 个年头，育苗栽树，栽树育苗，除 300 亩苗圃之外，共植树绿化 20209 亩，栽植苗木 205 万株。

连茂有意思。讲"我那哥"回村植树前前后后，显得兴奋，讲到最后，点了一根烟，坐在那里低下头，吐口烟，抬头看我，眉头皱起来，脸上困惑。

连茂讲，我那哥，直至现在，我也不理解。回来十八九年，埋下头来做这么个事情。你说，他图啥？他为啥？钱不够花，还是觉不够睡？不能做点别的？颐养天年不可以？旅游啦，到海南疗养啦，不可以？偏偏回来"着"这个事情，我知道他是高级干部，工资不少，嫂子也有退休金，加起来不是小数目，人家把钱都搲在这地里了。你说有回报也行，他是白栽，干贴，你说说，他图啥？！

连茂说"我那哥"义务植树，是把工资"搲"在林子里。搲，用在这里，显得这个行为是如此的轻率和不假思索。一说搲，连茂也笑起来：我说话你能听懂哇？

他以另外一种方式表达对"我那哥"的敬佩。

连茂说：我那哥，就没见过他个愁。这不是快 20 年下来啦？别看他是个将军，每年都在背上背着百十万的饥荒，人家不愁，自己贴也好，苗圃里出苗也好，总能倒腾开。叫我？我一个70多岁的人，比他还小6岁，漫说背百十万，就是背上个3万5万那晚上就睡不着觉啦。人家不愁，这个人啊，就不知道个愁，做事总要做成。

连茂说：我那哥，我发现他就不怕死。不把那死当回事情。你看看，两次那么大的病，不说第二次，就是第一次长那么个赖东西，吓也吓死啦。人家得了病，瘦了一圈，可是脸上根本看不出来是个病号。

有一点连茂是理解的。别人说，张连印这些年回来，就是图了个名。名声在外，又是大同好人，又是山西省优秀共产党员，又是全国的"时代楷模"，又是建"清风林"党性教育园，又是到处做报告，又是弄省里的教育基地，图名呢。唉，人家千军万马都统领过，一个土农民，一个孤苦无依的人，做到将军一级，哪里还在乎那个。

但反过来讲，放着城市不住，放着福不享，就是个山药蛋、白菜、老莜面，回来将近20年。一般人，说城市住得腻啦，空气污染啦，节奏太快啦，没有乡愁啦，要回村里来盖房种地，也栽树，回来的人有没有？有！回来住上十天半月，住上一月两月，再住就憋屈得不行啦。别人回乡，是为了散心呢，他回来，是真回来，泥里水里做"营生"，跟农民没啥区别，穿得连我还不如，吃的呢，我还隔两天吃顿肉，人家不吃。又一身的病。要说楷模，那也是真楷模。我也是党员，人家也是党员，咱比一比，哪能比？

连茂说，在咱农村，人一过 60 岁，一个花甲子，就把一辈子的米面吃完啦。过了 60 岁，择个双年双日子，给自己置办"家当"，有事干一干，没事还不是在阳婆地里晒太阳等死？那也舒服呢！真是想不明白我那哥，他就不知道自己老。你说说。

连茂讲的"家当"，就是棺木。村里人把棺木讳称为"家当"。

说到这一节，老池也深有体会。从 2007 年开始，张连印的事迹陆续受到外界关注，2008 年《三晋都市报》第一次将张连印的事迹在省级报刊发表，以后各级新闻媒体、宣传部门宣传，从省到市再到县各级政府关注，新闻报道、电视专题片、主题演讲，接踵而至，纷至沓来，这十几年中间，有过密集的宣传，也有过相对沉寂的阶段，包括由左云县、大同市，包括省里，还有石家庄军区，申报过各种荣誉，有的落实了，有的就没有选上。这些，老汉在意不在意？要说在意也在意，说不在意也不在意。

为什么这么讲呢？老池发现，大到省里组织的宣传，小到报纸记者采访，在张连印那里，就是政府或者党委宣传的需要，他尽力配合就是。他就是一个素材，他就是一个材料。包括最后评为"时代楷模"，材料准备、上级审查，直到最后到北京领奖，老池全程参与。这个过程中，人家需要什么，张连印就说：有呢！就让人找出原始凭证，原始底子。一切程序有条不紊，像是安排机关的工作。事实上，他也就是当一项上级交给的任务来完成的。你想想，一年两年的账好翻，一天两天的事好说，这18年的账目，都要调，主要是政府和个人支持的资金，怎么用的，用在哪里，效果如何，都得看啊，比起审计来那一点都不差。要什么，老汉说，有呢。就叫人找。手下的人都是些受苦人，哪里经见过这阵仗，就烦——遇到谁也烦。

都是白栽、干贴，都是"脚板子划拳——来五去五"，自己花那么多钱义务植树，苦受个尽，罪遭不少，还这么查来查去，哪个能不烦？就说老汉，快不用评啦！与其为这个荣誉闹这么复杂，还不如栽几苗树去。

张连印跟他们讲：不能把这种情绪表现出来，要认识到，这是上级布置的任务，要把这个审查当政治任务来完成。

这一次审查非常严格，前前后后持续了有一个多月时间。审查完毕，新闻媒体大规模跟进，中央媒体、山西省、河北省报纸、电视台记者，还有军报记者，每天应接不暇，连陪同采访的池恒广都有些招架不过来。可是，每一次，张连印都认真准备，像平时给前来参观学习的人讲课一样，临事从容，应付裕如，桩桩件件，安排得当。

这是多少年部队训练出来的作风。而从客观上讲，这一次"时代楷模"评选、审查，是对自己退休回乡18年过程和成绩的一次检阅，而能通过自己的行动达到宣传生态建设，宣传共产党员的义务与担当，初心与使命诸般，本身就是自己劳动的延伸，或者就是自己劳动的一部分。至于荣誉，重要吗？要说重要也重要，社会肯定当然重要，但得到社会肯定，恰恰是自己回乡义务植树本身在社会上引发共鸣和唤醒全民生态建设观念的体现。要说不重要，也真不重要，一个接近耄耋之年的老翁，阅世历事，风兮云兮，沧桑变迁，一辈子走过来，你说这些对他有多重要，也实在是勉强。

连茂到现在都无法理解"我那哥"，到最后也困惑。

说到英雄，或者理想主义者，在连茂的认识里，这些人跟自己这个老农民并不相干，没见过面，没递过烟，没吃过饭，没喝过酒，都是写在书里的，登在报上的，离自己有很远。但他没有意识到，他自己就是其中一员，如同这些英雄和理想主义者常常深匿于生活日常中一样，平时就是琐碎日常，就是世情往来，沉睡在日常细节里，偶尔睁睁眼，有待被彻底唤醒。否则，如何解释连茂跟"我那哥"干这么些年，为这番事业立下汗马功劳？包括连茂，包括连雄，包括连功，还有天天忙碌在基地的王凤翔、安殿英、三女，还有魏巧红、田四旺，还有义无反顾回来陪父亲的晓斌，还有，还有每天为张连印操心的老池池恒广，能坚持在这里，没有一点英雄主义，没有一点理想主义，哪里能坚持下来？

英雄主义和理想主义，不独属于张连印一个"老汉"和他的老伴王秀兰，如果说张连印独特，他应该就是那个唤醒庸常生活中英雄主义的人，推醒沉睡在乡野大地上理想主义的那个人。

反过来讲，如果让每一个人都理解他，并不是一件容易的事情。

他们理解那个叫作甘祖昌的老将军吗?

甘祖昌,比张连印大整整 40 岁,大革命时期即参加革命的老红军。也是缘分,1937 年,完成万里长征的甘祖昌将军担任八路军 120 师 359 旅供给部军需科科长,随部队千里跃进,东渡黄河进入山西,挺进晋西北和雁北地区抗击日军,一待就是两年。左云县曾留下过将军的足迹。1955 年,甘祖昌被授予少将军衔,1957 年 8 月,辞去所有职务,带领全家 11 口人离开新疆,回到故里江西省莲花县务农。脱下军装换农装,扛起锄头当农民。

老将军从 1957 年回乡到 1986 年去世,当农民 29 年,带领乡亲们修建水库 3 座,修渠道 25 公里、小水电站 4 座、公路 3 条、桥梁 12 座。29 年间,甘祖昌工资收入加上原有存款,总额共计 102452 元,将其中的 79032 元用于村庄集体各种建设,占到总收入的 70% 以上。

甘祖昌不仅自己当农民,还硬生生将已经参加工作的儿子招回村里。天蒙蒙亮,甘祖昌就招呼孩子们快起床下地种树,共栽种了 500 多棵果树,等到挂果的时候,全部交给集体。

小甘祖昌 40 岁的张连印,同样是少将,2003 年回乡,到 2021 年 18 年间,将工资收入的三分之二全部用于家乡的绿化和植树造林。两人的事迹之间似乎有某种联系,这种联系是偶然的,但也是明确的。

他们理解那个叫作杨善洲的老人吗?

杨善洲,比张连印大整 18 岁,1988 年从云南省保山地委书记任上退休。退休之后，回到家乡云南施甸县姚关镇陡坡村。他的家乡就在大亮山脚下。大亮山，距施甸县城东南约50公里，海拔1800米到2619米。上世纪六七十年代，开始大规模毁林开荒，原本林木繁茂、地下水丰沛的大亮山生态遭到毁灭性破坏，地下水枯竭，当地农民吃水都要到几公里外的地方人挑马驮，"人种三亩田，三亩吃不饱"，周边十数村落都是极度贫困村，越穷越垦，越垦越穷，恶性循环之下，杨善洲少年记忆里的家乡已经不适合人类居住。

地委书记杨善洲是带着负疚的心情回乡的。回乡之后，组建林场，扎根林场，率20多人义务植树绿化，坚持22年，建成面积5.6万亩、价值3亿元的大亮山林场，并将林场无偿捐献给国家。

张连印18年坚持在家乡植树造林，其行其为，与杨善洲的事迹何其相似！两人之间似乎也有某种联系。这种联系是偶然的，但也是明确的。

他们理解远在大西北沙漠深处的治沙英雄牛玉琴吗？

牛玉琴，比张连印小4岁。她是陕西省靖边县东坑镇金鸡沙村一名普通农妇。靖边县地处毛乌素沙漠南缘，多少年来沙进人退，生态环境日益恶化。从1985年开始，牛玉琴以承包的方式治理流沙。据统计，30多年来，牛玉琴共筹资860多万元，带领家人与工人坚持常年植树造林，种草拦沙，共植树2800万棵，造林11万亩，使当年的不毛之地变成了现在的人造绿洲。期间，这个普通农家妇女经历丧失之痛，疾病困扰。

这个同处于长城边塞上的村庄因为有牛玉琴带动，整个陕北塞上的生态环境得到根本性改善。

同在长城脚下，西有牛玉琴坚持 30 多年绿化治沙，东有张连印坚持将近 20 年植树造林，以同样的方式守护着长城，其行其为，何其相似乃尔。两人之间似乎也有某种联系。这种联系是偶然的，但也是明确的。

截至我到访的 2022 年 4 月，张连印回乡植树的第 19 个年头，育苗栽树，栽树育苗，除 300 亩苗圃之外，共植树绿化 20209 亩，栽植苗木 205 万株。

注意，这是数字，这数字是一株一株苗，一棵一棵树，是树，是树，是树！洋洋大观的数字，是绿云浮天的树，漫山披纷而下的林啊！20209 亩，可以构成什么景观？如果想象不出来，不必亲自去栽两万多亩树，只需将左云县地图挂起来，拿一支红铅笔，将左云县 1294 平方公里的国土分成 100 个格，然后涂红 1.04 个格，那就是张连印这些年来种下的树。全是树。20209 亩，合 13.473 平方公里，占到左云县国土面积的 1.04% 还多。

跟郑建国主席算这一笔账，建国主席也是一怔，他说，荒唐假设一下，如果左云县冒出 100 个张连印，连咱们的办公桌上都栽的是树，没地方"钻"啦。说罢，就笑起来。假设果然荒唐，可不是连个"钻"的地方都没啦？

张连印爱树，惜树。老池讲过一个事情。有一回，两个人坐车从工地回村，见路上拉树苗的车丢下一株松树苗，张连印连忙叫停下车来，把树苗捡起，一边说：这苗子不赖，活得好呢，可惜的。一边将树苗在路边找了一个地方，上手三下两下挖了个坑，再小心栽了下去。

这情形我见过。

那一天，将军带我往北梁，进林地，脚下落叶松软，能闻到残雪消融之后松针腐烂的味道，幼草芽在落叶下边窥探，等那春风熙和，百草还阳。同行的还有连茂，还有巧红，还有晓斌。将军见一棵树，抬头望一望，摸摸树干，仔细察看树的生长情况，口里低声念叨：不错，不错。

让人想起展室里的照片。师长张连印跟战士在一起，他面对年轻战士时候的神情。王秀兰曾讲过张连印对树的这种感情：现在哪里是不带一兵一卒的退休军官，人家的树就是他的兵，千军万马，200万的树，就是200万兵！

确也如此。看他察看这些松树的神情，看他喃喃细语的样子，莫不是与这些士兵谈心吗？他们之间似乎已经达成某种默契，互相懂得的。也如连茂讲：这些树，仁义呢！

上到梁顶，树长得不密也不高，那座大土墩附近还有人耕种，还有张家的祖茔。将军言道：一来，这些地人还种着；二来，地势高，可能含水能力差，成活并不好，栽过几回，效果有一些，但不太好。说着话，脚步已然迈开，往那个大土墩上爬。我直担心，这么大年纪，78岁的人，爬两丈多高的土墩子，不要有什么闪失。还不等我想清楚，人已经上到土墩顶子上啦。

墩台被风蚀，被雨蚀，只剩下当年建筑时的一个大致轮廓，所以四周也栽上了树。老将军蹲下身子，扶一棵松苗。欣喜洋溢于脸：活啦！他又朝墩台下的连茂喊：活啦！

连茂眯眼朝上看：啥活啦？

将军说：树活啦。以为活不了，结果活啦！

像小时候弟兄俩在这里玩耍，两兄弟一递一句说话。连茂还是没听清"我那哥"到底说啥，"我那哥"并不管弟弟听清没听清说啥，欢喜地自说自话：原来顶上种了一棵，结果没成活，这是去年补栽的，你看看，活得挺好。

脚下的松苗不高，迎风，摇头晃脑，实在是让人欢喜。

将军把这种欢喜一直带到下了墩台，然后望一眼已经成活16年、17年的这片最初栽下的林子，神情严肃。蓦然想起稼轩词：

> 溪边照影行，天在清溪底。天上有行云，人在行
> 云里。高歌谁和余，空谷清音起。非鬼亦非仙，一曲
> 桃花水。

高歌谁和余？是满目的大林，是一棵一棵列开的松阵。将军望着正欲参天的这些松树，松树其实也懂得这位栽下它们的主人公。因为它们也有应和。这应和是随缓缓风起而来的松涛之声，时缓时急，时强时弱，时远时近，有韵律的，有节奏的，甚至，恍然之间，分明能看得到某些事物完完整整走了过来，

又完完整整地走了过去，像波浪翻涌的大河，像天上卷舒自如的大云。一开始就有了疑惑，这均匀铺排开的声音是如何产生的？如果单是风拂之下，松针与松针之间摩擦、搅缠，不至于有如此大的动静。如果还有枝与干，枝与枝，干与干之间的侵扰互搏，哪里有这般均匀的声响？

静听，再静听，你会发现，这声响来自树木本身。一棵棵树伫立，岿然，你看它一动不动，也正因为这些正欲参天的树木一动不动，它才有了丰饶的身姿。它其实在动，内心里生命的火，生命的焰一直在腾挪。其实它在舞，它从内而外不断调整身姿，体内细胞一再分裂，一再重组，纤维结构也一再调整，一再扩张，以适应不断变化的空气、水分、阳光，还有氮，还有磷，还有钾，还有风来的方向，根系向下，向四周延伸，深深扎在大地深处，向上，再向上，枝伸叶长，完成大地与苍天一次又一次对话。令人震撼的，令人感动的，令人惊异的，这声音来自于此。于是，最终汇成松涛的各个声部。那来自林子深处的涛声，有沉雄厚实的低音，有高亢如斯的高音，还有如流水般清脆的歌吟，饱满、热烈，最终成为合唱，这便是松涛了。

高歌谁和余？正是这松涛。蓦然，稼轩词再次呈现。

甚矣吾衰矣。怅平生、交游零落，只今余几！白发空垂三千丈，一笑人间万事。问何物、能令公喜？我见青山多妩媚，料青山见我应如是。情与貌，略相似。

我见青山多妩媚，料青山见我应如是。此刻，站在大林边的张连印将军，和这片延宕到更远梁峁上的绿色波涛相互印证着，就是一个不可分割的整体啦！

告别将军，把酒相揖。

我言：从此之后，我就称您是叔叔了。

将军道：可以，叫我老哥也好！

诚惶诚恐：哪里敢，我跟晓斌一辈，还是叫叔叔的好。

我唤一声：平安叔。

已经入乡随俗，口音完全是张家场的人啦：平南收！

将军喜极，应道：哎！

2022 年 7 月 19 日一稿

2022 年 9 月 18 日二稿

后记

　　书稿从写作到完成，再到交付出版社，贯穿整个 2022 年。从疫情封控到全面解封，中国大地上发生的许多事情值得永远记录和书写。这部书稿也随着疫情起伏，在作者与出版社的电子邮路上穿梭数度，几改几删，终于定型，但迟迟不能付印下厂印刷，延宕至今。延宕未尝不是好事，作者会在某些场合，与他昔日的战友、部下，还有朋友不期而遇，关于主人公和主人公的故事会簇拥到身边来，再落到笔底，细节丰饶，生动如斯，以至于请本书的主人公看初稿，读到某章，老人会惊奇地看我一眼：这你也知道？

　　张连印，这个在村庄里被唤作"平安叔"的老将军，在山西省左云县张家场村又度过整整一年，忙碌的身影在这一年的时光里继续诠释着一种东西。这一年，是他解甲归田回家乡义务植树的第 19 个年头。这一年，他已届 78 岁。这一年，他又一次刷新回乡植树绿化的纪录。2022 年春天前往长城脚下的山西省左云县，采访，构思。书稿完成，再次前往，已经是

2022 年的秋天，田里的庄禾进入成熟期，老百姓将这一段时间称为"老梢秋"。养蜂人正在储备白砂糖，准备让蜜蜂越过漫长的冬天，盈盈飞舞的那些蜜蜂在荞麦地里辛勤劳作，浑然不觉自己羽翅上粘着的是塞北左云最后一茬花粉。再过半个月，主人将收拾蜂箱离开北方的旷野，载着它们返回遥远的南方去。古边地的左云县，天高云淡，长城绵亘，一派秋意，那些林、那些树，还有遍地庄禾完成成长与收获，完成又一次与高天大地的对话，各显姿态，五颜六色，仿佛着了盛装。过罢中秋节，白霜降落，百草回头，张连印也做完一年的"营生"，将返回石家庄与家人团聚啦。

到达张家场的苗圃基地，张连印依旧忙，张晓斌依旧忙，四旺和安殿英、王凤翔也依旧忙，在院子里进进出出。还有络绎不绝前来参观的人。老将军招呼着客人。当天，是 1963 年他参军时公社的一位老领导前来，自然有说不完的话、道不尽的感慨。一切秩序井然，丝毫没有收工歇场要返回石家庄的意思。我问老将军：何时回石家庄？老将军说：着什么急！不急，还有许多事得办呢。

春天第一次来，几天促膝交谈接触，我已经将写在书里这位主人公当自己的一位长者来对待，隔一段时间就打电话问一下。坐在书桌前，不由自主会想着他的"营生"，更担心他的身体，毕竟已经是 78 岁的老人啦。这番牵挂，是对一位尊长的崇敬，更是乡野大地多少年训练育化的情愫，与我笔下主人公的将军身份并不相干。

地里的事情，永远忙不完，尽管看不出张连印有歇工返回石家庄的意思，可是季节还是结结实实地来临了。

2022年秋天之后，张连印的故事还在我的书写之外继续。

2022年11月，第三届中国生态文明奖公布，张连印再获殊荣，被授予该奖先进个人称号。这个荣誉无疑是这个封闭的冬天里的一股暖流，让人兴奋。发微信祝贺，打电话问询，才知道这个老汉正躺在病榻之上接受化疗。晓斌告诉我说，早在2022年8月的例行体检中，又发现了癌病骨转移，而且不能轻视。可是，老爷子一直拖，一直拖，直到11月才离开左云县，前往医院接受治疗。

听到这个消息，心里的牵挂更甚，隔三岔五给晓斌打电话询问情况，晓斌孝敬，寸步不离，老爷子安然接受治疗。只要他能安定下来接受治疗，已经是十多年的老病号，精神状态又好，料无大碍。来来回回隔空传递消息，过了11月，再过12月，2023年的春节来临。

其时，全国的疫情封控全面放开，紧接着一场寒流席卷中国北方，正月初三，气温骤降，我的家乡河曲县的气温降至零下23摄氏度，甚至更低。同处长城脚下的左云县海拔更高，正处风口上，气温只能更低，这种恶劣天气还将持续一段时间。正月十四，时值立春，天降两场瑞雪，天气毫无回暖迹象。在下班路上给晓斌打电话，报告雁门关外头的天气消息，企图让他说服老爷子，今年气候反常，把回乡的时间尽量往后拖。我知道，每一年，迟至正月十四，张连印肯定会准时出现在张家场村头。今年实在是不同往年啊，何况老汉在病榻上躺了两个月光景。

哪里知道，电话那一头，晓斌哈哈笑起来：回来都几天啦！老爷子死活住不住，要回。这就回来了！

我的天！这老爷子！

无奈。苦笑。敬佩。

想起张连印的口头禅：我这40年的兵白当啦？

这个春天，是张连印回乡义务植树第20个年头的开始。打电话过去的第二天，也就是张家场村点起平安灯闹社火的正月十五，他又将迎来自己79岁的生日。

本书付梓，但主人公的故事还在继续。在这里，我要向为本书完成付出过巨大劳动的同事罗向东先生致敬。书稿完成，向东做第一读者，仔细阅读，不仅提出宝贵修改意见，还将错别字一一校正。也感谢《黄河》主编黄风先生，闻听书稿完成，第一时间节录本书在杂志发表。还要感谢安殿英、田四旺、魏巧红他们，逢不明白不清楚的细节，电话过去，不厌其烦讲述解释。感谢他们，也想念他们。

鲁顺民

2023年3月